经营性公共基础设施 TOT 项目融资管理

王松江 著

国家自然科学基金项目（编号 70962003）研究成果

科学出版社

北 京

内 容 简 介

本书是作者基于其主持的国家自然科学基金课题研究成果编著而成。本书通过对 TOT 模式特许经营期及经营权的确定、TOT 模式资产评估、TOT 模式特许经营权移交管理、TOT 模式经营管理、TOT 项目融资模式移交管理、TOT 模式合同管理、TOT 模式风险管理、TOT 模式法律问题等内容的阐述，解答 TOT 项目融资管理过程中的种种问题，并阐述经营性公共基础设施 TOT 项目融资管理的整个流程。

本书可供政府、企业、国际合作项目的管理人员，大中专院校的师生阅读，可指导各级政府运用 TOT 项目融资的思维进行项目管理。

图书在版编目(CIP)数据

经营性公共基础设施 TOT 项目融资管理/王松江著. —北京：科学出版社，2011

ISBN 978-7-03-029953-6

Ⅰ.①经…　Ⅱ.①王…　Ⅲ.①公用事业-基础设施-融资-研究-中国　Ⅳ.①F299.24

中国版本图书馆 CIP 数据核字（2011）第 005170 号

责任编辑：赵静荣/责任校对：宋玲玲
责任印制：张克忠/封面设计：耕者设计工作室

科 学 出 版 社 出版
北京东黄城根北街16号
邮政编码：100717
http://www.sciencep.com

源海印刷有限责任公司 印刷

科学出版社发行　各地新华书店经销

*

2011年1月第 一 版　　开本：B5（720×1000）
2011年1月第一次印刷　　印张：12 3/4
印数：1—2 000　　　　　字数：256 000

定价：38.00 元
（如有印装质量问题，我社负责调换）

前　言

一、概述

TOT（transfer-operate-transfer，移交-经营-移交）项目融资模式是指：东道主政府（项目的拥有者）把已建成或已经投产运营的公共基础设施项目在一定期限内有偿移交（transfer，以下缩写为 T）给社会投资者（包括私有机构、非公共机构及外商等，以下相同）经营（operate，以下缩写为 O），经营期内的收入归社会投资者所有；以公共基础设施项目在该期限内（特许经营期）的现金流量为标的，一次性地从社会投资者那里获得一笔资金，用于偿还公共基础设施项目建设贷款或用于建设新的公共基础设施项目；特许经营期满后，社会投资者再把公共基础设施项目无偿移交（T）给东道主政府。

当前国内外对 TOT 项目融资模式的研究现状及趋势是：实践推动理论的发展，实践又对理论提出新的问题。

二、本书研究内容

（1）经营性公共基础 TOT 项目融资模式管理经营权资产评估方法研究；

（2）经营性公共基础 TOT 项目融资模式管理特许期确定方法研究；

（3）经营性公共基础 TOT 项目融资模式管理移交研究；

（4）经营性公共基础 TOT 项目融资模式管理合同包研究设计；

（5）经营性公共基础 TOT 项目融资模式管理风险控制与管理研究；

（6）经营性公共基础 TOT 项目融资模式管理法律、政策、法规研究；

（7）经营性公共基础设施项目融资模式霍尔三维模式案例应用研究。

三、本书出版目的

本书对我主持的国家自然科学基金课题"经营性公共基础设施 TOT 项目融资霍尔三维模式研究"（项目编号 70962003）是有力的理论支撑，也是该课题的研究成果之一。同时，该课题也得到"昆明理工大学创新团队建设计划资助项目"的资助。本研究成果对政府、企业集团、国际合作项目的高级管理人员、项目经理、工程技术人员、科技工作者、大专院校相关专业的师生，特别对各级地方政府在抵御全球金融危机、采取扩大内需措施的过程中，具有一定的理论指导意义和应用参考价值。

　　本书作者在研究过程中，参阅了国内外大量的相关资料、论著、论文等，摘要编成"参考文献"附于各章节后。若有遗漏之处，恳请谅解。对这些文献的作者给予的指导、启迪、支持一并表示感谢。

　　由于本课题组对经营性公共基础设施 TOT 项目融资管理研究还不成熟，本书只能是抛砖引玉，有不妥之处，敬请读者不吝批评指正。

王松江

2010 年 8 月 17 日

于昆明理工大学白龙校区

目　　录

第一章　概　　论

为抵御全球金融危机，国务院常务会议于 2008 年 11 月 5 日出台扩大内需的十项措施，提出到 2010 年总投资达到 4 万亿元人民币。在扩大内需的十项措施中，七项与公共基础设施有关，包括加快建设保障性安居工程，加快铁路、公路和机场等重大公共基础设施建设等，将加速发展公共基础设施放在了相当突出的位置。2008 年 12 月 13 日，国务院办公厅下发《关于当前金融促进经济发展的若干意见》，核心是解决资金来源问题：中央拿出 4000 亿，带动全社会 4 万亿的投资，即有很大一部分资金需要地方政府配套。地方政府银行贷款首先需要有 20％～35％的资本金的投入，而政府资本金有四个来源：一是未来的税收，二是土地出让收益或者土地，三是相关领域的收费权，四是财政资金。地方政府财力的主要来源是土地供应和相关领域的收费，但现在的情况是土地出让受到各种限制，收费也相当困难，各级地方政府财政十分紧张。若没有创新的公共基础设施项目融资体系的支持，十项措施所涉及的公共基础设施项目，难以落到实处。所以，公共基础设施项目融资创新体系研究即 TOT 项目融资模式（以下简称 TOT 模式），将成为当前抵御全球金融危机、促进经济发展的重要举措之一。

第一节　TOT 项目融资模式研究现状[1]

TOT 模式作为 20 世纪 90 年代末期兴起的一种项目融资形式，其理论体系和方法尚缺乏系统和全面的研究成果。但 TOT 模式在实践中已经有了一定的应用，如广西来宾电站 A 厂经营权的转让、上海杨浦大桥及过江隧道的专营权的转让、昆明—石林高速公路经营权的转让等都是中国已经实施的 TOT 项目融资模式的例证。这些项目的实施为公共基础设施建设 TOT 模式的理论体系和方法研究提供了宝贵的案例研究资料。

当前国内外对 TOT 模式的研究现状及趋势是：实践推动理论的发展，实践又对理论提出新的问题。TOT 模式理论的研究更多地集中于对经营性公共基础设施有形资产的评估和有形资产的价值数学模型的探讨，其局限性表现在缺乏对经营性公共基础设施无形资产的评估和无形资产的价值计算数学模型的探讨，缺乏对经营性公共基础设施特许经营期的合理确定，缺乏对经营性公共基础设施TOT 模式的合同包的研究，缺乏对经营性公共基础设施特许经营期后的移交程序的完整研究，缺乏对经营性公共基础设施 TOT 模式的结构、功能、运行体系的系统研究。

　　TOT 模式的应用发展趋势表现为：大型交通设施建设项目（如航空、公路、铁路等）、能源设施建设项目（如水利水电站等）和矿产资源开发项目（如采矿、采油和采气等）正在大范围地应用 TOT 模式方式。参与者主要是政府、TOT 模式公司、贷款方、建设机构、经营机构、保险机构、原材料供应机构、用户及法律服务机构。由于 TOT 模式的复杂性和特殊性，需要各种法律的支撑，TOT 模式方能顺利实施，所以各国都在建立和完善相关的政策和法律体系。

第二节　TOT 项目融资模式的功能、优点和缺点

　　TOT 项目融资模式是一种既不同于传统的以信用为基础的融资方式，也不同于一般项目融资方式的新型融资方式。

一、项目融资定义及融资功能

　　项目融资（project financing）到目前还没有一个公认的定义。要明确项目融资的含义，首先应正确理解"项目"和"融资"的关系。项目融资不是"为项目而融资"，其准确含义是"通过项目来融资"，进一步讲，是"以项目的资产、受益作抵押来融资"。

　　美国财会标准手册对项目融资的定义是："项目融资是指对需要大规模资金的项目采取的金融活动，借款人原则上将项目本身拥有的资金及其收益作为还款资金，借款人可将项目的资产作为抵押条件来处理，该项目事业主体的一般信用能力通常不作为重要的因素来考虑。这是因为其项目主体要么是不具备其他资产的企业，要么对项目主体的所有者（母体企业）不能直接追究责任，两者必居其一。"

　　它应具有以下性质：债权人对于建设项目以外的资产和收入没有追索权；境内机构不以项目以外的资产、权益和收入进行抵押、质押和偿债。

二、TOT 模式与传统融资比较

　　从贷款对象来看，在传统贷款方式中，贷款人将资金贷给借款人，借款人再将资金用于某一项目。此外，借款人与还款人均为项目的主办方，贷款人看重的是借款人的信用。在 TOT 模式中，项目的主办方一般都为某项目的融资和经营而成立一家项目公司，在项目所在国登记注册并受该国法律监管，项目公司是一个独立的经济单位，项目主办方只投入自己的部分资产，并将项目资产和自己的其他资产分开。贷款人以项目的收益向项目公司贷款，而不是向项目主办方贷款。

从贷款来源看，按传统的贷款方式，贷款人是以借款人（项目主办人）的所有资产及收益作为偿债来源，而在 TOT 模式中，贷款人仅以项目运营后取得的收益及项目的资产作为还款来源，即使项目的日后收益不足以还清贷款，项目贷款人也不承担从其所有的资产和收益中偿还全部贷款的义务，而仅以其投在项目公司的资产为限，如图 1-1 所示。

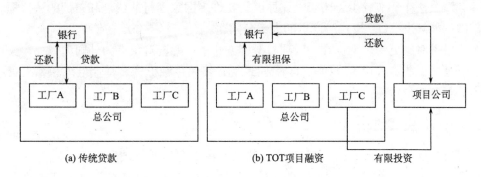

图 1-1　TOT 融资模式与传统融资比较

从贷款担保来看，在 TOT 模式中，贷款人用抵押权和经转让取得的合同收益作为对借款人违约的补救。

综上所述，TOT 模式与传统贷款融资的重要区别在于：在 TOT 模式中项目主办人将原来应由自己承担的还款义务部分转移到项目身上，将原来由借款人承担的风险部分转移给贷款人，由借贷双方共同承担项目的风险。

三、TOT 模式优点

一般的项目融资需要以项目的经济强度作为担保（项目的经济强度可以从两方面测度：①项目未来可用于偿还贷款的现金流量；②项目本身的资产）。而 TOT 模式不需要以项目的经济强度为担保，它不依赖这个项目，而是依赖获特许经营权的项目在一定时期的收益。对于政府来说，相当于为旧项目垫支了资金进行建设，然后以项目一定期限内的现金流量为标的取得资金垫支下一个项目。

TOT 模式明显降低项目风险，尤其是投资者面临的风险更是大幅降低，引资成功的可能性大大增加了，是一种可行的、实用的引资方式。

在 TOT 模式下，由于积累大量风险的建设阶段和试生产阶段已经完成，因此对于投资者来说，风险降低幅度是相当大的。因此，一方面，投资者预期收益率会合理下调；另一方面，涉及环节较少，评估、谈判等方面的从属费用也势必大大降低。从另一角度讲，东道主政府在评估、谈判等过程中的费用也大幅度下降。引资成本的降低必将有助于项目产品的合理定价。

简便易行，方便管理。TOT 模式只涉及经营权转让，不存在产权、股权转让，保证了东道主政府对项目的控制权，易于满足特殊的经济及法律环境的要求。另外，由于不涉及所有权问题，加之风险小，东道主政府无须对投资者做过多承诺，由于引资而在东道主政府引起政治争论的可能性降低，从而减小了引资的阻力。

涉及法律环节较少。由于上述原因，在许多国家现行的法规和条例的法律框架内就能解决 TOT 模式所产生的大部分问题。

融资对象更为广泛。在一般项目融资方式下，融资对象多为外国大银行、大建筑公司或能源公司等，而在 TOT 模式下，其他金融机构、基金组织和私人资本等都有机会参与投资。

四、TOT 模式的缺点

与其他融资方式相比，TOT 模式的缺陷在于它没有打破项目建设阶段的垄断，不利于在竞争阶段引入竞争机制。但是，TOT 模式已经在项目经营阶段引入竞争机制，无疑是一种改革和创新的积极措施。

五、TOT 模式特征

（一）本质特征[1]

TOT 模式是东道主政府利用已建成的公共基础设施经营性项目的全部或部分经营权，来吸引私营、非公共机构及外商等资本力量、技术力量、管理力量，以实现旧的公共基础设施经营性项目的良好运行并加快新建设公共基础设施经营性项目进程的一种模式。

东道主政府与私营、非公共机构及外商的合作关系的特征为：公共基础设施是公共设施和公益事业，其功能是为社会提供产品，如水、电、热、气等，以及提供服务，如机场、道路、环境、医疗、教育等，其实质是"公共性"，具有很大的公益性。它的立项及投资不受市场机制的支配，价格不受市场供求关系的影响，而建设经营的最终目的不是获得利润收入而是为公众提供良好的服务（建设高质量的基础设施以供使用等）。

长期以来公共基础设施由东道主国家投资和垄断经营，投资数量巨大、风险巨大、回收期极长、东道主政府的经济负担极为沉重。因此，东道主政府要运用非强制力量吸引、鼓励和支持私营、非公共机构和外商支持公共基础设施建设，让这些机构合理地从公共基础设施项目的建设和经营中获得一定回报，使它们全方位地参与公共基础设施建设。这就是东道主政府与它们的合作关系所在。

公共基础设施分段建设经营拥有的特征：传统由东道主政府建设的公共基础设施将建设和拥有合为一体，但 TOT 模式的方式将建设与经营分段进行，即先由东道主政府将基础设施等建设好，可以运营时再转让经营权。TOT 模式是以市场机制为基础，在不改变公共基础设施的公益、公用、公共性质的前提下，将建设与经营分离，从而改变一切由政府承担，包括利益、风险、投资压力、管理和经营的局面。

（二）法律特征[1]

（1）TOT 模式的政府协议协约性行政特权特征。TOT 模式实行政府特许制度，私营、非公共机构及外商必须得到政府的许可特别是政府授予的专营权，才能经营公共基础设施。政府有权监督私营、非公共机构及外商履行特许协议的行为，有权维护公共利益的名义权、利益权甚至合同终止权等。TOT 模式特许经营期结束后，东道主政府将无偿收回公共基础设施的经营权。

（2）TOT 模式的投资是私营、非公共机构及外商的借款人和贷款人共同承担投资风险，国家不再是投资主体和还款人。TOT 模式的核心和内在生命力是便宜的基础设施建设投资的私人化机制，投资方式的变化是对传统基础设施管理的根本变革。

（3）TOT 模式的经营权范围在特许经营期内受政府特许的限制。

（三）融资特征[1]

TOT 模式实质上是项目融资的工具。就债权而言，TOT 模式是私营、非公共机构和外商等部门借款人在寻求项目贷款，项目所在国政府无须过问它们的筹资问题。

（四）特许经营特征[1]

特许经营权，一般是指商业企业通过政府授权或者契约的方式所获得的在特定条件下从事特殊商品或服务的经营的权利，或是利用授权人的知识产权及经营模式等无形财产从事经营的权利。在 TOT 模式中，特许权指的是基础设施的特许经营权，而特许权实现的基础是特许经营协议（简称特许协议）。

特许协议是指一个东道主与社会投资者，约定在一定期间、指定地区范围内，允许社会投资者在一定条件下享有专营公共基础设施的某种权利，基于一定程序并予以特别许可的法律协议。TOT 模式的特许协议包括一系列复杂的合同安排，如特许协议、贷款协议、经营管理协议、争议违约协议、移交协议等。最为重要的是东道主政府与社会投资者之间的特许协议，其他协议均以该特许协议为基础订立。

特许协议的关键因素分析如下。

1. 严谨细致的特许权协议

特许经营协议的内容应以招标文件内容为基础制定。政府与中标单位进行谈判，将招标文件规定的条件进一步细化，签订正式的特许经营协议，内容如下：①转让的公共基础设施概述；②授权条款：权力的授予、特许经营内容及范围、特许期限、普通经营权、有限社会管理权等；③东道主政府的陈述与承诺：提供项目运营的真实信息、不制定不利的政策、对项目运营条件的承诺、不竞争承诺；④项目公司保证与承诺：非经东道主政府同意对公共基础设施不得进行处分、设立担保与抵押、合同届满时技术装备良好的承诺，合同届满时移交完善的设备更新维修档案文件的承诺，不得擅自停业、歇业的承诺；⑤债务处理、富余员工安置方案；⑥产品或服务标准；⑦转让价款及支付时间；⑧公共基础设施产品或服务收费价格的确定与调整；⑨公共基础设施设备的经营与维护义务；⑩东道主政府补偿或补贴条款；⑪公共基础设施产品、服务购买条款；⑫委托他人经营的条件与审批；⑬新建公用设施权属与补偿；⑭移交内容、标准与程序；⑮合同届满项目公司的优先受让权；⑯政府变更终止协议权；⑰保险条款；⑱优先条款；⑲补充批准条款；⑳不可抗力；㉑争议解决。

2. 合理的风险分担

公共设施具有社会和经济双重效益，东道主政府根据社会发展的需要及公众的承受能力对公共设施所提供的产品或服务的价格进行限制，这会造成公共设施经营收益难以满足项目融资的要求，而社会投资者追求的目标是经济效益。这可能导致社会投资者要求东道主政府通过减免税收来弥补它们的经营收益。东道主政府与社会投资者之间的冲突会形成项目的各种风险。

1) 东道主政府面临的主要风险

贷款和外汇汇率担保的风险，政府在外汇汇率上要承担很大的风险，主要体现在融资成本的增加。

利率上扬的风险，利率上扬会对项目融资产生很大的风险，主要体现在融资成本的增加。

通货膨胀的风险。

2) 社会投资者面临的主要风险

法律法规风险，即该项目所在地区的投资环境，特别是相关的法律法规政策变化所带来的风险。

东道主政府信用风险，即东道主政府的信用、级别和权限范围，以及项目特许经营权是否符合该国的有关法律法规政策。

市场和收益风险，即要认真做好该项目的市场预测，准确评估市场需求、利率、汇率、价格等风险。

不可抗力风险，即要关心该区域的政治形势、治安状况、生态环境等因素，以防止意外情况发生，给项目带来重大损失。

3. 东道国政府的特别担保

1）项目投资后的后勤保证

项目投资的后勤保证是指东道国政府对项目建设所需的土地、能源、原材料等必要物品提供充足的供给，并对与项目实施有关的技术及管理人员的入境、实施项目所需物资和器材的入境给予一定保证。

2）禁止同一地区同类项目竞争

在公共基础设施项目建成之后，如果又有其他投资者在同一地区进行同类项目的建设，则前一项目的投资收益率将受到极大的影响，最终可能导致该项目投资人的投资目的无法实现。因此，东道主政府必须有禁止同一地区同类项目竞争的保证。

3）投资回报率的适当保证

投资回报率属于商业风险，但由于公共基础设施项目往往投资巨大，东道主政府不对投资者进行一定的投资回报保证，可能会降低投资者的投资信心。

4）利率和汇率担保

东道主政府为超过一定范围的利率和汇率风险提供一定的资金予以补偿。

4. 可靠的多边投资担保保险

目前，多边投资担保机构承保直接投资的险别有四种：外汇冻结险、资产征用险、合同中止险、武装冲突和市民暴动险。

六、TOT 模式全过程分析

对于参与项目的双方而言，按照国际惯例，TOT 模式一般要经过如下八个阶段来完成[2]。

第一阶段：东道主项目发起人设立 SPV （special purpose vehicle，SPV）或 SPC （special purpose corporation）

发起人把完工项目的所有权和新建项目的所有权均转让给 SPV，以确保有专门机构对两个项目的管理、转让、建设负有全权，并对出现的问题加以协调，SPV 通常是政府设立或政府参与设立的具有特许权的机构。

第二阶段：资格预审

根据投标者的业绩及其经验和技术水平与财务情况，对有兴趣参与投标的投标者进行资格预审，为下一步的邀请投标工作打下基础。

第三阶段：邀请投标

就确定的项目向通过资格预审的投标者发出投标邀请，并请他们提供详细的投标文件和相关建议。

第四阶段：招标准备

私营、非公共机构、外商投资者等合同商在标书文件的基础上提交标书。

第五阶段：评标和选择

东道主政府根据项目招标文件中规定的评标标准和评标方法来选择和确定该项目的最后中标者。SPV 等应当对所有投标者及文件包进行分析审查，对投标者进行选优排序，确定最后的中标者后应当发布评标结果。当有关项目的特许经营期限和条件等经过双方谈判确定后，项目主管部门将与中标者签订特许权协议。这个过程中，项目主管部门的有关机构将参与其中。

第六阶段：中标者组建项目公司

中标者与 SPV 洽谈达成转让投产项目在未来一定期限内全部或部分经营权的协议后，成立一个项目公司，并向所在地政府支付资金，所在地政府利用获得的资金，来进行新项目的建设。在这个过程中，凡是直接或间接参与该项目的参与者相互之间的权利义务关系必须以合同或协议的方式得到最后的确认和固定。

第七阶段：项目运营

在正式得到授权后，项目公司根据授权开始对项目进行运营，对项目的运营工作包括对项目设施的经营管理工作和日常维护工作。在特许期内，该项目运营所产生的收入将全部成为项目公司的收益来源。

第八阶段：设施移交

最后，当规定的特许运营期限届满时，私人投资者通常要将合同设施即项目无偿归还给东道主政府或政府指定的接收机构。东道主政府应得到完整的、可继续运作的、得到极好维护的项目。

东道主政府要请专业的工程咨询机构对项目做出项目质量、寿命期、技术水平等方面的评价，请专业的财务机构对 TOT 模式的债务进行评价，请法律机构对 TOT 模式的法律问题进行评价，等等。所有上述评价满足相关协议和合同要求后，东道主政府方可接受 TOT 模式的移交。

七、TOT 模式结构分析

TOT 模式的参与者众多，各有各的目的，各有各的需要及优势，各自所能承受的风险也不尽相同，项目运作过程就是这些参与者进行长期博弈的过程，他们合理构建项目融资结构，充分发挥各个参与者的优势，将风险分配给最能承受并管理这类风险的参与者，让每个参与者得到项目成功带来的收益，但同时也必须为此付出应有的代价。因此，有必要对 TOT 模式的结构进行全面的分析。一般来说，TOT 模式由以下各方组成，并按一定的逻辑关系将各要素组成一个复杂的体系（图1-2）。

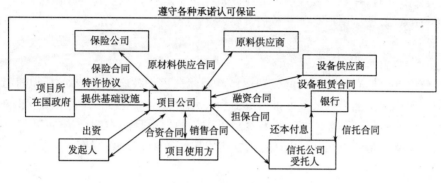

图 1-2 TOT 模式结构

八、TOT 模式成功标准分析[1]

根据国内外专家、学者的研究及 TOT 模式的实际经验，要评价 TOT 模式是成功还是失败，可以根据下述标准进行。

（一）国家风险必须在可以控制的范围内

TOT 模式要求有一个稳定的政治和经济环境。稳定的政治环境是一个 TOT 模式成功实施的必要和先决条件。没有政治稳定性，项目公司就不可能得到实施 TOT 模式所需的广泛的政府支持，即使得到一个不稳定国家政府的许诺，这种许诺也很可能是不可信的。TOT 模式实施的全过程一般要 10～25 年的时间，如果在这段时间内项目所在地政治的稳定性得不到保障，那么项目的私营主办者就不会花费大量的时间和金钱，承担长时间的项目风险。

（二）法律体系必须健全、稳定

稳定的法律体系包括外国投资、公司法、安全政策、税收、知识产权等领域的法律、法规及政策等，对 TOT 模式的成功有重要意义。因为一个 TOT 模式涉及许多参与方，这些参与方之间的权利义务关系都是通过合同或协议的形式进行确定的，各种合同或协议的存在必然会涉及东道主国家的许多法律，这就要求项目所在地国家必须具有成熟的法律体系，只有这样，才能适应 TOT 模式的需要。在项目所在国，TOT 模式所应遵循的法律和条例必须让项目主办者及其他参与者容易弄懂，而且要与项目的私营特点相符合，这也是投资者最需要解决的问题。

（三）项目必须财务健全、可行和可以承受

首先，项目在财务和经济上必须是健全的；其次，从执行的角度讲，项目应是可行的；最后，用户必须能承受 TOT 模式产品的成本（价格）。

（四）必须有东道主政府强有力的支持

政府的支持有助于项目的成功运作，因此东道主政府的支持对任何 TOT 模式都是重要的。因为将公共职能转移到公、私合作上来在政治上是困难的，所以东道主政府对 TOT 模式的政策承诺是很重要的。项目所在国政府对 TOT 模式的大力支持，是一个国际 TOT 模式成功的基本条件。这些支持包括如下内容。

1. 政治支持

TOT 模式的所在地政府必须为项目提供强有力的官方支持，以解决该项目在各种管理上和其他方面可能出现的问题。当地政府的行政部门应当为项目配备专门人员或专门部门作为该项目的顾问，且该顾问能在项目的生命周期内对项目进行持续支持，并抑制某些官僚主义的干扰。

2. 保证项目收益

在 TOT 模式中，东道主政府一般是项目产品的主要用户有时甚至是唯一用户，如电站项目，其产品——电力一般是卖给当地政府所在地的电网。所以，为保证项目的收益渠道，东道主政府或其所属的电力公司通常被要求与项目公司签订一个有约束力的长期协议。

3. 对 TOT 模式管理及其他方面的支持

东道主政府应当向项目公司提供项目财务和管理方面的支持。必要时，当地政府还应当通过特别立法，为以私营部门经济形式运营的 TOT 模式提供基本的制定规章和管理的权限。

4. 提供竞争保护

一般情况下，TOT 模式的所在地政府可能需要为项目将要经营的竞争环境提供一些保证，如要求当地政府承诺在相当长的一段时期里，在当地不能再建立相同或相似的项目，以确保项目的收益不会受到损害。

（五）TOT 模式项目在东道主政府基础设施项目清单上必须处于优先位置

TOT 模式的参与者和债权人须得到保证：TOT 模式在东道主政府基础设施项目规划中是优先的，即这个项目对东道主而言是非常重要的。这样的话，当地政府就会很重视这个项目，为了让该项目成功运作当然就会给予该项目许多保证和优惠政策、措施等，参与者就会有参与的积极性。

（六）行政体系必须透明而有效

复杂的、官僚的程序常常阻碍 TOT 模式的进程。东道主政府应该提供一个有效的行政过程或机关在整个特许经营期内办理批件和许可证。这种批件和许可证必须以公平和客观的方式颁发，并在项目进行的开始就符合法律规定。

（七）招标过程必须公平和透明

招标过程是一个国家 TOT 政策的一项很重要的部分。如果 TOT 模式招标不在合理、有序、公平和透明的情况下进行，社会投资者就不愿意投资。评标标准必须明确，并且要以公开和客观的方式进行。

（八）TOT 模式经营权的转让应严密组织使其在合理时间内以合理成本成交

东道主政府能够以合理成本成交，TOT 模式转让使私人部门对 TOT 基础设施项目有更大的投资兴趣。如果与东道主政府经过长时间的、花费昂贵的谈判而没有成果，投资者则不愿意投资 TOT 模式。

（九）投资者必须具有足够的财务能力、先进的技术和管理经验

对于所有的 TOT 模式来说，吸引足够的资金是一个关键的问题，东道主政府要求私营、非公共机构外商有足够大的财务实力；同时，为确保项目的有效运行，东道主政府还要求投资者具有先进的技术和管理经验。

（十）项目风险必须各方合理分担

TOT 模式方式的风险虽相对较低，但仍然存在，各参与方应当共同承担风险。合理分担和管理项目的风险是 TOT 模式成功的又一重要因素。各参与方应当做到：

（1）所有主要风险都已确定；

（2）确定的风险应按照成本和控制力分担给应承担的各方；

（3）分担的风险以合理的方式管理。

（十一）必须解决现金、外币兑换和通货膨胀问题

现金转换、外币兑换和通货膨胀是 TOT 模式成功的巨大的障碍。当使用外国货币对 TOT 模式投资，而项目的收入是当地货币时，投资人和债权人必须满足如下三方面条件：

（1）东道主必须有足够的外币满足任何外币融资本息的偿还；

（2）东道主政府将允许项目收入转换成贷款现金并转移出境；

（3）保护项目不因汇率的波动和通货膨胀而受损失。

（十二）TOT 模式的相关合同必须是协调的

每一个 TOT 模式都涉及许多参与者，而每一个参与者之间的权利义务关系又都是通过合同（协议）的形式进行确定和管理的，这就会导致很多合同出现。因此，监管一个 TOT 模式的合同是复杂的。在 TOT 模式执行过程中，项目协议的基本条款应该尽早列出，最好包括在东道主政府的招标文件中。

（十三）东道主政府和私人参与部门需要在双赢基础上合作

成功的 TOT 模式是对东道主政府和私人参与部门双方都有利的双赢 TOT 模式。双方公平的回报将促进合作的成功和效率，也有助于双方今后的继续合作。

第三节　　TOT 项目融资模式相关理论

一、公共产品理论[3~6]

根据公共产品理论，基础设施可以分为公共产品、混合产品（准公共物品）和私人物品三类。传统市场经济理论认为，基础设施、公用事业等均是公共物品，不具有私人物品消费的竞争性（rival）（你使用该物品会影响我的使用）和排他性（exclusive）（可以通过设定界限使"某些人"能够使用）。缺乏竞争性（rival）和排他性（exclusive）会导致公共物品消费上的"搭便车"现象，对私人企业的利润吸引力不足，也决定了政府提供是最理想的制度安排。通常人们认为，对于公共产品而言，市场机制对调节资源配置的作用完全失灵，因此不能由私人提供和经营，而必须由政府投资、建设、管理，才能满足社会公众的需要。

然而，研究进一步证明，许多物品的性质是介于公共物品与私有物品之间的。以此为基础，有学者根据排他性和竞争性的有无，把物品分为四类：第一种是纯公共物品，它同时兼有"非排他性"和"非竞争性"特征，如国家安全、社

会治安秩序等。第二种是具有排他性但没有竞争性的可收费物品，如有线电视、电力输送和通信网络等（可以通过一定技术使"某些人"使用，但你的使用并不影响我的使用）。第三种与第二种相反，有竞争性但无排他性被称之为共用资源的物品，如公路、桥梁、隧道、森林、牧场等（你的使用影响我的使用）。最后一种则是既有排他性又有竞争性的纯私人物品，如个人住房等。

实践证明，在纯公共物品和其他各种物品之间并不存在鸿沟，公共物品的非排他性和非竞争性是随着社会的发展动态变化的。例如，排他性技术的发展可以使原来意义上的纯公共物品转变为可收费物品。例如，电视台由政府文化部门经营，但由于应用加密技术，使电视台根据顾客的收视情况进行收费成为可能。反之，技术的发展也可以使某些物品具有更多公共物品的特点，如现代演播技术使娱乐活动变得更有公共性；就公共物品的非竞争性而言，公共物品的消费存在一个"拥挤点"，在该点之内，消费者可以自由地免费享用公共物品的收益。但当公共物品的使用人数超过这一点后，每增加一个消费者就会对其他消费者造成影响，如交通拥挤的公路。在这种情况下，这些"公共物品"的消费就具有了可竞争性，从而成为经营性公共产品。

应该看到，对经营性公共物品实行收费制度不仅是可行的，而且是必要的。由于经营性公共物品具有拥挤性和消费数量非均等性的特征，所以要通过收取恰当的费用来调节经营性公共物品的需求数量，以消除拥挤现象和过度使用的现象，提高配置效率和社会福利；而且通过收费，还可以在消费者中按照消费数量和"谁受益谁负担"的原则来公平分摊公共物品的生产成本。

经营性公共产品具有的一定的经济物品的特性，使引入某种程度的市场机制成为更有效率的选择。这样 TOT 模式便应运而生，以适应这些经营性公共物品的特性，将政府提供与社会投资者提供各自的优点结合起来，而避免两者的劣势。政府的优势主要是能够制定相应政策，并且有较强的支持系统；它的劣势就是缺乏足够的资金，管理比较落后，效率不高。相对来讲，社会投资者的优势在于：资金比较充裕，同时有先进的管理经验与模式，因其灵活性，又具备很强的创新能力；而它的劣势则在于承担风险的能力太弱。经过市场实践的考验，证明这些创新的项目融资安排十分有生命力。

二、公共基础设施民营化理论[3,4]

1. 基础设施民营化原因

一是现实的压力。人们日益认识到，在同样的成本下，只有民营化才能使服务质量提高，成本收益比较好；二是财政方面的压力，公共基础设施带给政府的财政压力非常巨大，即使在财政状况好的时候，公共基础设施尤其是其运营的成本投入也是无止境的；三是来自民营机构的推动力，一些处于亏损状态的公共基础设施，在民营机构经营后却可以获利；四是从社会承受力角度来看，社会观念在转变，人们愿意也有能力接受民营化的公共基础设施服务。政府提供的公共基础设施服务，大多是大众化千篇一律的，而民营化差别服务则使公众拥有了更多的服务选择。

2. 基础设施民营化的基本形式

通过政府与私人的合作来实现基础设施建设项目的民营化，存在着诸多基本形式，美国学者 E. S. 萨瓦斯在其《民营化与公私部门的伙伴关系》一书中做出了分类阐述。政府与私人的合作可以采取多种形式，图 1-3 使用连续体的方式表示了政府与私人合作的主要类型。在这一连续体上，最左端是完全公营的模式，最右端则是完全民营的模式。所谓民营化程度的高低是相对而言的。事实上，它们之间的区别十分细微，而具体到每个案例，情况也不尽相同。

| 政府部门 | 国有企业 | 服务外包 | 运营维护外包 | 合作组织 | 租赁建设经营 | 建设移交经营 | 建设经营移交 | 外围建设 | 购买建设 | 建设拥有经营 |

完全公营◄————————————————————►完全民营

图 1-3　政府与私人合作类型的连续体

三、项目区分理论[6,7]

1. 项目区分理论的界定

所谓项目区分理论就是将项目区分为经营性与非经营性，根据项目的属性决定项目的投资主体、运作模式、资金渠道及权益归属等。非经营性项目投资主体由政府承担，按政府投资运作模式进行，资金来源以政府财政投入为主，并配以固定的税种或费种得以保障，当然其权益也归政府所有。而经营性项目则属全社会投资范畴，其前提是项目必须符合区域发展规划和产业导向政策，投资主体可以是国有企业，也可以是民营企业，包括外资企业等，通过公开、公平、竞争的招投标，其融资、建设、管理及运营均由投资方自行决策，所享受的权益也理应归投资方所有。在价格制定上，政府应兼顾投资方利益和公众的可承受能力，采取"投资者报价，政府核价，公众议价"的方法，尽可能做到公民、投资方、政府三方都满意。

2. 公共基础设施项目的分类标准

公共基础设施项目，可从能否让市场发挥作用这一角度出发，根据以下两个标准进行分类:一是以投资项目有无收费机制,即是否有资金流入,把公共基础设施项目分为经营性项目和非经营性项目;二是如果有收费机制,按是否有收益,把经营性项目进一步区分为纯经营性项目和准经营性项目,但其会因受到政府政策的影响而有所变化。

第一类为非经营性项目,即无收费机制、无资金流入,这是市场失效而政府有效的部分,其目的是获取社会效益和环境效益,市场调节难以对此起作用,这类投资只能由代表公共利益的政府财政来承担。

第二类为经营性项目,此类项目有收费机制(有资金流入),但这类项目又以其有无收益(利润)分为两小类,即纯经营性项目和准经营性项目。纯经营性项目(营利性项目),可通过市场进行有效配置,其动机与目的是利润的最大化,其投资形成是价值增值过程,可通过全社会投资加以实现;准经营性项目有收费机制和资金流入,具有潜在的利润,但因政策及收费价格没有到位等客观因素,无法收回成本,附带部分公益性,是市场失效或低效的部分,由于经济效益不够明显,市场运行的结果将不可避免地形成资金供给的缺口,要通过政府适当贴息或政策优惠维持运营,待其价格逐步到位及条件成熟时,即可转变成纯经营性项目(通常所说的经营性项目即为纯经营性项目)。

3. 经营性与非经营性项目的相互关系

纯经营性项目、准经营性项目以及非经营性项目都不是一成不变的,在一定条件下它们之间可以互相转化。

非经营性项目可通过政府制定特定政策或提高价格等使其可经营性提升,因此非经营性项目、经营性项目根据政策条件可以相互转化。例如,道路和桥梁一旦设定了收费机制,就由非经营性项目变成了经营性项目;而经营性项目一旦取消了收费就又成为非经营性项目。

4. 公共基础设施的项目分类、项目实例以及投资主体

根据上述分类标准,公共基础建设项目分类及其属性如表 1-1 所示。

表 1-1 公共基础设施的项目区分

序号	项目属性		公共基础设施实例	投资主体
1	经营性项目	纯经营性项目	收费高速公路、收费桥梁、收费隧道、废弃物的高收益资源利用厂等	全社会投资者
		准经营性项目	煤气厂、地铁、轻轨、自来水厂、垃圾焚烧厂、收费不到位的高速公路等	吸纳社会投资政府适当补贴
2	非经营性项目		敞开式城市道路、公共绿化等	政府投资为主

5. 项目区分理论对于 TOT 项目融资模式的指导意义

合理的投资体制，关键在于分清政府和社会两大投资主体在公共基础设施方面的职责。在市场经济体制下要想拓宽公共基础设施融资渠道，只有改革投融资体制，将经营性项目与非经营性项目分成两个体系操作，加大全社会投资力度。项目区分理论的目的就是将政府投资与全社会投资分开，非经营性项目由政府投资建设，政府应做好规划、保证重点、量力而行、减少风险；经营性项目可由全社会投资者投资建设，让其真正走向市场，通过公开、公平、竞争招投标方式运作。

第四节　经营性公共基础设施 TOT 项目融资模式研究重点

(1) TOT 项目融资模式经营权资产评估方法研究；

(2) TOT 项目融资模式特许期确定方法研究；

(3) TOT 项目融资模式移交研究；

(4) TOT 项目融资模式合同包研究；

(5) TOT 项目融资模式风险控制与管理研究；

(6) TOT 项目融资模式法律、政策、法规研究；

(7) TOT 项目融资霍尔三维模式案例应用研究。

参 考 文 献

[1] 王松江等. TOT 项目管理. 昆明：云南科技出版社，2005：33～35

[2] 王松江. PPP 项目管理. 昆明：云南科技出版社，2007：101～103

[3] 王全新. PPP 模式在我国基础设施建设中的应用研究. 武汉理工大学硕士学位论文. 2005

[4] 李玉荣. 曹远征解读基础设施商业化. 中国经济快讯，2003，(11)：25

[5] 萨瓦斯 E S. 民营化与公私部门的伙伴关系. 周志忍等译. 北京：中国人民大学出版社，2002：100～104

[6] 常欣. 规模型竞争论——中国基础部门竞争问题. 北京：社会科学文献出版社，2003. 20～22

[7] 孙本刚. PPP 模式及其在准经营性基础设施项目中的应用//(特许经营) 项目融资 (BOT/PPP) 国际前沿论坛论文集. 北京清华大学国际工程项目管理研究院. 2005

第二章　TOT 项目融资模式特许经营期及经营权确定

特许经营是 TOT 模式的一大特色，如果没有特许经营，社会投资者就无法获取投资回报，则 TOT 模式亦不复存在。东道主政府把特许经营权授予社会投资者为项目而专门成立的项目公司，项目公司拥有特许经营权利后，凭借该项权利独立地运营和管理项目设施。TOT 模式特许经营是一个社会投资者投资和获利的商业过程。这一过程有着既定的起、止点和投资者明确的获利目标。TOT 模式特许经营的管理主要是风险管理，TOT 模式特许经营期中的风险因素与生俱来，对这些风险因素的准确识别和有力控制是 TOT 模式融资管理工作的重点内容。

第一节　TOT 项目融资模式特许经营期概论

一、TOT 模式特许经营期概念

TOT 模式有两个必备条件：特许经营权与特许经营期。东道主政府将特许经营权授予社会投资者为投资 TOT 模式而专设的项目公司，项目公司得到特许经营权的同时也得到政府的承诺与保护。特许经营权可看做是一定期限内项目公司拥有的一项无形资产，且此资产的价值是由它能给它的拥有者带来的投资利益所决定的。特许经营权的有效期限构成了特许经营期，即东道主政府许可项目公司运营该项目设施的期限，也就是指利用 TOT 模式时项目第一次转移后的运营期。特许经营期的确定是 TOT 模式最关键的问题之一。对东道主政府而言，特许经营期过长意味着公共基础设施的主权风险。而对社会投资者来说，特许经营期过短则不利于其获利目标的实现。

二、TOT 模式特许经营期特征

1. 时效性

同许多法定权利一样，TOT 模式特许经营期的生效与终止有着明确的时点界定。项目公司只能在一定的时间期限内拥有该权利，一旦期满，权利即告终止。对东道主政府来说，基础设施的特许经营权的授予并不改变其对基础设施的所有权，特许经营权终止后，东道主政府将无偿收回该公共基础设施的一切权利。

2. 排他性

TOT 模式特许经营期的特许方（东道主政府）往往为受让方（项目公司）提供这样的竞争保护，即承诺在特许经营期限内，不再在项目所在地的一定地理范围内修建同样或类似的项目设施。这样做的目的是为了保证项目公司及其投资方的稳定收入。

3. 唯一性

这一特点是东道主政府为项目公司提供的另一项竞争保护，即承诺在特许经营期限内，不再将特许经营权的部分或全部再授予第三方，除非项目公司因未能履行特许经营权协议中规定的义务而失去特许经营权。

第二节　TOT 项目融资模式特许经营期的确定

一、TOT 模式特许经营期概念

TOT 模式特许经营权是一个有着显著时间特征的法律概念，具有确定的生效与终止时间。特许经营权生效与终止时点之间的这段时间就是 TOT 模式的特许经营期。对于 TOT 模式特许经营期的计算有两种方法：①投资回收期加合理盈利期法；②合适的投资收益率计算法。特许经营期内，TOT 模式融资的各参与方按照合同规定履行义务和享受权利，项目公司在这段时间内建成并运营项目设施，从中实现自己的利润目标。因此对项目及社会投资者来说，特许经营期是一个投资与回收投资利益的过程。

对 TOT 模式特许经营期的测算思路是：首先为特许经营期选定合适的贴现率，其次分析特许经营期（主要是项目运营阶段）内的项目净现金流量，最后在前两者基础上测算出合理的特许经营期限。

二、TOT 模式特许经营期计算方法[1~3]

（一）TOT 模式特许经营期贴现率的确定

特许经营期贴现率的确定方法主要有组成要素累加法、资本资产定价模型法和加权平均资金成本模型法三种。

1. 组成要素累加法

折现率的测定有多种途径，在 TOT 模式特许经营期贴现率的确定中，一个实用有效的测定折现率的方法是组成要素累加法，这种方法可列式得

折现率 ＝ 安全收益率＋风险收益率＋通货膨胀率

1) 安全收益率

安全收益率，又称无风险收益率、安全利率，一般指当年市场状态下投资者应得到的最低的收益率。在我国，国债是一种安全的投资，故国债利率可视为投资方案中最稳妥，也是最低的收益率，即安全收益率。采用国债利率作为安全收益率时，应注意国债利率作为折现率一部分。

考虑时，应将单利换算成复利，公式为

$$r = \sqrt[N]{1 + N_i} - 1$$

式中，r 为国债复利率；N_i 为国债单利率；N 为所选国债剩余收益期限。

2) 风险收益率

风险收益率是高于安全收益率的额外收益率。由于投资要承担风险，就需要有较高的收益率。通常情况下，风险收益率的高低取决于投资风险的大小，风险越大，一般风险收益率越高。

对公共基础设施资产而言，其风险主要表现在三个方面：一是政治经济原因引起的社会风险；二是地震、洪水、雨雪带来的自然风险；三是由于转让费额一次投入，数额巨大，投资回收期长，以及公共基础设施规模基本固定、地域固定等因素，产生的公共基础设施经营不灵活等行业风险。在我国，由于目前政治稳定，经济持续发展，社会风险较小；对于投资公共基础设施资产而言，自然风险也较少；就行业风险来说，虽然存在不少风险，但在全球金融危机前提下，公共基础设施是国家重点扶持、优先发展的行业，被认为是一种高收益、低风险的投资。所以，在确定 TOT 模式特许经营期的贴现率时风险收益率不应取值过大。

3) 通货膨胀率

资产评估理论要求收益与折现率两者内涵相对应，如果测定 TOT 模式特许经营期的预期收益考虑了通货膨胀因素，则测定折现率也应考虑。持续的通货膨胀会不断降低货币的实际购买力；降低投资者的实际收益，投资者必然要求提高收益率水平以补偿实际收益下降的损失。所以，折现率除考虑安全收益率和风险收益率外，还应考虑通货膨胀的影响。在确定 TOT 模式特许经营期的贴现率时，因有的项目特许经营期限较长，尤其要考虑通货膨胀这一因素。通货膨胀率通常用同期物价上涨率表示。

2. 资本资产定价模型法

资本资产定价模型（CAPM 模型）为

$$R_i = R_f + \beta_i (R_m - R_f)$$

式中，R_i 为在给定风险水平 β_i 条件下，项目 i 的合理预期投资收益率，即项目 i 带有风险校正系数的贴现率（风险校正贴现率）；R_f 为无风险投资收益率；β_i 为项目 i 的风险校正系数，代表项目对资本市场系统风险变化的敏感程度；R_m 为资本市场的平均投资收益率。

3. 加权平均资金成本模型法

在确定 TOT 模式特许经营期的贴现率时，投资者要求的报酬率至少能够弥补筹资成本，而筹资方式与筹资时间的不同导致了不同经济组织间存在筹资成本差异，因此，加权平均资本成本率反映了投资个体间的成本差异。

资金成本通常用每年的资费用与筹得的资金净额（融资金额与融资费用之差）之间的比率来定义，其计算公式为

$$K = \frac{D}{P - f}$$

式中，K 为资金成本；D 为每年的用资费用；P 为融资金额；f 为每年分摊的融资费用。

加权平均资金成本是指项目全部长期资金的总成本，通常是以个别长期资金占全部资金的比重为权数，对个别长期资金成本进行加权平均来确定的，故亦称综合资金成本。加权平均资金成本是由个别资金成本和加权平均数两个因素决定的。它的计算公式为

$$K_w = \sum_{j=1}^{n} K_j W_j \quad \left(\sum_{j=1}^{n} W_j = 1 \right)$$

式中，K_w 为加权平均资金成本；K_j 为第 j 种个别长期资金成本；W_j 为第 j 种个别长期资金占全部资金的比重，即权数。

TOT 模式特许经营期贴现率的加权平均资金成本模型为

$$K_w = K_l W_l + K_o W_o$$

式中，K_l 为长期负债成本，即贷款利息率；W_l 为长期负债占总投资资本的比重；K_o 为自有资本成本，即自有资本要求的回报率，通常可用风险校正贴现率代替；W_o 为自有资本占总投资资本的比重。

在确定 TOT 模式特许经营期的贴现率时，不能单纯使用某一种方法且迷信其结果，而应该将三大测算方法组合使用来测算折现率。三大方法组合使用，可以最大限度地降低因方法使用单一而造成的估测偏差，从而达到相互验证测算结果的目的，使 TOT 模式特许经营期的贴现率测算结果更趋于合理、科学。

（二）TOT 模式特许经营期的净现金流量分析

按照系统工程的方法论，我们可以将特许经营期内的 TOT 模式视做一个独

立的系统，而将系统的净输出值——净现金流量，作为测量 TOT 模式经济强度和特许经营期长度的重要指标。

1. TOT 模式特许经营期现金流量模型

现金流量模型是定性分析 TOT 模式特许经营期现金流的有力工具。它能准确地反映项目各有关变量之间的相应关系以及这些变量的变化对系统输出值（项目净现金流量）的影响。这些变量包括：项目投资费用；项目产品的种类、数量、价格、销售收入以及其他市场因素；项目的非现金成本，包括折旧、摊销等；其他项目成本，如管理费用、技术专利费用、市场营销费用等；流动资金需求量与周围时间；公司所得税和其他税收，如资源税、营业税、进出口税等；通货膨胀因素；融资成本，包括利率、金融租赁成本等；不可预见因素及费用；项目的经济生命期。图 2-1 是 TOT 模式特许经营期的现金流量模型的结构示意图。

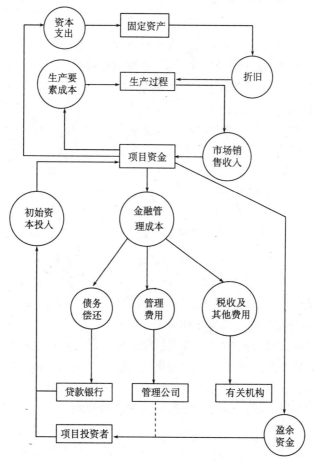

图 2-1　TOT 模式特许经营期现金流量模型结构示意图

2. TOT 模式特许经营期净现金流量分析

1）TOT 模式特许经营期净现金流量的理论公式

特许经营期净现金流量是指在 TOT 模式内由每期（通常以年或月为单位）现金流入量与同期现金流出量之间的差额所形成的序列指标，其计算理论公式为

$$NCF_t = CI_t - CO_t \quad (t = 0,1,2,\cdots,n)$$

式中，NCF_t 为第 t 期净现金流量；CI_t 为第 t 期现金流入量；CO_t 为第 t 期现金流出量。

由于 TOT 模式特许经营只包括经营期，因此在经营期应该存在净现金流量这个范畴。

TOT 模式经营期内净现金流量的计算公式为

$$NCF_t = P_t + D_t + M_t + R_t + C_t$$

式中，P_t 为第 t 期利润（指营业利润或净利）；D_t 为第 t 期的折旧；M_t 为第 t 期的费用摊销；R_t 为第 t 期回收额；C_t 为第 t 期利息费用。

2）TOT 模式特许经营期净现金流量的预测

◆ 定量预测法

定量预测法主要是根据过去比较完备的类似 TOT 模式的历史资料，运用一定的数学方法进行科学的加工处理，借以揭示过去与未来净现金流之间的联系，作为预测依据的一种预测方法。一般有两类方法，如下所述：

移动平均法（简单移动平均法）

假定待预测的未来净现金流量的变化具有连续性，记观察期 1，2，$\cdots$，t 的净现金流量为 Y_1，Y_2，$\cdots$，Y_t，预测第（$t+1$）期净现金流量，预测公式为

$$X_{t+1} = \frac{Y_t + Y_{t-1} + \cdots + Y_{t-N+1}}{N} = \frac{1}{N}\sum_{j=0}^{N-1}Y_{t-j}$$

式中，X_{t+1} 为第（$t+1$）期的净现金流量的预测值；Y_t 为第 t 期的净现金流量观察值；N 为移动平均期数，又称移动跨距。

简单移动平均法计算简便，容易理解和掌握，但其缺点也很明显。一方面会出现滞后偏差，如果近期内情况发展变化比较快，利用简单移动平均法预测要通过较长时间才能反映出来，存在滞后偏差；另一方面简单移动平均法对分段内部的各期数据同等对待，没有考虑时间的先后顺序对预测值的影响。

指数平滑法

指数平滑法是在移动平均法基础上发展起来的一种预测方法，是移动平均法的改进形式。它又分为一次指数平滑法、二次指数平滑法和三次指数平滑法。这

里主要介绍一次指数平滑法。一次指数平滑法的基本公式为

$$X_{t+1} = aY_t + (1-a)X_t$$

式中，X_{t+1} 为第（$t+1$）期的净现金流量的预测值；Y_t 为第 t 期的净现金流量观察值；a 为加权系数，$0 \leqslant a \leqslant 1$。

因为最近的观察值中包含着最多的未来情况的信息，所以必须相对地比前期观察值赋予更大的权数，即对最近期的观察值应给予最大的权数，而对较远的观察值就给予递减的权数。由上式可见，加权系数 a 的取值大小直接影响平滑值的计算结果，a 值越大，其对应的观察值 Y_t 在 X_{t+1} 中所占的比重越高，所起的作用也就越大。在实际应用中，选取 a 值要经过反复试算而确定。

◆ 定性预测法（专家法）

定性预测法又称为专家法，是一种靠人的主观经验判断预测未来的方法。它主要由熟悉 TOT 模式运营的专家根据过去的经验分析、判断，提出预测的初步意见，然后再通过一定的形式（如座谈会、函询调查征集意见等）进行综合，作为预测未来净现金流量的主要依据。这种预测方法主要是在没有完整历史资料，或主观和客观条件有了很大改变，不可能根据历史资料来推断的情况下采用。定性预测法是建立在经验、逻辑思维和推理基础之上的，主要由人去处理事物、信息，而不用数学模型去推算，这就要求在预测过程中要选择有经验的专家发挥他们的聪明才智，以取得最好的预测结果。

（三）TOT 模式特许经营期的计算

TOT 模式特许经营期的计算主要有两种方法：①项目的投资回收期加合理盈利期的方法；②合宜投资收益率计算方法。

1. 项目投资回收期加合理盈利期法

（1）在这种方法中，TOT 模式特许经营期等于投资回收期加上一个合理的盈利期。例如，某高速公路 TOT 模式的投资回收期为 18 年，合理盈利期为 8 年，则特许经营期定为 26 年。用公式可表示为

$$T = P_t + N$$

式中，T 为 TOT 模式特许经营期；P_t 为项目的投资回收期；N 为合理盈利期。

在这里需要注意的是，N 值的大小通常是特许经营权特许方与受让方在相关法律或政策规定范围内谈判协商的结果。例如，我国交通部 1996 年第 9 号令《公路经营权转让有偿转让管理办法》中规定："转让公路资产中的车辆通行经营权，应坚持以投资预测回收期加上合理年限盈利期（合理年限盈利期一般不得超

过投资预测回收期的 50％）为基准的原则，最多不得超过 30 年。"对盈利期的设定，作者认为实践中主要取决于双方的谈判，且盈利期的设定应该根据项目的经营条件的变化具有一定弹性。

（2）计算投资回收期的方法有两种：①不考虑资金时间价值的静态投资回收期；②考虑资金时间价值的动态投资回收期。

此处的投资回收期是指静态投资回收期，即在不考虑资金时间价值条件下，以项目净收益抵偿项目的全部投资所需要的时间，公式为

$$\sum_{t=0}^{P_t} (B_t - C_t)_t = 0$$

式中，P_t 为项目投资回收期；B_t 为第 t 年的收费收入；C_t 为第 t 年的经营成本。

P_t 也可用财务现金流量表累计其净现金流量求出，公式为

$$P_t = [累计净现金流开始为正的年数] - 1 + \left[\frac{上年累计的绝对值}{当年的净现金流量}\right]$$

如果投资在期初一次投入，当年收益且收入和费用从开始起每年保持不变，则 P_t 为

$$P_t = \frac{I}{B_t - C_t}$$

式中，P_t 为项目投资回收期；B_t 为第 t 年的收费收入；C_t 为第 t 年的经营成本；I 为初始投资。

根据前文对 P_t 的计算，则特许经营期 T 为

$$T = P_t + n$$

式中，P_t 为项目投资回收期；n 为盈利期。

2. 合宜投资收益率计算法（动态投资回收期法）

在这种方法中，我们选定一个适宜的投资收益率作为贴现率，把项目投入运营后各年的预测净现金流量向基年贴现，从而确定特许经营期。这个适宜的投资收益率应该比项目的贴现率高一些，其中高出的部分就代表了投资方的利润。用式可表示为

$$\sum_{t=0}^{T} NCF_t (1 + i)^{-t} = 0$$

式中，T 为 TOT 模式特许经营期；i 为所选择的合宜投资收益率。

同 T_b，i 也是特许经营权特许和受许双方在相关法律或政策规定范围内谈判协商的结果。

（四）TOT 模式特许经营期确定程序

TOT 模式特许经营期的确定是极其复杂和困难的。作为东道主政府来说希望特许经营期短一些，而对社会投资者而言则希望特许经营期长一些。如果特许经营期定得过长，公共基础设施长期受控于社会投资者，就会给东道主政府带来所有权风险。而特许经营期定得过短，又会使社会投资者对 TOT 模式的投资热情降低。确定 TOT 模式特许经营期基本的原则是，特许经营期不应短于项目还债期，也不应长于项目资产的经济年限。

TOT 模式特许经营期的确定程序如下所述。

（1）受许方（项目公司）通过与特许方（东道主政府）各自评估该 TOT 模式特许经营期；

（2）受许方（项目公司）通过与特许方（东道主政府）双方统一考虑计算该 TOT 模式特许经营期的各种参数；

（3）受许方（项目公司）通过与特许方（东道主政府）双方统一计算该 TOT 模式特许经营期；

（4）受许方（项目公司）通过与特许方（东道主政府）各自核算该 TOT 模式特许经营期；

（5）受许方（项目公司）通过与特许方（东道主政府）双方一致同意并确定该 TOT 模式特许经营期。

第三节　TOT 项目融资模式特许经营期变更

一、TOT 模式特许经营期变更程序

由于发生了不可控制的风险，一般是指与东道主宏观经济环境有关的、超出发起人和项目公司控制范围的风险，受许方和特许方都没有估计到，导致受许方不能达到预期的目的和收入，甚至可能严重亏损。此时，双方必须更改特许经营期。TOT 模式特许经营期变更程序如下所述。

（1）受许方（项目公司）向特许方（东道主政府）提出书面申请，说明 TOT 模式特许经营期变更的原因以及重新更改的特许经营期。

（2）特许方（东道主政府）审批受许方（项目公司）递来的申请，审阅是否符合双方的权利和义务，是否情况属实等，最终做出决定。

（3）经双方协商后，原来的特许经营期作废，讨论出新的、双方都能满意的特许经营期，经特许方（东道主政府）批准后生效。

二、TOT 模式特许经营期变更控制

TOT 模式特许经营期变更控制是对发生了不可控制的风险做出的规避措施。因为 TOT 模式特许经营期既要保证社会投资者的投资回报并取得合理的利润，又要保证国家收益，所以当发生了不可控制的风险时，双方必须尽快地达成一致，使损失降到最低，形成新的令双方都满意的特许经营期。TOT 模式特许经营期变更控制的手段除了计划中预定的规避措施之外，还应有根据实际情况确定的权变措施。如果实际发生的风险事先没有预料到，或其后果比预期的严重，那么必须制定新的规避措施。

参 考 文 献

[1] 卢柯. 特许经营主要经济业务及会计处理. 财会通讯，2002，2：30～31

[2] 王敏正，王松江. BOT 项目实施指南. 昆明：云南科技出版社，2002：143～145

[3] 高向平，郭菊先，柏云喜. TOT 项目融资中的项目经营权定价模式选择及其验证. 技术经济与管理研究，2002，(3)：56～57

第三章　TOT 项目融资模式资产评估

第一节　TOT 项目融资模式资产评估概论

一、TOT 模式资产评估概念

（一）TOT 模式资产评估的概念

资产评估是依据项目特定的目的，以资产的现状为基础，根据项目的功能状态及使用效益，参照当前生产技术和经济状况，遵循公允的原则和标准，按照法定的程序，运用科学的方法，对所要转让项目资产某一时点的价值进行评定和估算。

TOT 模式资产评估中的"资产"是指由东道主政府控制或转让的部分或全部经营权；TOT 模式资产评估中的"评估"是指对该资产某一时点的价值进行评定和估算。

（二）TOT 模式资产评估要素

TOT 模式资产评估要素有：资产评估的主体、客体、目的、程序、价值类型和方法。

1. TOT 模式资产评估的主体

指评估的机构和人员。这是评估工作得以进行的前提条件。《国有资产评估管理办法》第 9 条规定，资产评估公司、会计师事务所、审计师事务所、财务咨询公司，必须拥有省级以上国有资产管理部门颁发的国有资产评估资格证书，才能从事国有资产评估业务[1]。

2. TOT 模式资产评估的客体

资产评估的客体，指评估的项目资产，它是评估工作的具体对象。TOT 模式资产评估的客体主要指东道国政府拥有的公共基础设施经营权。

3. TOT 模式资产评估的目的

TOT 模式所转让的资产依托于公共基础设施，属于国有资产。估价过低，会造成国有资产流失；估价过高，则会影响受让方的积极性。这就需要处理好资产转让与国有资产正确估价之间的关系。

4. TOT 模式资产评估的程序

TOT 模式资产评估工作的各个具体步骤及由逻辑关系决定排列顺序，我国国有资产管理办法规定的程序包括申报立项、资产清查、评定估算、验证确认。严格按照科学的程序进行评估，是减少误差、防止主观臆断、确保评估质量的基本条件。有了统一而明确的程序，才能使 TOT 模式资产评估工作有计划、有步骤地进行，从而提高评估工作的质量。

5. TOT 模式资产评估价值类型

TOT 模式资产评估的价值类型指的是资产评估价值质的规定性，即价值内涵。价值类型需要与资产行为的发生相匹配，这主要是由于资产在价值形态上的计量可以有多种类型。TOT 模式资产评估同样遵循公允的价值类型，主要有公开市场价值、收益现值价值、重置价值和清算价格。TOT 模式资产评估活动中应根据不同的评估目的，采用与之相适应的价值类型；在成本、费用、税金、利润等各项价值构成要素的取舍上，必须服从于资产评估的目的。同样的资产在相同目的、相同时点、相同地区的估价，应该是相同的[2~4]。

6. TOT 模式资产评估的方法

TOT 模式资产评估方法与价值类型相适应，也有重置成本法、收益现值法、现行市价法和清算价格法。它是与资产评估方法与价值类型既相联系，又有区别的概念。评估方法是评估价值的量化过程。

（三）TOT 模式资产评估程序

TOT 模式资产评估程序是指评估 TOT 模式资产的具体操作规程，是确保评估结果科学、有效的保证。通常按照下列程序进行。

1. 明确评估目的

TOT 模式资产评估的目的是 TOT 模式资产的转让。由此可以确定评估的价值类型和评估方法。

2. 搜集有关资料

确定评估目的以后要按其目的搜集有关资料。资料是评估的基础和依据，收集得越多、越真实，评估结果越科学。

3. 确定 TOT 模式资产的转让期限

转让期限的长短与经济效益有关，更与转让资产的评估价格紧密联系。转让期过短，则无法吸引投资者的积极性，即使接受了该项目，也可能会导致投资方在特许期内减少投资成本，从而导致在基础设施项目转移到国家政府手中时，在技术、管理等方面出现滞后现象；转让期过长，则可能会导致政府对该项目失去控制。

4. 选择评估方法，预测收益

不同的 TOT 模式资产，选用的评估方法可能不同。例如，采用收益法时，要注意分析预测计算超额获利能力及避免将其他资产创造的收益误算到被评估资产项目中，注意参数和分成比率选定，要充分考虑东道国当地法律法规、宏观经济环境、行业发展变化、企业经营管理等因素对 TOT 模式资产收益额、收益率及折现率的影响；应用成本法进行评估时，要计算在当前情况下形成或取得该项资产所需的全部费用，要注意扣除实际存在的功能性贬值和经济性贬值。

5. 做出评估结论

通过上述步骤，进行评定估算后得出被评资产的评估值，撰写评估报告书，除了正常要求的内容外，还要列出重要参数的确定过程。

（四）TOT 模式资产评估协议书[3~6]

它旨在明确评估人员的工作目标，同时也是检验资产评估任务完成情况的标准。因此，在评估任务的起始阶段认真签订业务约定书，对评估任务进行明确界定，对 TOT 模式资产任务的完成具有重要作用。

1. TOT 模式资产评估协议书的内容

资产评估师在执行 TOT 模式资产评估业务前应当明确下列事项：TOT 模式资产的性质和权属；评估目的；评估基准日；评估范围。

因此，一份合格的 TOT 模式资产评估协议应包括以下几个部分：评估任务的界定，包括评估目标和评估任务；表述需经评估的无形资产，对其性质和权属进行鉴定；必要的分析程序；评估报告，确定评估报告应该提供的内容；工作人员的配备；工作时间安排及费用；约定的条款和条件。

2. TOT 模式资产评估任务的界定

一项资产的评估任务由评估目标和评估目的两个部分组成。评估目标和评估目的之间存在着明显的区别，主要体现在如下两方面。

1）评估目标

评估目标描述的是要实施什么样的评估，它至少应该清楚地说明以下事项：被评估资产的具体范围；与被评估 TOT 模式资产有关的所有者权益；被评估的价值类型或定义；评估基准日。

2）评估目的

评估目的描述的是评估的使用者及哪些决策将受到评估的影响。评估目的至少要说明以下事项：为什么要实施评估；评估的预期用途是什么；评估报告的预期使用者是谁。

3. 评估基准日

资产评估人员在接受 TOT 模式资产评估业务时，应当明确其价值的确定时点。TOT 模式资产资产价值是不断变化的，同一资产在不同时点的价值是不同的。因此，TOT 模式资产评估必须以某一确定的时点为价值的基准时点，才能对其价值进行估算。这个确定的评估时点就是 TOT 模式资产的评估基准日。评估基准日的确定可以有三种选择：①过去的某一时日；②现在的某一时日；③将来的某一时日。对于 TOT 模式资产评估基准日常常选用现在的某一时日。

明确 TOT 模式资产评估基准日，还应注意其与实施评估的时日和完成评估任务的时日的不同内涵。不能将实施评估的时日与完成评估任务的时日分别作为 TOT 模式资产评估结果的起点日和计算评估结果有效期的截止日。

4. TOT 模式资产评估范围

资产评估准则要求评估人员在接受 TOT 模式资产业务时，应确定评估对象具体内容和界限。TOT 模式资产的评估范围包括单项资产的种类、数量的具体内容外，还包括无形资产如品牌，同时也会涉及其所依托的公共基础设施的种类、数量、规模等具体内容。

（五）TOT 模式资产评估途径

资产评估的成本途径、市场途径和收益途径等三种途径可用于资产的评估，但由于 TOT 模式资产的特殊性，一般不宜重置成本，因为 TOT 模式资产成本与价值存在背离。

（六）TOT 模式资产评估的目的及计价标准

资产评估目的有两类：①按照税法和财务法规的有关规定，以资产成本费用摊销为目的；②以资产投资、转让为目的，而 TOT 模式资产评估主要是以项目的转让为目的。由于 TOT 模式下资产不是作为一般商品和生产资料来转让，而是作为获利能力转让的，因此 TOT 模式下资产的转让价格主要由其未来所能提供的经济收益决定，其评估标准为收益现值标准。

（七）TOT 模式资产评估的内容

（1）确定 TOT 模式资产的经济寿命。确定资产的经济寿命可通过以下几种方法：根据国家法律法规来确定；依照国内外惯例确定；以其预计的使用年限为基础，考虑相关因素加以确定；根据有关资料和相关的经济技术指标分析研究确定。

（2）预测 TOT 模式资产的未来经济收益。资产的所有者或使用者所关注的是资产的使用价值，即资产能为他们带来多大收益。未来经济收益越大，其评估价值越高，反之亦然。

（3）选择适用的评估方法评定估算。选定评估方法后，对该评估方法涉及的各项指标或参数进行分析处理，最终通过计算和修正得出该资产的评估值。TOT 模式资产评估中主要采用的是收益法和成本法，目前巴拉特模型也是常用来评估经营权价值的评估方法。

二、TOT 模式资产评估的特点

（一）TOT 模式资产的特性

1. 价值的难以确定性

以转让为目的的 TOT 模式资产的转让价格主要由其未来所能提供的经济收益决定。而 TOT 模式资产的经济寿命与其提供的经济收益有较大的不确定性，导致其价值难以确定。因此，TOT 模式资产价值的估算不可能存在统一的标准，许多影响其价值的因素需依靠专业人员的专业知识和经验来把握。

2. 授权主体的唯一性

TOT 模式特许经营权的转让是 TOT 模式的关键。特许权只有一个终极所有者——东道主政府，特许经营权的唯一授权主体是政府机构，特许权受许人只享有对特许经营权的使用权和部分收益权，而不享有对特许经营权的所有权和处置权。

3. 契约保护性

TOT 模式资产在转让期内通过"特许权协议"，促使或保障项目受让人具有一定的获利能力，直至转让期结束。

4. 所有权与使用权的分离性

TOT 模式资产的使用权与所有权是分离的。东道主政府是资产的唯一拥有者，TOT 模式受让人拥有的只是资产的使用权。

5. 独立性

社会投资者之所以选择某个现存的公共基础设施来投资，常常是看中了该公共基础设施在该区域内的独立性。在这种情况下，一旦购买该公共基础设施的基础设施全部经营权，就形成了事实上的垄断经营。东道主政府必须在特许协议中对公共基础设施产品或服务的价格予以明确规定，在考虑社会投资者合理收益的前提下，还要充分考虑使用者的承受能力，避免投资者肆意提高价格。

（二）TOT 模式资产评估的特点

TOT 模式资产评估跟一般的资产评估一样，是对资产价值的估计和判断的社会中介活动。具有如下五个明显的特点。

1. 现实性

现实性是指以评估基准期为时间参照，按这一时点的资产实际状况对资产进行评价。

2. 市场性

市场性是 TOT 模式资产评估的显著特征。资产评估是在模拟市场条件下，对资产确认、估价和报告的，受市场直接检验。

3. 预测性

预测性是指用 TOT 模式资产的未来时空的潜能说明现实。未来没有潜能和效益的资产，现实评估价值是不存在的。因此，在评估操作中，通常用未来预期收益来折算反映某项资产的现实价值，用预期使用年限和功能来评估某资产的净值。

4. 公正性

公正性是指 TOT 模式资产评估行为对当事人具有独立性，评估过程及其结果只服从于资产评估对象及评估时的各种主客观条件，而不倾向于当事人的任何一方。

5. 咨询性

咨询性是指 TOT 模式资产评估结论是为资产评估业务专业化估价意见，它本身并无强制执行的效力，评估者只对结论本身合乎职业规范要求负责，而不对资产业务定价决策负责。

三、TOT 模式资产评估的对象

资产评估的对象指资产评估的客体。一般意义上讲，资产评估对象就是资产，泛指被特定主体拥有或控制并能为其带来未来经济利益的经济资源。

而 TOT 模式资产评估对象是东道主政府转让的公共基础设施的部分或全部产权以及特许经营权，而不是公共基础设施本身。

对经营性公共基础设施的收费权，是这类公共基础设施经营权的一部分，它是公共基础设施经营收益主要形式的体现，这种权能可以从公共基础设施经营权中独立出来，在不同经营主体之间进行转移。收费权是与所有权相分离的部分经营权，属于产权范畴，因此，经营性基础设施收费权的转让属于产权转让的范畴。经营权转让包括两种情况，一种是部分经营权的转让，即收费权的转让；另一种情况是除收费权之外，还包括经营其他项目的权利，如经营沿线的土地，以及其他专用公共服务区等权利。

因 TOT 模式特许经营权依附的公共基础设施在技术标准、所处地区经济和地理环境、建造时间等诸方面差异明显，TOT 模式资产的评估在转让市场上很难找到替代品。即使在市场上能找到比较相近的替代品，调整差异的工作难度也很大。

在 TOT 资产评估的实际工作中，评估客体始终未能明晰，从而导致方法选择上的不确定。因此，TOT 转让客体分析是 TOT 模式融资转让价值问题研究的前提。

虽然 TOT 模式资产有以上特性，但它也同样具有与其他资产相同的共性，如下所述。

（1）资产必须是经济主体拥有或者控制的。一般说来，一项财产要作为经济主体的资产予以确认，对于经济主体来说要拥有其所有权，必须归经济主体所有，也就是说，经济主体对该项财产要拥有产权。

（2）资产必须能以货币计量其价值，否则，就不能将其作为资产确认。

（3）资产必须是能够给经济主体带来经济利益的资源，也就是说，资产必须有交换价值和使用价值。没有交换价值和使用价值的物品，不能给经济主体带来效益，因此也不能作为资产确认。

四、TOT 模式资产评估的假设[1,3,7,8]

资产评估是在资产交易发生之前通过模拟市场对准备交易的资产在某一时点的价格所进行的估算。但事实上，人们是无法完全把握市场机制的，评估人员模拟市场进行资产评估时往往必须借助于若干种假设，以对资产的未来用途和经营环境做出合理的判断。因此，资产评估与其他学科一样，其理论和方法体系的确立也是建立在一系列假设基础上的。在资产评估中有三个最基本的假设：继续使用假设、公开市场假设和清算（清偿）假设。

1. 继续使用假设

继续使用假设是假定被评估资产以现行用途继续使用或转换用途继续使用，从而考察它在未来能为其持有人带来的经济收益，即把资产看成是一种获利能力而不是单纯物的堆积。

继续使用的方式有：在用续用、转用续用、移地续用。

在确认继续使用的资产时，必须充分考虑以下条件：

（1）资产能以其提供的服务或用途满足资产持有人经营上期望的收益；

（2）资产尚有显著的剩余使用价值；

（3）资产的所有权明确，并保持完好；

（4）资产在经济上、法律上允许转作他用。

2. 公开市场假设

公开市场是指一个有众多买者和卖者的具有充分竞争性的市场。在这个市场上，买者和卖者的地位是平等的，被评估资产将要在这样一种公开市场中进行交易。当然，公共市场假设也是基于市场客观存在的现实，即以资产在市场上可以公开买卖这样一种客观事实为基础的。

公开市场假设还假定资产用途可以随便选择，从而发挥其最大最佳效用，即资产可以被用于法律和政策允许的最佳用途，从而为其持有人带来最大受益。

3. 清算（清偿）假设

清算（清偿）假设是指资产所有者在某种压力下，或经协商或以拍卖方式将其资产强制在公开市场上出售。

五、TOT 模式资产评估的原则及标准[7~9]

（一）TOT 模式资产评估原则

资产评估作为社会中介行业，涉及面广，专业性强，因此开展资产评估工作时应遵守一定的原则，包括工作原则和技术原则。工作原则是资产评估中必须遵守的行为规则，而技术原则是指评估理论的具体化过程中应遵循的规则。TOT 模式资产评估同样遵循这两大原则。

1. 工作原则

1）独立性原则

独立性原则是指资产评估要由具有资产评估行业管理机构授予资产评估资格的社会公正性机构独立操作，不受资产各方当事人利益的影响，评估机构及操作人员与被评资产各方当事人没有利害关系。独立性原则要求评估人员在评估中必须坚持独立性，公平、客观地依据国家制定的法规、政策和可靠的数据资料做出独立评定，从而得出公正的结论。

2）客观性原则

客观性原则是指评估人员要从实际出发，认真进行调查研究，在掌握翔实可靠资料的基础上，采用符合实际的标准和科学的方法，得出合理、可靠、公正的评估结论。

3）科学性原则

科学性原则是指在具体评估过程中，必须根据特定目的，制定科学的评估方案，采用科学的评估程序和方法，用资产评估的基本原理指导评估操作，使评估的结论尽显准确、合理。

2. 技术原则

1）替代原则

替代原则是指 TOT 模式资产在评估作价时，如果同一资产或同种资产，在评估基准日可能实现的或实际存在的价格或价格标准有多种时，应选用最低的一种。因为在同时存在几种效能相同资产时，最低价格的资产需求量最大。该原则是重置成本法和现行市价法的理论依据。

2）预期原则

效用价值理论认为，资产的价值由资产为所有者带来的效用决定，效用越大，资产的价值就越高。对于资产所有者来说，效用是指资产所带来的收益，收益决定着资产的价值。资产的现时价值必须依据该项资产所能带来的预期收益来评估，这就是预期原则的具体要求，也是运用收益现值法评估资产价值应遵循的基本思想。

3）持续经营原则

持续经营原则是指在评估时需根据被评估资产按目前的用途和使用方式、规模、频度、环境等情况继续使用，或者在有所改变的基础上继续使用，而相应地确定方法、参数和依据。

4）变化原则

资产价值是随着情况或环境的变化而相应地变化的。这是因为，资产的价值本身不仅由于使用性损耗和自然力的作用会改变，而且受到社会、经济、技术进步等因素的影响，资产也会发生升值或贬值的问题。评估人员应全面考虑市场中可能影响资产价值的现有和预期的种种变化。所以，评估价值只有按评估基准日计算才能有效。

5）公开市场原则

公开市场原则也称公允价原则，是指资产评估的选取的作价依据和评估结论，都可以在公开市场存在或成立。公开市场是一个竞争性的市场，交易各方进行交易的唯一目的是最大限度地追求经济利益。交易各方掌握必要的信息，有充裕的时间和必要的专业知识，交易条件公开而且不具有排他性。不论历史成本和历史收益的现状如何，都可以根据其现行交易、出售价格，或者未来收益的折现值，或者现行购买、建造成本确定该资产的现行公允价。

6）供求原则

公共基础设施项目具有自身独特的供求原则，表现在需求与供给都局限在某地区内，价格独特性较强。TOT 模式资产评估是对资产的现时价格进行评定估算的过程，它随供求关系的变化而变化。因此，在进行资产评估时，应充分考虑资产本身的供求状况。

（二）TOT 模式资产评估标准

根据我国资产评估管理要求和国际上资产评估管理要求，资产评估的价格标准有重置成本标准、现行市价标准、收益现值标准和清算价格标准。

1. 重置成本标准

重置成本也称现行成本或重置价值，是指在现时条件下，按照它的功能重新购置该资产，并使资产处于在用状态所耗费的成本。重置成本与历史成本一样，也反映资产购建、运输、安装、调试等建造过程中全部费用的价格，所不同的是重置成本是按该项资产的原设计方案套用现行的费用标准和定额计算确定的购建价格。

2. 现行市价标准

现行市价标准指资产在公开市场上的销售价格。现行市价应是在有充分的市场竞争，交易双方都没有垄断及强制下形成的。决定 TOT 模式资产现行市价的基本因素有：①资产本身再生产成本价格，一般来讲，资产价格高低取决于其生产成本的高低；②市场供需情况，一般一项资产供大于求，其价格就会下降，反之其价格就会上升。以现行市价作为资产的计价标准称为现行市价标准。

3. 收益现值标准

收益现值是指资产产生的未来净现金流量的贴现现值之和。在市场经济条件下，投资者投资的直接目的是为了获得预期受益。以收益现值标准作为资产的价格标准，资产所有者流动的不是一般的商品买卖，而是将资产作为收益能力来买卖，在预期收益比较稳定的情况下：

$$资产现值 = 收益 = 预期收益 / 资产收益率$$

4. 清算价格标准

清算价格是指企业停止经营或破产后，在一定期限内以变现的方式处理其资产，以清偿债务和分配剩余权益条件下所采用的资产价格。

六、TOT 模式资产形成的理论分析[7~9]

1. 效用价值理论

现代经济学效用价值理论认为，效用是"一个人从消费一种物品或劳务中得到的主观上的享受或有用性"。物品的稀缺性和其所能提供的总效用决定物品的价值，而消费该物品最后一单位的边际效用则决定其价格，即交换价值。

2. 消费者剩余理论

消费者剩余指一种物品的总效用与其总市场价值之间的差额，它的产生源于递减的边际效用（图 3-1）。

根据边际效用递减规律，物品的价格取决于其被消费的最后一个单位的效用。假设该物品的价格为 P_1，需求曲线 D 下的总面积 OQ_1EP_2 为消费者购买 Q_1

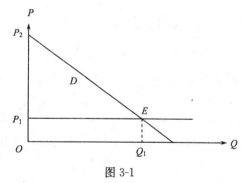

图 3-1

量的物品所能得到的总效用，减去其支付的市场成本 OQ_1EP_1，可得出消费者购买 Q_1 量该物品所得到的消费者剩余 P_1EP_2，即

$$消费者剩余 = 支付所满足的总效用 - 实际支付的总成本$$

3. 无形资产评估价值决定理论

无形资产价值量很难用社会必要劳动时间来衡量。首先，许多无形资产并无

社会生产同类单位"产品"所需的平均社会必要劳动时间，因而，统一用社会必要劳动时间去衡量所有无形资产的价值量是困难的和不切实际的。其次，无形资产价值实现不仅取决于凝结在其中的社会必要劳动时间和市场供求，而且与无形资产受让方的状况紧密相关。

经济学界提出了若干关于无形资产价值决定理论，如下所述。

（1）价值多元论。因为在无形资产中有些种类的无形资产并非直接是劳动的产品，于是价值多元论认为：价值的产生除了劳动以外，资本、地租、信息教育、科技、社会服务、供求矛盾等所谓非"劳动生产要素"都可以产生价值。

（2）新劳动价值一元论。新劳动价值一元论通过扩展劳动范畴的外延而把资本等非劳动生产要素纳入劳动的范畴之中。理由是，资本和技术投入的增加，必将引起劳动生产率的提高，而使单位社会必要劳动创造的价值增加。从这个意义上说，资本等非劳动生产要素也参与了劳动创造价值的过程。

（3）社会劳动价值论。社会劳动价值论的基本观点是，商品的价值不仅是直接生产它的社会必要劳动时间创造的，还应包括已经物化在生产资料中的前人的劳动，以及使商品进入流通和消费领域所花费的各种社会服务的劳动。

第二节　TOT 项目融资模式资产评估方法[10,11]

TOT 模式资产评估方法有收益现值法、重置成本法、现行市价法、巴拉特模型评估等；遇到资产拍卖、清算、抵押等情况则要用到清算价格方法。

一、收益现值法

该模型的思想是 TOT 模式资产价值的确定应当以未来的获利能力而不是其建造成本为标准，收益法较好地适应了评估未来获利能力这一需要。

（一）收益现值法的含义及式

收益现值法的原理，若用式表示，则为

$$P = \frac{a_1}{1+r_1} + \frac{a_2}{(1+r_1)(1+r_2)} + \cdots + \frac{a_n}{(1+r_1)(1+r_2)\cdots(1+r_n)}$$

式中，P 为资产的收益现值（评估值）；a_1、$a_2\cdots a_n$ 为资产未来各年的收益值；r_1、$r_2\cdots r_n$ 为资产未来各年的折现率；n 为收益年限。

上式中 a_i 为收益期各年收益额，若收益期较长，要准确预期各年收益难度较大，此时，可作简化处理，即认为各年年收益额相等，即（$a_1 = a_2 = \cdots = a_n = A$），则得

$$评估值 = \frac{A}{1+r} + \frac{A}{(1+r)^2} + \cdots + \frac{A}{(1+r)^n}$$

$$= A\Big(\frac{1}{1+r} + \frac{1}{(1+r)^2} + \cdots + \frac{1}{(1+r)^n}\Big)$$

$$= A \cdot \frac{(1+r)^n - 1}{r}$$

$$= \frac{A}{r}\Big(1 - \frac{1}{(1+r)^n}\Big)$$

在实践中，往往还会出现如下三种情况。

(1) TOT 模式资产收益年限一定，前若干年收益各年不等，以后各年收益相等。在这种情形下，先预测前若干年内各年预期收益额，再假设前若干年最后一年的预期收益为以后各年的不变收益值，最后，将该评估资产未来预期收益进行折现，现值和即为评估值。计算公式为

$$评估值 = \frac{a_1}{(1+r)} + \frac{a_2}{(1+r)^2} + \cdots + \frac{a_m}{(1+r)^m} + \frac{a_m}{(1+r)^{m+1}}$$

$$+ \frac{a_m}{(1+r)^{m+2}} + \cdots + \frac{a_m}{(1+r)^n}$$

$$= \sum_{i=1}^m \frac{a_i}{(1+r)^i} + \frac{a_m}{r(1+r)^m}\Big(1 - \frac{1}{(1+r)^{n-m}}\Big)$$

式中，a_1、a_2、a_m 为前 m 年各年预期收益额，m 年后各年的收益额不变均为 a_m；r 为资产的折现率，且各年相等；$n > m$。

(2) TOT 模式资产预期收益按等差级数递增或递减。TOT 模式资产在预期收益年限内收益按等差级数递增（减）的情形，如第 1 年收益为 a，第 2 年为 $a \pm b$，推至第 n 年为 $a \pm (n-1)b$。则计算公式为

$$评估值 = \frac{a}{1+r} + \frac{a \pm b}{(1+r)^2} + \cdots + \frac{a \pm (n-1)b}{(1+r)^n}$$

$$= \Big(\frac{a}{r} \pm \frac{b}{r^2}\Big)\Big[1 - \frac{1}{(1+r)^n}\Big] + \frac{b_n}{r(1+r)^n}$$

式中，b 为 TOT 模式资产收益逐年递增（减）的常数；a 为 TOT 模式资产第 1 年的预期效益；其他符号与前式相同。

公式中若 TOT 模式资产的预期收益逐年递增时 $\pm$ 号取上面的，递减时取下面的。

(3) TOT 模式资产预期收益按一定比率递增（减）。TOT 模式资产在预期收益年限内收益按等比级数递增（减）的情形，如第 1 年收益为 a，第 H 年为 $a(1 \pm s)$，推至第 n 年为 $a(1 \pm s)n$，计算公式为

$$评估值 = \frac{a}{1+r} + \frac{a(1\pm s)}{(1+r)^2} + \cdots + \frac{a(1\pm s)^n}{(1+r)^n}$$

$$= \frac{a}{r\pm s}\left[1 - \left(\frac{(1\pm s)}{(1+r)}\right)^n\right]$$

式中，s 为 TOT 模式资产收益逐年递增（减）的比率；其他符号与前式相同。

若 TOT 模式资产的预期收益逐年按等比数列递增时，公式中的双符号取上面的（＋），递减时取下面的符号（－）。

收益现值法评估模型很大程度建立在公司的中短期收益的基础上，将收入现金流进行贴现后，要收集有关公司前途、发展的未来价格，投资需求和环境因素等信息。

（二）收益现值法中各项指标的确定

收益现值法在评估资产时的主要指标有三个：TOT 模式资产收益额、适用的折现率、收益期限。

1. 收益额的确定

TOT 模式资产收益额的确定要把握三点：其一，收益现值法公式中的收益均指的是资产的净收益，可取资产使用所带来的税后利润，或净现金流量；其二，收益指的是资产未来各收益年限内的期望收益，是通过预测分析获得的；其三，收益必须是公共资产直接形成的。

2. 折现率的确定

折现率是将资产的未来收益折算成现值的比率。收益法评估 TOT 模式资产价值时，折现率的确定是一个较难的问题。折现率的实质是资本投资收益率，它是受让方预期的投资收益率，也是转让方认可的在转让期内 TOT 模式资产经营的合理收益率。折现率的大小是决定收益现值，也是影响 TOT 模式资产评估值的决定性因素。

在 TOT 模式资产评估中，折现率的测定有多种途径，关于折现率的测定方法在第二章已做了详细的阐述。

3. 转让期限的确定

特许经营期是指利用 TOT 模式将项目第一次转移后的运营期，即 TOT 模式的转让经营期。

确定经营权的期限可采用两种方法：一种是计算投资回收期再加盈利期作为转让期的方法；另一种是合宜的投资收益率计算法。详细的测算方法参见第二章特许经营期的测算方法。

4. 确定收益现值法各项指标过程中应注意的问题

由于 TOT 模式避免了建设期和试生产期的大量风险，因而，在转移定价上，应该略高于项目建设的总投资，即采取合理偏高的定价策略，作为对政府承担建设风险的"报酬"。但是，合理偏高的限度取决于合理的特许经营期及对准确的现金流量的预测。特许经营期的长短是影响经营者投资获利大小的重要因素，也是影响经营者二次投资、维护资金投入的关键所在。特许经营期越长，经营者越易进行长期的投资计划和资本投资，对项目的经营和获利越有利，项目转移价格相应也越高[10]。

收益现值定价法是以获利能力为标准（即未来能带来多少收益）来估算价值的一种比较科学的评估方法。它能使投资者预见到该资产未来的收益，能真实准确地反映资产（或企业的资本附加值），易为双方接受。但是未来的收益具有很大的不确定性，计算中使用的年收益额、折现率、增长率都是预测的，而且预测难度较大，在一定程度上带有主观性。因此，在物价变动剧烈，经营环境变化大，企业生产能力难以预计或资产收益率无法确定的情况下，不宜采用此法。

二、重置成本法

虽然收益法是评估 TOT 模式资产的首选方法，但并不排除成本法的应用。正常情况下，公共基础设施实物资产（除去古迹、历史文物等）的建造成本与其功能联系是比较紧密的。

TOT 模式资产重置成本法指在评估 TOT 模式资产时按现时价格重置，然后根据转让期限对重置成本进行时间因素调整，再减去应扣损耗额，来求得资产的评估值。

重置成本数学公式可表示为

$$评估值 ＝ 重置成本 － 时间因素调整值 － 应扣损耗$$

1. 重置成本

重置成本的确定分为复原重置成本和更新重置成本。复原重置成本，是指用与原资产相同的材料、建造标准、设计结构和技术条件等，以现时价格再购买或建造相同的全新资产所需的成本。更新重置成本，是指使用新型材料并根据先进标准和设计，在现时价格条件下购买或建造与现有资产功能相同或相似的全新资产所需的成本。选择重置成本时，应优先选用更新成本，因为更新重置成本一般比复原重置成本低，很少有功能性贬值因素，计算较为简便。

2. 时间因素调整值

TOT 模式的收费期限应该等于项目的动态投资回收期。但 TOT 模式的转让期限往往只占收费期限的一部分,所以,只在转让期限内考虑重置成本是不合理的,要对重置成本进行时间因素调整,将应由转让期限以外的收费期限考虑的重置成本,在此称为重置成本的时间因素调整值,予以扣除。

实际操作中比较合理的做法是,以收费期限(动态投资回收期)平均收回重置成本为前提,计算重置成本的时间因素调整值,为

$$时间因素调整值 = (重置成本) \times \frac{收费期限(动态投资回收期) - 转让期限}{收费期限(动态投资回收期)}$$

3. 应扣损耗(有形损耗、功能性损耗、经济性损耗)

1)有形损耗的估测

确定代评估资产有形损耗的方法通常有三种:观察法、使用年限法和修复费用估算法。

测定 TOT 模式实物资产的有形损耗宜采用修复费用法。有形损耗反映的是实物资产在使用过程中发生的磨损和损坏,这种损坏在一定程度上是看得见并且可以量化的,通过实地观察,以全新实物资产为标准,算出将现有实物资产修复为全新状态实物资产所需的费用,这一费用即为现有 TOT 模式实物资产有形损耗的参考值,然后再考虑项目实物资产的大修等其他因素对其进行调整。

2)功能性损耗和经济性损耗的测算

◆ 功能性损耗的测算

功能性损耗通常采用收益现值法估算,即

$$功能性损耗 = \sum_{t=1}^{n} \big[(预计第\,t\,年减少的生产能力 \times 收费标准 - 税、费)$$
$$\times 第\,t\,年的折现系数 \big]$$

式中,n 为功能性损耗的持续时间,通常以年计。

◆ 经济性损耗的测算

经济性损耗的测算思路为

$$经济性损耗 = \sum_{t=1}^{n} \big[(预计第\,t\,年的产量与可预测产量的差额$$
$$\times 收费标准 - 税、费) \times 第\,t\,年的折现系数 \big]$$

式中,n 为功能性损耗的待续时间,通常以年计。

三、现行市价法

现行市价法是比照与被评估对象相同或相似的资产的市场价格，来确定被评估资产价值的评估方法。它具有公允、合理、简便的特点，是常用的评估方法。

（一）现行市价法的适用条件

（1）市场上存在与被评估资产相同或相似的三个以上的资产交易案例，并可作为参照物。

（2）资产市场发达，有充分参照物可取。

（3）价值影响因素明确，并且可以量化。

（二）现行市价法评估 TOT 模式资产价值的关键问题

1. 确定具有合理比较基础的类似资产

作为参照物的无形资产与被评无形资产至少要满足形式相似、功能相似、载体相似以及交易条件相似的要求。

2. 对交易资料的收集和分析

收集类似的资产交易的市场信息是为横向比较提供依据，而收集被评估无形资产以往的交易信息则是为纵向比较提供依据。

3. 作为现行市价法应用基础的价格信息应满足相关、合理、可靠和有效的要求

相关是指所收集的价格信息与需要做出判断的被评估无形资产的价值有较强关联性；合理是指所收集的价格信息能反映被评估资产的载体结构和市场结构特征；可靠是指所收集的价格信息经过了对信息来源和收集过程的质量控制；有效是指所收集的价格信息能够有效地反映评估基准日的被评估资产在模拟条件下的可能的价格水平。

4. 必要时应做出调整

参照物与被评估资产会因时间、空间和条件的变化而产生差异，评估人员应对此做出合理的调整。

（三）现行市价法的评估方法

1. 直接法

直接法是指在资产市场上寻找与评估资产条件完全相同的资产交易记录，将其作为评估参照物，计算评定资产的评估价格的方法。

2. 类比法

类比法是指一项被评估资产，在公开市场上找不到与之完全相同的参照物，但在市场能找到相类似的资产，以此作参照物，依其原来的成交价格，作必要的差异调整，确定被评估资产的价格的方法。所选参照物与评估基准日在时间上越接近越好，无近期参照物的，也可以选择远期的，再作基准日修正。

类比法评估资产的价格公式为

评估值 ＝市场参照物的交易价＋被评估资产比参照物优异部分的金额总和

　　　　　－ 被评估资产比参照物低劣部分的金额总和

现行市价法主要用于单项资产的评估，如土地、房屋和机器设备等评估，很少用于专用设备资产的评估[11]。

四、清算价格法

清算价格指企业由于破产或其他原因，要求在一定期限内将企业或资产变现，于是在清算之日预期转让资产获得的变现值。运用清算价格法进行评估应具有有法律效力的破产处理文件或抵押合同及其他文件。

（一）清算价格法的适用范围

（1）企业破产。是指当债务人不能清偿到期债务时，法院以其全部财产依法清偿其所欠的各种债务，不足部分不再清偿。

（2）抵押。抵押人不履行合同时，抵押权人有权将抵押财产在法律允许的范围内转让，从转让抵押物中优先受偿。

（3）清理。是指企业由于经营不善导致严重亏损，已临近破产的边缘或因其他原因无法继续经营下去时，为弄清企业财务现状，对其全部财产进行清点、整顿和核查，为经营决策（破产清算或继续经营）提供依据以及因资产损毁、报废而进行清理、拆除等的经济行为。

（二）评估清算价格的方法

估算资产清算价格的方法不是一种独立的评估方法，它是结合运用其他方法而进行的。常用的有整体资产评估法、现行市价折扣法和模拟拍卖法。

1. 整体评估法

整体评估法是指对整个企业或能独立使用的单项资产的清算价值所进行的评估。应用这种方法，首先要评定该资产或企业能否继续经营使用，如果企业或单项资产能继续经营或使用，则可参照现行市价法，或重置成本法进行评估；如果企业或单项不能继续使用或经营，则可用变现价值或残值价值进行评估。

2. 现行市价折扣法

现行市价折扣法是指在清理资产时，首先在市场上寻找一个相应的参照物，以现行市价为基础，根据清算条件及其他因素估定一个折扣率，据以确定其清算价格的评估方法。

3. 模拟拍卖法

模拟拍卖法是指根据向被评估资产的潜在购买者询价的办法取得市场信息，最后经评估人员分析确定其清算价格的一种方法。用这种方法确定的清算价格受供求关系影响很大，要充分考虑其影响的程度。

五、巴拉特模型

TOT 模式的资产评估定价问题是一个风险——收益对称的虚拟物品的定价问题。目前在这一领域内接受程度较高的为巴拉特方法。

巴拉特模型[1]由美国西北大学教授阿尔费雷德·巴拉特创立，该模型用贴现现金流量方法确定最高可接受的并购价格，这就需要估计由并购引起的期望的增量现金流量和贴现率（或资本成本），即企业进行新投资时市场所要求的最低的可接受的报酬率。

巴拉特模型公式为

$$CF_t = S_{t-1}(1+G_t)P_t(1-T_t) - (S_t - S_{t-1})(F_t + W_t)$$

式中，CF_t 为现金流量；S_t 为年销售额；G_t 为销售额年增长率；P_t 为销售利润率；T_t 为所得税率；F_t 为销售额每增加 1 元所需追加的固定资本投资；W_t 为销售额每增加 1 元所需追加的流动资本投资；t 为预测期内的年度。

测算步骤：

（1）预测自由现金流量，根据项目的财务现金流量表确定项目的自由现金流量；

（2）折现率的确定，通常用加权平均资本成本（资本资产定价模型）测算；

资本资产定价模型为

预期股本成本率 ＝ 市场无风险报酬率 ＋ 市场风险报酬率 × 目标企业的风险程度

$$或\ KS = RF + RR \times \beta = RF + \beta(R_m - RF)$$

式中，KS 为预期股本成本率；RF 为市场无风险报酬率；RR 为市场风险报酬率；β 为目标企业的风险程度。

$$\text{WACC} = \sum K_i \times B_i$$

式中，WACC 为加权平均资本成本；K_i 为各单项资本成本；B_i 为各单项资本成本所占的比重。

（3）TOT 模式经营权转让期 t 的确定，根据下述公式：

$$\sum_{t=1}^{n} (B_t - C_t)(1+i)^{-t} - I = 0$$

式中，P_t 为项目投资回收期；B_t 为第 t 年的收费收入；C_t 为第 t 年的经营成本；I 为初始投资。

（4）确定资产的评估价格，企业价值定价模型为

$$\text{TV}_a = \sum \frac{CF_t}{(1+\text{WACC})^t} + \frac{V_t}{(1+\text{WACC})^t}$$

式中，TV_a 为企业价值评估值；CF_t 为在 t 时期内目标企业自由现金流量；V_t 为第 t 时期目标企业终值；WACC 为加权平均资本成本。

第三节　　TOT 项目融资模式资产评估方法比较

TOT 模式资产是一种复杂的资产，它的评估对象是资产的获利能力。评估 TOT 模式资产，实际评估的是特许经营权的使用价值。我国目前无形资产评估中通常采用的方法有：重置成本法、现行市价法和收益现值法。前面已对这些方法作了具体介绍，下面我们就对这三种方法作些比较。

重置成本法评估是在费用价值论的基础之上，通过估算被评估资产全新状态下的重置成本，并扣减各项损耗，即实体性损耗、功能性损耗、经济性损耗，来确定被评估资产的评估价值的过程。

收益法的评估则是运用效用价值论原理，通过估算被评估资产未来预期收益，并将其按照一定的折现率折算成现值，来确定被评估资产评估价值的过程。收益现值法可以比较真实地反映拟转让项目的无形资产的价值。但由于我国国内投资环境，尤其是投资软环境如法律环境、行政环境方面存在的问题，加大了受让方在经营期间的预期风险，受让方一般难以接受收益现值法评估出来的价格，或者会对出让方和政府提出比较苛刻的条件，导致 TOT 模式协议难以达成。因此，可以将重置成本法和收益现值法结合起来，考虑风险，在两者之间找到一个可以为转让和受让双方同时接受的结果。

当前，学术界存在关于重置成本法与收益现值法的争论。有些学者认为，特许经营权是依托在实物资产之上的无形资产，决定经营权价值的应当是资产未来的获利能力而不是它的建造成本。收益法较好地适应了评估未来获利能力

这一需要。从其他国家和地区看，经营权评估主要考虑其未来获利能力，一般采用收益法。与此同时，国外相应建立了较为完善的数据库资料，在相关学科，如交通工程、计量经济、系统工程等方面的研究也较为深入，尽管这些学科的本身还处在发展阶段，尚未形成成熟公认的理论，但国外在运用这些学科的相关知识进行资产评估方面已基本形成了切实可行的方法体系，在评估标准化方面有较大的进展。本书的观点是，虽然收益法是评估 TOT 模式特许经营权的首选方法，但并不排除重置成本法的应用，两种方法的评估值在一定程度上可以相互验证、调整，使评估结果更趋准确。正常情况下（除去古迹、历史文物等），实物资产的建造成本与其功能不仅有联系而且联系比较紧密。试想，每公里 2000 万元造价的公路实物资产的功能可能会比每公里 5000 万元造价的公路实物资产的功能更好或相同吗？所以，将 TOT 模式资产评估的价值与其造价割裂开来的思路，显然是站不住脚的。不可否认，成本法有其先天不足，但不能因此而排除成本法的选用。在市场法和收益法受太大限制而无法应用的情况下，成本法仍不失为一种有效的评估手段或途径。收益法测算的一些重要指标，如收费费率、年收费总收入等，在一定程度上与实物资产的技术等级、设计标准等密切相关。这说明两种评估方法的评估结果具有相关性，可以进行对比分析、相互验证和调整。所以同时采用两种方法评估 TOT 模式资产的经营权，有利于保证评估值的准确、合理。

　　现行市价法的评估是运用替代原理，借助于参照物的价格，通过对评估对象与参照物之间的差异的分析，在参照物价格的基础上，调整计算出评估对象的评估价值的过程。TOT 模式资产因其依托的基础设施在技术标准、所处地区经济和地理环境、建造时间等诸多方面差异明显，在转让市场上很难找到替代品。即使在市场上能找到比较相近的替代品，调整差异的工作难度也很大。另外，获取市场上相关交易资料信息也非常不容易。所以，资产价值评估一般不宜采用现行市价法。

　　另外，为了增强评估结果最后的合理性和有效性，以及增强评估过程中风险因素的分析，可以引入巴拉特模型分析，即使用贴现现金流的方法确定 TOT 模式资产转让价格，使评估结果趋于公正、合理、科学，以促进 TOT 模式融资方式的成功开展。

参 考 文 献

[1] 高立法，孙健南，吴贵生等. 资产评估. 北京：中国时代经济出版社，2002，8：2

[2] 高立法，孙健南，吴贵生等. 资产评估. 北京：中国时代经济出版社，2002，8：3

[3] 唐建新. 资产评估. 武汉：武汉大学出版社，2002. 5：10

[4] 高立法，孙健南，吴贵生等. 资产评估. 北京：中国时代经济出版社，2002，8：10

[5] 贺爱国. 柏文喜. TOT 项目融资中经营权定价方法选择及其应用验证. 陕西煤炭，2002，(3)：44～46

[6] 唐建新. 资产评估. 武汉：武汉大学出版社，2002. 5：30

[7] 刘新梅，梁莹，艾根林等. TOT 项目融资模式的价格决策模型. 西安交通大学学报（社会科学版），2002.（22）：45～46

[8] 高立法，孙健南，吴贵生等. 资产评估. 北京：中国时代经济出版社，2002. 8：36

[9] 高向平，郭菊先，柏文喜等. TOT 项目融资中的项目经营权定价模式选择及其验证. 技术经济与管理研究，2002，（3）：56～57

[10] 汪海粟. 无形资产评估. 北京：中国人民大学出版社，2002. 6：75

[11] 高立法，孙健南，吴贵生等. 资产评估. 北京：中国时代经济出版社，2002. 8：544

第四章　TOT 项目融资模式特许经营权移交管理

第一节　TOT 项目融资模式特许经营权移交管理概述

一、TOT 模式特许经营权移交管理概念

TOT 模式特许经营权移交管理，是指对 TOT 模式特许经营权移交这一过程所涉及的各种活动，如经营权如何交给投资者或其委托的机构，东道主政府对投资者的经营班子有什么样的要求等，以确保经营权转移到投资者手中，使移交的设施良好地运营而不受干扰。经营权的移交必须与产权分割开。经营权的移交涉及两种活动，即东道主政府将项目的经营权交给投资者，项目的投资者从东道主政府手中接受项目的经营权，因此，需要交和接两个方面紧密配合，确保权力交接顺利进行。所以，双方必须对经营权的移交过程进行有效管理[1~5]。

二、TOT 模式特许经营权移交管理方式

通过对 TOT 模式管理研究，发现目前比较流行的对 TOT 模式特许经营权移交过程进行管理的方式有如下四种。

（一）双方直接进行管理

这种方式是指东道主政府与获得 TOT 模式特许经营权的投资者直接交涉，参与双方直接对项目特许经营权的移交过程进行管理。它的好处是，可以为双方节约对交接过程进行管理的成本，更重要的是，这种方式还能为双方今后继续从事 TOT 模式的开发积累更多的经验，更利于 TOT 模式融资方式的推广。

（二）一方聘请，第三方进行管理

一方聘请，第三方项目管理咨询专家或管理咨询公司对这一过程进行管理，另一方直接管理移交过程，在这种方式下，TOT 模式的一方直接参与特许经营权的移交并对移交过程进行管理；而另一方则通过聘请第三方，由第三方参与特许经营权的移交并对移交过程进行管理。这种方式又包括两种情况，具体分析如下所述。

（1）TOT 模式东道主政府聘请第三方（项目管理专家或管理咨询公司），授予第三方相应的权利直接代表其参与特许经营权的移交过程并对这一过程进行管

理；获得 TOT 模式特许经营权的投资者则直接与东道主政府聘请的第三方进行特许经营权的交接，同时直接对交接过程进行管理。

这种方式主要适用于这样的情况：东道主政府无从事项目融资的经验。这种方式会增加东道主政府的交易成本，并且不利于其为今后从事此类项目积累经验，对提高政府的管理水平不利。

（2）TOT 模式东道主政府直接参与特许经营权的移交，并对移交过程进行管理；而获得项目特许经营权的投资者则聘请第三方（项目管理专家或管理咨询公司），且授予其直接参与与政府的交接过程并对这一过程进行管理的权利。

这种方式的适用情况是，东道主政府有比较丰富的从事 TOT 模式的经验，可以直接对 TOT 模式的全过程进行管理；而投资者却缺乏这方面的经验，所以要聘请咨询专家参与交接过程。

（三）共同成立一家项目管理公司（TOT 模式管理公司）

这种情况是由于参与项目的双方都有多个 TOT 模式的经历，具有这方面的比较丰富的经验，最好的方法就是由每一个机构共同出资并派代表参与成立一家项目管理公司（准第三方），这样该项目管理公司既是特许经营权的出让单位又是特许权的接收单位，更便于对这一过程进行管理。还有一种是，参与各方共同聘请一家管理咨询机构（第三方）全程负责对项目过程的管理，独自进行项目特许经营权的交接。这种方式有利于项目在"多赢"的基础上顺利地实施，从而实现各方的利益。

（四）两家咨询机构全权负责

这种情况一般是因为参与项目的双方都缺乏从事 TOT 模式的经验，也可能是出于对项目过程进行规范管理的考虑而做出这种选择。

以上提出的几种关于 TOT 模式特许经营权移交管理的方式各有各的优点，分别适用不同的情况。TOT 模式东道主政府在开发 TOT 模式的过程中，应当根据具体的情况以及投资者的能力和要求选择合适的管理方式[1~5]。

第二节　　TOT 项目融资模式特许经营权移交管理过程

TOT 模式特许经营权的移交过程涉及交和接两种活动，需要参与双方的紧密配合；同时，特许经营权能否实现顺利交接直接影响到项目双方的预期效益等项目目标能否实现。在本节中，主要对 TOT 模式特许经营权移交的程序以及 TOT 模式特许经营权移交后的监管与控制两个问题进行阐述。

一、TOT模式特许经营权移交程序

由于TOT模式的特许经营权的本质是实物资产的经营权，所以一方面东道主政府在移交项目的特许经营权之前，必须做好与获得项目特许经营权的社会投资者、非公共机构、外国投资者等投资者的协调，并做好统筹规划，以确保权利的顺利移交；另一方面，社会投资者也需要安排好自己的参与机构和人员，与东道主政府协调好，处理好TOT模式特许经营权的交接事务。

TOT模式特许经营权移交的核心是东道主政府与社会投资者签订特许权协议或合同。特许权协议或合同是指项目所在国政府或代表政府的授权机构与中标的社会投资者签订的，由项目所在地政府授权投资者为特许经营的项目成立的项目公司，在规定的特许经营期内由项目公司负责该项目的投融资、建设与维护、经营、收益，特许经营期满后将项目设施及资产无偿移交给项目所在地政府的契约文件。TOT模式特许权移交过程主要包括如下四个程序。

（一）TOT模式特许权协议或合同的拟订

根据国际惯例，通常要求采用竞争投标的方式拟订特许权合同。应当注意的是，在拟订特许权合同时需要遵循一定原则。

（1）在拟订协议之前，项目所在地政府通常需要弄清协议针对的对象。大多数项目协议首先是针对项目主管、出资者和监督项目执行的有关人员。

（2）拟订合同时，应当围绕特许权合同的一般框架展开。

（3）拟订特许权合同时，应尽量使合同标准化，并对其进行更新，以适应新的TOT模式的需要。

（二）TOT模式特许权协议或合同的谈判

特许权合同或协议是项目所在地政府与最终中标的社会投资者进行谈判协商达成一致意见的法律结果。社会投资者与项目所在地的政府部门进行关于TOT模式特许权合同的谈判，经过充分的协商后，项目双方就有关该项目特许权的全部问题达成一致意见，政府与该项目的中标社会投资者签订正式的TOT模式特许权协议。

特许权合同的谈判应当在平等互利的基础上进行，以实现"双赢"甚至"多赢"的项目实施结果为目的。

（三）TOT模式特许权合同的签署与生效

通常情况下，TOT模式特许权合同自合同双方正式签署合同之日起开始生效。为避免不可抗力因素影响特许权合同的生效，双方可能在特许权合同中约定：该特许权合同在不可抗力事件出现时，合同的生效日期自动延后直到事件的后果不再对项目造成影响之后才正式生效。这样可以避免一些不可抗力因素对项目实施的影响，也可以减少法律争端。

（四）TOT 模式的试运营

试运营的目的就是要检查双方的活动是否完全按照项目特许权合同中的条款规定在进行。在试运营阶段，可以采用双方共同管理、共同运营项目的办法，将运营的收入按一定比例分配。

在 TOT 模式的试运营期内，项目所在地政府的一般责任是：

（1）保护中标者为此项目成立的项目管理公司免受本国（地区）法律和法规的变动带来的实质性不利影响。

（2）进、出口的批准。

（3）税务刺激即实施优惠税率。

（4）提供通货膨胀调整情况、外汇兑换性和保证汇兑率等安全保障。

（5）雇工许可。

（6）提供必要公共设施的使用。

（7）不参与竞争的保护措施。

（8）组织与项目实施相关的政府工作。

在 TOT 模式的试运营期内，项目公司（社会投资者）的一般责任是：

（1）在经营项目设施的过程中遵守所在国（地区）的法律和法规。

（2）遵照一定的标准进行运营和维护（常规维护和全面检修等）并达到安全标准，同时注重对环境的保护。

（3）取得和更新各项批准和许可。

（4）向当地雇员和服务提供商提供培训和就业机会，并能保护劳工的权利。

（5）获得项目保险，尤其是第三责任险。

（6）定期向政府监督机构提供报告，并提供其检查运营情况的便利。

（7）在项目中含有规定的当地含量的具体数目或类型以促进当地经济发展。

（8）尽量减少与现有基础设施衔接中断的现象。

二、TOT 模式特许经营权移交后的监管与控制

此办法是为保障项目所在地政府的合理利益不受到项目公司的侵害，同时对项目公司的经营活动进行监控而实施的。项目公司可能会为了自身的利益最大化，在经营过程中采取过激的行为，或不对项目设施进行日常维护，也不定期对项目设施进行全面检修等，这些情况会导致移交后的设施不能发挥其应有的效用。所以，当项目所在地政府将 TOT 模式特许经营权移交给中标单位，项目公

司正式运营项目设施后，项目所在地政府有必要采取一定的措施对项目公司的行为进行监管和控制。东道主政府对 TOT 模式特许经营权移交后的监控方式主要有如下三种模式。

（1）TOT 模式所在地政府指派项目管理的相关专业人员进驻由中标单位成立的项目管理公司。专业人员参与对项目设施的管理，可以及时了解项目的运营情况并协助项目公司处理与政府部门有关的一些问题。这些人员的进驻可约束项目公司的行为并对项目的行为进行监控。但应当注意的是，这些进驻人员的行为不得影响项目公司的日常运营，并且这些进驻人员不能随便对项目公司的正常经营行为进行干涉，以免影响项目公司的正常赢利。

（2）TOT 模式所在地政府及项目的中标者分别指派代表进驻项目公司，共同组成一个独立的监控部门，负责项目特许经营权移交后的监管与控制。这种方式对双方的行为都可以起到监控的作用，有助于加强双方合作的稳固性，同时也有助于提高双方管理行为的透明度，对改善双方管理水平有益。

（3）TOT 模式所在地政府聘请专业咨询顾问或管理咨询公司负责项目特许经营权移交后的监管与控制。专业咨询顾问或咨询公司一般掌握先进的管理技术和经验，更容易发现项目运营中的问题。由专业的管理咨询机构尤其是专业从事项目管理咨询的机构定期或不定期对项目公司的行为进行监管与控制，更利于政府对项目公司行为的监控。

项目所在地政府聘请的专业项目管理咨询机构，可以是政府单独指定的其国内或国外的机构，也可以是经过双方协商后共同选择的一家项目所在地的项目管理专业咨询机构。

以上三种方式就是作者提出的对 TOT 模式特许经营权移交后项目公司的行为进行监管与控制的基本模式。

TOT 模式所在地政府之所以要实施项目特许经营权移交后的监管与控制，主要是为了及时发现问题并要求对方采取补救措施，尽量减少对双方的损害。当项目公司的行为对东道主政府已经造成巨大损失的时候，东道主政府可以采取终止特许经营的措施，以减少损失或避免造成进一步影响。

一般来说，TOT 模式项目所在地政府在监管与控制的过程中，如果发现项目公司出现下述几种行为时可以终止其对项目设施的特许经营权：

（1）项目公司的经营活动有严重违反项目所在国法律和地方法规及相关政策的问题，并且在给定的时间内未见采取改进措施。

（2）项目公司一方不经项目所属的政府部门同意将特许权合同转让或转让合同的任何重要部分。

（3）项目公司维持项目设施日常经营的技术设备和相关的管理技术等与合同约定的情况严重背离，或项目公司不对项目设施进行任何维护，严重影响其效益的发挥，或项目公司任意对项目设施提供的服务收取很高的价格，严重影响项目所在地政府及其公民的利益。

（4）项目公司采用的防污措施和运营技术对环境仍然具有很大的副作用并且会对项目所在地周围的环境甚至更大范围内的环境造成严重的污染或损害。

（5）项目公司利用项目设施作为掩护并利用在项目运行过程中获取各项审批及许可证的便利，从事不恰当、不合理或违法活动并从中牟取暴利。

当然，东道主政府必须有充分的实证证据可以证明项目公司有以上行为。最重要的是，双方应当尽可能地促进 TOT 模式的顺利实施直到特许运营期结束。

第三节　　TOT 项目融资模式特许经营权移交管理特殊问题研究

本节讨论与 TOT 模式特许经营权移交管理有关的四个比较重要的特殊问题。

一、TOT 模式特许经营权范围的界定问题。

TOT 模式经营权的转让包括两种情况，一种情况是部分经营权的转让，一般是指对使用项目设施的收费权，另外一种情况是除部分经营权即收费权之外，还有经营其他项目的权利的转让。就目前的情况看，TOT 模式都在基础设施领域内进行，主要是公路、桥梁、自来水厂等，这些设施都涉及需要相应设施的配套问题或其他相关权利的使用问题。

以公路基础设施项目为例，除可以对使用公路的过往车辆的收费权之外，还包括沿线土地的使用权，以及汽车专用公路服务区的餐饮、加油、维修、旅社及商店等的经营权。此外，还包括对在公路沿线树立露天广告牌以及在公路的正上方做产品广告的业务进行收费的权利或直接经营公路沿线及其上方的广告业务的权利等。这些除公路收费权之外的其他权利，通常都会为其经营者带来更多的收益。如果在经营权的移交之前对 TOT 模式经营权界定不清，项目经营权移交后出现双方对这些附属经营权的权属的争议，对双方都不利。TOT 项目经营权范围的界定不明，可能导致国有资产的流失。

TOT 模式设施主要是基础设施的经营权，是否包括经营其他辅助设施等项目的权利，要视东道主政府的法律、法规及政策的规定以及社会投资者与政府谈判的结果而定。对于 TOT 模式的经营权范围的界定并没有一个固定的模式，需根据具体情况及双方的谈判结果而定。

二、TOT 模式经营权性质及其转换问题[4]

TOT 模式的重要内容是项目特定经营权的两次转让。第一次转让是出让方将特定项目的经营权转让给受让方，第二次转让是受让方将该项目的经营权归还给项目所在地政府或其指定的接收机构，严格来说第二次转让只是项目经营权的转移，因为在这个过程中不涉及经济利益等相关利益的转让，只是权利持有者的改变或者说是将出租的设施按时收回。第一次出让，即特许经营权的移交比第二次出让即特许经营权的收回更受双方的关注。在经营权的首次转让即第一次出让中会涉及特定项目经营权的性质转换问题，及项目经营权在第一次转让中随着经营者的改变，可能存在的由公益性或半公益性项目向商业性项目转换的问题。

TOT 模式经营权的性质一般是由如下因素决定的。

（一）TOT 模式设施建设融资来源

项目的融资渠道决定了项目经营权具有不同的经济特性。一般来讲项目经营权的性质主要有三种情况：由政府直接投资的完全公益性、由商业机构全额投资的完全商业性以及政府与商业机构共同完成投资的部分商业性和部分公益性同时存在。

（二）投资项目建设目标性质

投资的目标为商业性项目时，投资者会对项目的经济回报率有较高要求；投资为公益性项目时，投资者会比较重视社会效果，此时，项目的经营权表现为非商业性质。当项目投资部分为商业性目的、部分为公益性目的时（一般是既有政府也有商业机构参与的项目），项目的经营权就会有双重性质，即部分商业性部分公益性。经营权性质会随着经营权持有者的改变而改变，经营权性质的改变又会使项目产品的价格发生改变。这一改变的直接影响对象就是项目产品的使用者，如果价格变化过大，超过了公众的承受能力，则会引起公众的不满，进而影响项目的实施。这要求 TOT 模式的参与者在弄清项目经营权性质的基础上，对项目的经营权能否实现转让以及项目经营权转让后项目产品的定价问题进行充分的讨论和研究。

三、TOT 模式经营权转让后富余人员的安置问题

TOT 模式设施在其经营权转让之前，项目一般都是由东道主政府或政府委托的机构进行日常运营和管理。当项目设施的经营权转让后，项目经营权的受让者为社会投资者，他们经营 TOT 模式以营利为目的。因此，投资者在获得项目的经营权后势必会对项目设施的工作人员进行调整、裁减或重新聘用新的工作人员，以达到其获利的目的，这涉及对项目经营权移交后项目富余人员的安置问题。对于人员安置问题，可以由转让方自行解决，也可以由受让方拿出一笔资金进行一次性补偿，还可以由投资人全部接收，并对其进行培训，再择优上岗。无

论采取何种方式，都应该首先确保不出现严重社会问题，并兼顾资产转让后高效率运营管理的需要[5]。

四、TOT 模式特许经营权转让所得的"处置"问题

在 TOT 模式项目所在地确定要将特定的基础设施的经营权转让，以便为新的基础设施建设筹集资金时，必须对已建成的基础设施项目进行准确的资产评估，以防止国有资产无形流失。协议中对社会投资者在项目的特许经营期内，对项目设施和设备的使用和维护等条款也应做出详尽的规定，目的是要特别防止投资者掠夺性经营行为所造成的国有资产流失。TOT 模式所在地政府在通过这种融资方式进行新项目的融资时，通常最关心的是国有资产的流失问题，而 TOT 模式经营权转让的收入也属国有资产。

因此，对 TOT 模式的特许经营权转让中所出现的"处置"问题也应当在移交管理的过程中处理好。在 TOT 融资方式中确保转让收益真正成为新的建设项目的有效投资也是值得探讨和关注的问题。东道主政府应当敦促投资者资金及时到位，并且要尽快将新的资金投入到新项目的建设中，坚决禁止滥用或截留转让收益的行为。由于 TOT 融资方式存在国有资产流失和资金有效投入使用的问题，因而在实践中需要探索解决问题的办法和措施。

参 考 文 献

[1] 卢有杰，卢家仪. 项目风险管理. 北京：清华大学出版社，1998
[2] 王松江，王敏正. BOT 项目实施指南. 昆明：云南科技出版社，2002
[3] 柳江，苏耀华. 政府在 TOT 融资中应注意的几个问题. 金融观察，2003，(5)：75
[4] 郭菊先，高向平，柏文喜. TOT 模式融资中项目经营权的性质及其转换探讨. 科技进步与对策，2003，(10)：43~44
[5] 大岳公司. TOT 模式的运作. 世界财经报道，2004

第五章　TOT 项目融资模式经营管理

当 TOT 模式所在地政府或其指定的机构与项目的中标者（社会投资者）就项目经营权转让的相关事宜进行全面而深入的谈判后，双方就会签订特许权协议（合同）——特许经营的实质性依据，特许权协议签订后，项目的中标者正式获得项目的特许经营权，从而享有在协议规定的时间内经营项目并获取收益的权利，也就是说，中标者在获得项目的特许经营权后，要组织相关人力、物力对项目设施进行日常经营，以收回投资并获得一定的利润回报。因此，TOT 模式的经营管理是中标者实现投资目的的关键，一旦经营管理环节出了问题，中标者利益目标的实现就会受到直接影响；另外，中标者对 TOT 模式的经营管理能力、经验等也是项目所在地政府选择、确定最后的中标者的一个重要指标，所以有必要对 TOT 模式的经营管理进行研究。

第一节　TOT 项目融资模式经营管理概念

一、TOT 模式经营管理概念

经营管理，是指行为主体使用一定的资源让某种设施或某个机构运转起来以实现一定的目标，并对这一个过程进行管理等一系列活动。

TOT 模式经营管理概念比上述概念要更复杂，涉及的内容更广：TOT 模式经营管理是项目的最后中标者在正式获得项目的全部或部分经营权之后，组建专门的机构或聘请专业公司，主持该项目相关设施的日常经营管理工作以及对项目设施进行日常维护、必要时的全面检修等，在特许经营期，运营项目设施的全部收益归社会投资者所有的一系列管理活动。

二、TOT 模式经营管理方式

TOT 模式融资方式是一种新型的，目前主要用于基础设施建设领域的融资方式，较之传统的融资方式有很大不同，与其他项目融资方式亦有区别。但在经营管理这个问题上，各种方式又有许多相通的地方，如经营管理的目的、经营管理过程等。TOT 模式经营管理方式可以有效地借鉴当前比较成熟的其他项目经营管理方式。

TOT 模式管理的经营管理会持续整个特许经营期，直到特许经营权协议期满。在这个阶段，通常采用的经营管理方式有如下三种。

（一）项目公司全权管理

项目公司全权管理指项目中标者与项目所在地政府或其委托的机构就项目经营权的转让事宜达成一致之后，组建 TOT 项目公司接收项目的经营权并负责在这个过程中代表中标者与政府进行各方面合作。在项目公司正式获取项目的经营权后，中标者授予其经营管理项目的权利，同时对项目设施进行日常维护和保养，并将经营收入以协议规定的方式偿还债务等，项目公司还须全权处理其在经营管理过程中发生的各种经济、法律纠纷等。

采取这种经营管理方式的条件是，该项目公司本身拥有高水平的管理咨询团队或专业的财务顾问，拥有一个具有经验丰富的管理人员的项目公司，能够保证整个项目运营工作的完善和充分，能够保证项目运营成功率，能够保证项目所在地政府的正当利益得到最大限度的保护。这一管理方式的执行，一方面有益于项目公司的集中统一规划，并实施具体的管理办法；另一方面，这种方式又显得缺乏活力，容易使管理方法单一，同时，这种方式不利于项目所在地政府为收回项目后的经营管理储备人才。

（二）委托专业的管理公司进行管理

委托专业的管理公司进行管理指在项目中标者所组建的项目公司不具有管理该 TOT 模式的能力的情况下，聘请一家经验丰富的管理公司负责经营项目，并安排好项目设施的日常维护及保养工作的管理方法。

采取这种经营管理方式，通常是因为项目公司的能力有限或项目公司的职责所限，也可能是因为项目所在地政府出于保护自身利益的考虑，而在谈判过程中要求中标者在经营项目时，由专业的管理公司负责。该管理公司可以站在一个比较公平的角度来运营项目，有利于双方利益的保护，也有利于双方从原来的经营管理活动中解脱出来，从事新的事业。但是，这种方式对双方而言，都不利于为今后从事 TOT 模式管理运作积累经验，也不利于为 TOT 模式管理的经营管理培养人才。

（三）项目原管理班子负责经营管理

项目原管理班子负责经营管理指项目中标者在正式获得项目的经营权后，聘用项目原来的经营管理人员并授予他们经营项目的权利，同时享有获得项目收益并将其按照协议的规定进行处置的权利，并在经营管理过程中，对项目设施进行必要的维护和保养以确保其处于良好的工作状态。

采用这种经营管理方式是因为中标者对项目所在地的经营环境不熟悉，出于各方面利益的考虑，需要聘用熟悉当地情况并已经与当地政府建立起良好合作关系的人员来经营项目。进行跨国投资的 TOT 模式中标者，往往会采用这种方式，因为这种方式可以避免投资者因为不熟悉项目所在地的环境而造成运营困难所带来的损失。

这种方式又有如下两种可供使用的形式。

（1）完全由原管理班子负责经营管理。中标者在获得项目的经营权后，仍聘用原来的所有管理人员，根据新的要求对他们进行全面的培训之后，授权他们继续经营项目设施，获取收益，并对项目设施进行日常维护和保养的权利。项目所在地政府非常欢迎中标者采用这种方式，因为它有利于项目所在地基础设施经营管理人才的培养。

（2）部分保留原管理班子，中标者新派部分管理人员共同组成项目经营管理机构，这种形式与上一种的做法相似，不同点在于原管理班子中引入新的人员。这种经营管理方式融合了多种方式的优点，它既解决了中标者不了解、不熟悉项目所在地的环境问题，也满足了其在获得该项目的经营权后，引入新的技术设备即需要的新的管理技术、管理模式的要求。这种方式的唯一问题是，在对项目的经营管理过程中可能由于新旧人员的知识水平、跨文化背景等方面的差异造成配合不好、工作不协调等问题影响项目的运营，如果处理好这个问题，对双方都很有好处。

第二节　TOT 项目融资模式经营管理过程

本节对 TOT 模式经营管理过程涉及的两个主要问题：TOT 模式经营管理程序、对 TOT 模式经营管理的监管与控制进行说明。

一、TOT 模式经营管理程序

TOT 模式的经营管理过程有如下六个程序。

（一）组建或选择 TOT 模式经营管理机构

当项目的中标者与项目所在国政府或其指定的机构就项目经营权转让的相关事宜谈判并达成一致之后，中标者就要考虑获得项目的特许权后对项目进行经营管理的问题：组建新的项目管理公司或聘请专业的管理公司。

要组建项目管理公司，首先，项目管理公司必须登记注册取得独立的法人资格；其次，应当取得项目所在地工商管理部门的经营许可证书；最后，必须做好经营管理人员的选择和搭配，方可拟定具体组建细则。

要聘请专业的管理公司，需要对其从业资格以及相关的资格认证等进行评估，还要研究该公司是否有完善的解决各种突发事件的方案、经验及能力等。在这个过程中，还应当根据项目各参与方的要求进行综合考虑，选择一家最合适的管理公司来负责项目的经营和日常维护。

（二）对相关的经营管理人员进行培训

随着项目经营权持有者的改变，项目经营权的性质通常随之而一起改变，一般是由公共服务性转变为商业性，因而项目经营管理公司的目的就会有所不同，当然就会对经营管理人员提出新的要求。新的经营权持有者为了提高运营效率及管理水平，往往会采用更先进的技术设备以及新的管理模式等，这就对原来的经营管理人员提出了新的要求。新来的管理人员对项目所在地的环境及项目的情况需要时间去了解、熟悉。这些都要求对相关的经营管理人员进行必要的培训，以使他们尽快熟悉项目的情况及各方面新的要求，从而进入良好的工作状态。

（三）拟定 TOT 模式相关管理经营计划

拟定 TOT 模式相关管理经营计划指根据新的要求拟定项目经营计划、项目产品销售计划及设施维护计划等，也就是要对 TOT 模式的经营管理作出详细的计划，以便更好地经营项目，实现项目的预期目标。

（四）从政府部门或在政府的协助之下获得相关的许可证

在 TOT 模式经营管理过程中，需要使用到相关的设施包括机构、港口、土地等，项目管理公司必须首先从项目所在地政府取得这些相关设施的使用权（使用许可）。

（五）经营管理公司正式运营项目

在做好各项准备工作并取得相关的许可证，以及与当地政府或有关部门做好各方面的协调之后，项目管理公司可以正式获得项目的特许经营权并开始按照预先制定的经营计划、产品销售计划以及设施维护计划等进行日常经营管理，并对项目设施进行维护和保养等。

（六）移交前的准备及移交时的过程管理

为保证 TOT 模式移交的顺利进行，在特许经营期届满时，项目管理公司通常需要做好移交前的准备工作。移交时的过程管理包括：相关文件归类、清理、移交及设备设施移交、财务移交、人员移交等。

二、TOT 模式经营管理监管控制

在项目公司或专业的管理机构对项目设施进行日常经营管理等活动的过程

中，必须监管控制经营管理过程是否合法，对项目所在地政府或项目产品使用者等是否造成损失或伤害，对项目设施是否进行日常维护和保养。此外，TOT模式的投资者或债权人为了保障自己的利益不受损害，往往也会对项目管理机构的日常经营进行监控。

（一）直接监控模式

直接监控模式是指项目所在地政府或其指定的部门直接对项目管理公司的日常经营进行监管与控制。由项目所在地政府或其指定的部门派专人（具有 TOT 模式运作经验的专业人员）组成一个 TOT 模式经营管理监控部门进驻项目管理机构，对项目管理机构的行为进行监管和约束，并定期要求该项目管理公司上报项目的运营情况，以便及时发现问题，从而制定解决方案。

（二）共同监控模式

由项目所在地政府或其指定的机构与项目中标者共同派出相关人员组成一个独立的监控部门，一方面对项目管理公司的经营管理行为进行监控，另一方面对项目所在国政府及其监管人员的行为进行监控。

（三）第三方监控模式

项目所在地政府聘请一个专业的管理咨询机构并授予其相应的权利，由该机构全权负责对项目管理公司的经营管理行为的监控，该机构对项目所在地政府负责，通常不对项目管理公司负责。

第三方参与监控，可以保证结果的公平、公正，并且，由于专业的咨询机构掌握有比较先进的管理工具、技术等，能够对经营管理过程进行全面而充分的监控，其得出的结论也更加权威、更令人信服。

第三节　TOT项目融资模式经营管理特殊问题的研究

TOT 模式的特许经营期一般为 10～25 年，时间跨度非常长，在这期间难免会出现各种各样的问题，影响 TOT 模式的正常经营，使双方不得不做出必要的调整，采取相应的措施以应对这些问题，以避免或尽量减少不必要的损失，使TOT 模式经营管理有序地开展。

特殊问题指在 TOT 模式特许经营期内出现的、事先并没有考虑到的、可能对 TOT 模式的正常经营造成不利的、影响某一方甚至多方利益的一些问题。

一、自然因素造成项目设施运营中断等的问题

指由于自然力的作用，所导致的项目设施的严重损毁以至不能发挥其原有效用或导致项目设施长时间不能运营。

（1）由于地震等灾害的发生导致基础设施损毁，如使公路、桥梁等严重损坏，无法继续运营；

（2）由于气候的突变所导致的基础设施运营中断等，如由于长年下雪使公路、机场等基础设施常年积雪而无法清除等导致运营中断，或者由于大雾天气的影响使机场、高速公路等长期处于停业或半停业状态等；

（3）机场或污水处理场等是通过填海筑造人工岛而成的，在运营后不久，出现人工岛的沉降，而导致设施一起沉降甚至被水淹掉等而无法继续运营项目。

这些事件的发生对社会投资者而言，所造成的损失是巨大的，也是无法避免的。因此，有必要在发生上述事件时给投资者合理的补偿，以确保双方的继续合作。

由于自然灾害等所导致的基础设施严重损毁而不能继续运营的 TOT 模式，项目所在国政府可以给投资者以优惠条件获得该设施的重建许可作为补偿，设施投入运营后可以继续按原来的条件甚至更优惠的条件获得项目设施的经营权。

自然力的作用导致的基础设施运营长时间停止或半停止状态的 TOT 模式，该项目所在国政府可以给予投资者延长特许经营期以及税收方面的优惠政策作为补偿，在必要时，可以将新的基础设施的经营权转让给该项目的投资者，以此来巩固双方的合作关系。

二、在经营过程中，中标者因项目所在国对外政策等的改变，导致企业不能继续经营项目等的问题

在政治风险里可能会出现下述情况：

（1）投资者所在地出现政局变化、政权更迭导致该国对外政策发生变化，使投资者不能继续运营中标的 TOT 模式，因为不同的领导者制定的政策往往是不同的。

（2）投资者所在地政府由于战略目标的调整等导致该国对外政策的变化，使投资者不能继续运营中标的 TOT 模式。

（3）投资者由于在地区内的经营问题等被政府强行宣告破产而使其不能继续经营中标的 TOT 模式。

这些问题也会给 TOT 模式的投资者造成巨大的损失，因此，在出现类似情况时，项目所在地政府应该根据情况补偿投资者损失。

三、第三方责任造成项目设施运营能力显著下降甚至无法继续运营的问题

指因为项目所在地政府及项目中标者之外的第三方的过错，造成对项目设施的实质性损害，导致该项目运营能力下降或丧失运营能力，如由于设计单位、施工单位等造成的设施的损坏。

（1）设计单位在对设施进行规划设计时存在错误或者是政府要求工程设计应当达到能够承受某种经营量的水平，但设计单位的设计结果并不能满足这种要求，使工程项目存在隐患，当设施满员负荷运行时就有发生事故的风险。道路、桥梁工程等，最容易发生此类事件，此外大桥断裂的事故在我国也是屡见不鲜，造成了巨大的经济损失和人员伤亡。

（2）施工单位在建设基础设施的过程中存在偷工减料或以次充好的现象，导致设施质量没有保证，使工程变成所谓的"豆腐渣工程"，随时都有可能发生危险。

（3）专业的设施维护和保养单位不按规定的标准对设施进行日常维护和保养，造成设施的损坏影响运营。

当某一个 TOT 模式存在上述一种或多种问题时，项目设施随时有可能出现损毁的情况，如桥梁倒塌、路面破裂等，导致项目运营中止（终止）或运营能力显著下降，使中标者遭受损失。这就要求政府部门在工程的设计、建设阶段加强监控，避免此类事件的发生。

四、项目管理公司或项目所在地政府出现严重违约行为的问题

对于任何一个 TOT 模式的两个直接参与方：中标者和项目所在地政府而言，在项目的特许经营期内除了享有相应的权利外，还应当承担如下相应的责任和义务。

（1）项目管理公司在经营过程中，不按协议或合同的规定进行，对项目所在国政府、企业和公众利益造成了严重的损害，出现这种问题时，项目所在国政府可以责令其限期改进并赔偿损失，在必要时甚至可以终止其项目的经营权。

（2）项目所在地政府在项目管理公司运营项目期间，不遵守协议规定存在严重的违约行为，使项目管理公司经营困难或无法正常经营，给其造成了重大损失。在这种情况下，政府应当根据损失情况给予相应的补偿或适当延长经营期以弥补投资者的损失，只有这样才能维持双方的合作关系。

五、TOT 模式经营权范围的变更问题

在经营期内，项目管理公司只能按照协议的规定行使对项目的经营权。但

是，随着项目管理公司的经营活动的开展，可能会发现经营权范围的限制使其不能很好地经营项目，限制了设施最大效用的发挥，因而有必要对项目的经营权的范围做适当的调整、变更，以适应新的需求。

经营权范围变更就是对原先已经达成一致的经营权范围协议中定义的经营权范围所做的修改。变更可能因为：项目外部环境发生变化；在进行经营权范围谈判时，考虑不周，有错误或遗漏；运营过程中引入了新的技术设备、新的管理模式等；使用者对项目产品的要求发生变化等。这些变化往往就要求项目管理公司提出对经营权范围进行变更，通常是扩大经营权范围。项目所在国政府应当对经营权范围变更予以重视，加以控制，使其最小化，或向着有利于项目目标实现的方向发展。这里对两个问题，经营权范围变更的程序和控制进行说明。

（一）经营权范围变更程序

对 TOT 模式经营权范围进行变更，会涉及多方面的利益，一旦变更可能会对某些部门的利益造成影响，因而不是想变更就能变更的，必须经过一定的程序：

（1）提出经营权范围变更申请（一般由项目管理公司提出书面申请）。

（2）变更申请确认，即项目所在地政府或其指定的机构对项目管理公司所提交的变更申请进行讨论审批，确定确实有必要变更的地方并通知对方。

（3）经营权协议的补充，对范围变更进行确认后，双方将签订新的协议或将变更记入原协议中以对原有的经营权协议进行补充、完善。

（4）建档，将新的协议或补充完善后的原协议整理成文档，建立必要的文字记录和必要的跟踪系统，作为范围变更的法律依据。

（二）经营权范围变更控制

经营权范围的变更影响重大，不能随意变更。当发生变更时，应当对变更进行必要的控制，对范围变更的控制应当做到如下三点。

（1）对造成范围变更的因素施加影响，以确保变更是有益的。

（2）对已发生的范围变更进行管理，防止项目管理公司借变更牟取利益。

（3）建立范围变更控制系统，实现对范围变更的有效控制。范围变更控制系统应当与相关的控制系统集成，当要求项目经营完全按合同要求进行时，经营权范围变更控制系统还必须与原有的相关的合同要求相一致[1~4]。

参 考 文 献

［1］王松江，王敏正. BOT项目实施指南. 昆明：云南科技出版社，2002

［2］柳江，苏耀华. 政府在TOT融资中应注意的几个问题. 金融观察，2003，(5)：75

［3］郭菊先，高向平，柏文喜. TOT模式融资中项目经营权的性质及其转换探讨. 科技进步与对策，2003，(10)：44~46

［4］大岳公司. TOT模式的运作. 世界财经报道，2004

第六章 TOT 项目融资模式移交管理

TOT 模式融资方式的标的是项目设施（一般都是基础设施）的经营权，它通过基础设施经营权的转让而获得新项目建设所需的资金。但是基础设施的经营权不是永久的转让，而是要约定一定的期限即通常所说的特许经营期，在经营期内由项目的中标者独立经营项目设施，经营期结束后，中标者必须将项目无偿地移交给项目所在地政府或政府指定的接收机构。在项目的特许经营期结束时，项目中涉及的所有项目公司的权利都要移交给项目所在地政府或它的指定机构，并且移交应该是无偿的。

第一节 TOT 项目融资模式移交管理概论

一、TOT 模式移交管理概念

TOT 模式移交管理就是指，在项目公司将项目移交给东道主政府或其指定的接收单位的过程中，对项目经营权及其关联权利的收回、项目设施的收益权的收回、项目工作人员的调整等活动进行管理，以保证项目设施及其相关权利顺利、及时地回到东道主政府的手中，并确保项目尽快进入新的运营期使其继续发挥其服务效益。TOT 模式的移交涉及两种活动，即项目中标者将项目的经营权等交还给项目所在地政府或其指定的项目接收机构，项目所在地政府从项目公司手中接受项目的经营权等权利，需要交和接两个方面紧密配合，以此确保权力交接顺利进行[1]。

TOT 模式所在地政府为保证收回的项目设施是完整的、可以继续运营的、得到极好维护的能够继续发挥其效用的，应对项目移交过程的每一个细节进行认真管理。TOT 模式特许经营期满后，项目资产必须在无债务、未被用于抵押、设施状况完好的情况下移交给原转让方即项目所在地政府或其指定的项目接收机构。

二、TOT 模式移交管理参与方概述[2]

TOT 模式特许经营期满后，项目的中标者必须按时将项目设施无偿移交给项目所在地政府或政府指定的接收机构。项目所在地政府为保证能够收回完整的、可以继续运营的、得到很好维护的项目设施，通常会聘请相应的专业机构对项目设施的状态做一个全面而系统的评估。

TOT 模式的移交不仅涉及东道主政府与社会投资者，还涉及其他聘请来为项目做出相关评价的机构，如下所述。

（一）TOT 模式所在地政府或其指定的参与项目移交的单位

项目所在地政府或其指定的单位一般是将项目设施经营权转让的单位，他们参与 TOT 模式的移交是要将项目设施的经营权等权利收回自营或转交给其指定的其他机构运营。

（二）TOT 模式的中标者（社会投资者）

在项目特许经营权的移交中，他们是权利的接受方，而在 TOT 项目的移交中他们处于相反的角色，需要将权利归还给项目所在地政府，并且还要对其在占有设施经营权期间的一切经营、法律、债权、债务等行为负责。

（三）TOT 项目公司

TOT 项目公司一般是由项目的中标者单独成立的专门负责对项目设施进行日常经营管理活动的机构。由于在特许经营期内，项目公司对设施负有全责并可能在运营过程中采用了新的设备、技术及管理模式等，项目移交给东道主政府后，负责项目设施运营管理的机构可能一时难以适应。因此，项目公司一般需要对相关人员进行一定的培训和技术指导，以保证项目设施的正常运行。此外，项目公司还应当将项目设施运营过程中的财务情况与其他相关经营机构的合同关系及项目公司涉及的相关法律问题等，毫无保留地移交给东道主政府。

（四）工程机构

项目所在地政府在收回项目设施之前，需要对项目设施的状况进行全面而详细的评估，对设施的工程技术情况进行评价就是其中之一。政府部门应聘请专业工程咨询机构来为 TOT 模式设施做工程技术方面的评价，以得出有关项目设施质量、寿命期技术水平等方面的正确结论。

（五）财务机构

TOT 模式所在地政府在收回项目设施之前，除需要对项目设施的工程技术的现时状况进行评价之外，还需要聘请专业的财务机构（如会计师事务所）对项目公司在运营项目设施的过程中与其他运营商之间的各种财务关系、债权债务关系及项目公司的财务情况进行全面的审查，对项目公司在经营项目设施的过程中所形成的到项目移交时还未到期的债权债务关系进行确认、结清等。

（六）法律机构

TOT 项目公司在特许经营期内，必然会与项目所在地甚至国外的运营商之间建立起一定的合作关系，签订相应的合作协议以及其他协议等。另一方面，项目所在地政府在进行 TOT 模式特许经营权的移交时，会与项目中标者签订特许经营权转让协议等各种相关协议。

所以，在 TOT 模式的移交过程中由于涉及的法律问题众多，并且关系复杂，项目所在地政府必须聘请专业的法律机构对各种合同和协议的权利义务关系进行全面的审查，并对在取消相关的合同及协议时涉及的权利义务的终止进行确认，此外，专业的法律机构还应当负责移交文件的起草、协助办理相关的移交手续等工作。

（七）公证机构

在 TOT 模式移交过程中，需要很多合同和协议等涉及双方甚至多方权利义务关系的文件，这些文件中确定的各方的权利义务关系对任何一方的影响主要是经济利益的影响都是巨大的。因此，各方都有必要对这些文件的有效性问题进行确认，以防止任何一方用伪造的合同文件谋取利益，这需要公证机构的参与。

（八）仲裁机构

TOT 模式的移交过程中，会涉及许多权利义务关系的移交或终止等，对这些权利义务关系进行移交或终止的过程，往往是双方产生争议或纠纷的环节。因此，在 TOT 模式移交过程中必须聘请仲裁机构参与，以便及时对出现的纠纷进行调解等，确保移交过程顺利进行。

三、TOT 模式移交管理方式[3]

通过对国内外已经实施的 TOT 模式案例的研究，总结出了对 TOT 模式移交过程进行管理的方式，主要有如下五种。

（1）TOT 模式所在国政府指定的项目接收机构与项目公司进行项目的移交并对移交过程进行管理。在进行 TOT 模式的移交前，项目所在地政府先确定项目移交后对项目设施进行日常经营管理的机构即项目接收机构，并通知项目的中标者或直接通知项目公司与其指定的机构进行移交；而项目中标者或其成立的项目公司则直接参与 TOT 模式的移交，并直接对移交过程进行管理。

（2）TOT 模式所在地政府聘请第三方与项目中标者或项目公司进行项目的移交，并对移交过程进行管理。TOT 模式所在地政府聘请第三方，授予第三方相应的权利直接代表其参与项目的移交过程并对这一过程进行管理。获得 TOT

模式特许经营权的投资者或其成立的项目公司则直接与项目所在国聘请的第三方进行项目的交接，同时直接对交接过程进行管理。

（3）TOT 模式所在地政府指定的项目接收机构直接与项目的中标者或其成立的项目公司聘请的第三方进行项目的移交，并管理移交过程。TOT 模式所在地政府在项目移交前就已经确定好项目的接收机构，并由项目的接收机构直接参与项目的移交，并对移交过程进行管理。而获得项目特许经营权的投资者或其成立的项目公司，则聘请第三方直接参与与政府的权利交接，该第三方同时对这一过程进行管理。

（4）第三方对第三方的管理方式。TOT 模式所在地政府或其指定的项目接收机构与获得项目特许经营权的投资者或其成立的项目公司各自聘请一家管理咨询机构，各自授权给聘请的机构相应的参与项目移交的权利，使其分别负责本方活动，即由两家咨询机构全权负责项目的移交并对移交过程进行管理。

（5）改变由双方参与的外部行为为内部行为的管理模式。TOT 模式所在地政府或其指定的项目接收机构，与项目特许经营权获得者或者是其成立的项目公司共同成立一个项目移交管理机构，由该共同项目移交管理机构独立进行相关权利的移交，并全权负责对项目移交全过程的管理。

第二节　TOT 项目融资模式移交管理过程

TOT 模式的移交过程与其特许经营权的移交过程相似，主要涉及交和接两种活动，需要参与双方的紧密配合。这里讨论 TOT 模式移交的程序以及对 TOT 模式移交管理的监管与控制两个问题。

一、TOT 模式移交管理程序

由于 TOT 模式的移交主要涉及项目设施的经营权的收回，应该做好与获得项目特许经营权的社会投资者的协调，并做好统筹规划，以确保权利的顺利收回。获得项目特许经营权的社会投资者也需要安排好自己的权利转出及相应的参与人员，并与东道主政府协调好，共同努力，处理好 TOT 模式设施及其经营权等的交接事务。

通过对 TOT 理论和大量案例的研究，TOT 模式移交过程可总结为如下六个程序。

（一）组建或聘请 TOT 模式移交管理机构

在项目移交之前，双方首先要做的事就是确定项目的交接机构，双方在该事项落实后有将最后的结果通知对方的义务。

（二）TOT 模式评估

这里的项目评估指在 TOT 模式的特许经营期结束后，在项目移交前除对项目设施进行工程技术方面的评价外还要对项目的有关财务情况、法律问题等进行评价。这里的项目评估比任何其他项目评估的评估范围更广，评估的指标更多，对评估结果的准确性要求更高。

（三）TOT 模式评估报告评审

TOT 模式评估报告是由项目所在地政府聘请专业的工程咨询机构、专业的财务机构、专业的法律机构等做出的。项目所在地政府对项目评估的结论必须表明项目设施的状态良好，在项目运营的过程中所产生的各种权利义务关系明确，各项指标满足相关合同或协议的要求，这样，项目所在地政府才会与社会投资者签订移交协议。

（四）TOT 模式移交合同或协议的签订

双方对项目的评估结论无异议时，可进行正式的项目移交协议的签订，项目移交协议签订后，双方的主要权利义务关系就断绝了。在移交协议中必须具有的内容为：移交条件和时间表；特许期的延长；移交范围；移交日期前的维护和监督计划；移交后的配件提供；技术移交；对项目以后的经营人员的培训；移交成本的确定和分担；风险移交；取消合同和协议；移交的手续等。

（五）试运营（移交的过渡）

在项目移交合同签订后，东道主政府可能要求有试运营期，以对项目设施的运行状况做一个完整的评估。同时，由于项目的中标者在长期的经营中，已经形成了固定经营模式，经营过程中采用了更新的技术设备、先进的管理模式等，而项目及其相关权利交回项目所在地政府后，一般会派新的管理人员来经营项目，这些管理人员对项目的各个方面都需要有一个适应的过程，并且还需要一定的培训才能经营好项目使其发挥应有的效用。因此，在项目正式移交前，安排一个过渡阶段是很有必要的。

（六）TOT 模式移交及项目公司的解散

试运营阶段的结束标志着 TOT 模式移交过程的结束，同时也意味着 TOT 模式此时才正式进入由项目所在地政府或其指定的项目接收机构经营项目设施的阶段，此时项目的中标者才真正失去项目的经营权等相关权利并免除相关的责任、义务。当双方经过以上几个阶段共同努力，最终到达项目的移交阶段时，一般情况下，TOT 模式的移交过程到此就将宣告结束。

二、TOT 模式移交管理监测与控制

从准备移交到正式移交完成需要双方很大合作、沟通、协调，而在这些过程中通常又是容易出问题的。因此，为保障项目所在地政府的利益不受侵害，同时对项目公司在项目移交过程中的经营活动进行监控，避免国有资产的流失，在项目所在地政府将 TOT 模式收回的移交管理过程中，项目所在地政府有必要采取一定的措施对项目公司的行为进行监管和控制。

项目所在地政府对 TOT 模式移交过程的监控方式主要有如下四种模式。

（一）单方直接监管模式

TOT 模式所在地政府派遣从事过项目融资管理的相关专业人员对项目移交过程进行监管与控制。

（二）双方共同监管与控制模式

TOT 模式所在地政府在确定好对移交过程进行监管的人员后通知对方，对方派出相关人员参与共同组成一个相对独立的监控部门，负责对项目移交过程的监管与控制。

（三）直接由第三方进行监管与控制模式

TOT 模式所在地政府为更好地对项目移交过程进行管理，聘请专业咨询顾问或管理咨询公司负责对项目移交过程的监管与控制。

（四）"保证书"式的监管模式

在 TOT 模式的移交过程中，项目所在地政府要求项目公司在设施移交时提供一份全面的有关项目资产状况的保证书，保证项目设施处于良好的工作状态，在运营过程中也对项目设施进行了正确的维护并满足项目协议中规定的最低的施工标准和操作标准。项目所在国政府有了这份保证书就可以在项目设施的运营过程中出现问题时，具有向项目公司或项目的中标者要求损失赔偿的权利，否则，一旦项目公司将项目设施交还项目所在国政府或其指定的项目接收机构，政府将无法就相关损失要求赔偿，有了保证书就有了追索权。这种方式还能减轻项目所在国政府在项目移交过程中的工作量，因为它为政府省去了直接对过程进行监管这一环节。

第三节　　TOT 项目融资模式移交管理特殊问题的研究

TOT 项目在移交过程中，难免会遇到一些困难或非人力因素所能控制的问题。此外，在项目移交之前，尽管当事人双方都会做很充分的准备，但仍可能存在未考虑周全的地方或未考虑到的问题等，这些都需要双方在事先、事情进行中做一定的准备以对出现的这些问题加以解决。

TOT 模式设施及相关权利移交管理过程中可能遇到的几个比较特殊的问题，如下所述。

一、TOT 模式特许经营期延长的问题

在特殊情况下，项目的中标者会在特许经营期满后向项目所在国政府提出将项目的经营期延长的要求，可能是因为项目的中标者出于获取更多利益的考虑，也可能是因为在经营过程，由于自然灾害、项目所在地政府的一些行为等因素造成项目公司的实际运营期与协议中规定的特许经营期条款有比较大的差异，使项目的中标者蒙受损失。通常情况下，出现下列情况时，项目的中标者或其成立的项目公司可以提出延长经营期的要求：

（1）在特许经营权移交时，以当时的物价水平来看，项目的中标者除了能还清债务还能盈利。但是，在经营过程中或由于物价的变化（区域性甚至全球性经济或金融危机等导致的一国政府无法控制的通货膨胀等）或由于项目产品使用者的变化而导致投资者还债困难。这时，如果项目资产有足够经济年限，项目所在地政府可以考虑给予特许期的适当延长。

（2）在项目中标者所成立的项目公司的经营过程中（在特许期内），由于项目所在地政府违反合同和协议，造成项目公司长期处于半运营状态甚至停业状态，使项目公司迟迟不能获得相关的许可或资格，给项目公司造成了巨大损失的，项目所在地政府可以考虑给予特许期的适当延长。

（3）在特许经营期内，项目所在地发生比较大的变动，项目设施被政府长时间征用，项目公司虽享有项目设施的经营权，但其享有的经营权却无法使其获利。或者是由于气候突变的原因，使项目设施长期处于无法使用或基本不能使用的状态，项目所在地政府可以考虑给予特许期的适当延长。

二、人员培训问题

TOT 模式特许经营期满政府收回项目后，一般要进行人员的调整尤其是经营管理人员的调整，会出现新老人员的交替问题。因此，在 TOT 模式的移交过程中必须就人员的培训问题与项目公司协调好，由项目公司安排好人员培训内容

及培训方式等。

（一）在实践中培训

指在移交过程中的试运营阶段实行双方共同经营、共同维护的办法，所获收益由双方按一定比例分配。这样做可以让新的经营管理人员尽快熟悉项目公司的运作以及项目设施的状态，更重要的是它可以使新的经营管理人员一边经营一边就相关问题请求对方人员的指导，项目公司须对其经营管理人员做出这方面的要求。

（二）单独进行培训

在被要求对政府新派的经营管理人员进行培训时，项目公司要在项目移交前就安排好相关的培训人员，并到指定地点对新的经营管理人员进行系统而专业的培训。从培训的内容上看，这种方式比较全面。

三、TOT 模式经营权性质的转换问题

TOT 模式融资方式的核心内容是特定项目经营权的两次转移。第一次转移是出让方将特定项目的经营权转让给项目的中标单位（受让方），第二次转让是中标单位将该项目的经营权归还给项目所在国政府或其指定的接收机构。

项目所在地政府在收回项目资产后，会将项目设施交由指定的部门进行运营，这时，项目设施运营的公益性比较强，政府就应当对项目产品的价格做调整。

四、TOT 模式保证书的移交问题

TOT 项目移交中要解决的一个基本问题是：TOT 项目公司是否向项目所在地政府提供移交的资产保证书。保证书可能包括项目建设阶段工程承包商提供的工程质量保证书（项目所在地政府在移交特许经营权时，一起交给项目公司的文件）、项目公司获取的设施维护承包商或设备供货商等提供的保证书。

项目所在地政府可以要求项目公司在项目移交时提供一份比较全面的保证书：保证项目资产处于良好的工作状态、工程设施正确地维护过并满足项目有关协议中规定的最低的施工和操作标准。这些保证书的获取，有助于项目所在地政府在项目设施出现问题的时候，请相关部门予以解决，也有助于对政府合法权利的保护。

五、TOT 模式移交协议中未规定的问题的解决

在项目移交过程中，双方就有关问题进行详细的讨论并整理成书面文件，但

难免会有考虑不到的地方，必然会出现新的问题，原有的项目协议通常不能解决所有的问题。因此，在出现新的并且在项目移交协议中未做规定的问题时，项目的各参与方应当在互相尊重、互惠互利的基础上，进行友好的协商，并对出现的问题及时加以解决[1~4]。

参 考 文 献

[1] 王松江，王敏正等. BOT 项目实施指南. 昆明：云南科技出版社，2002

[2] 柳江，苏耀华. 政府在 TOT 融资中应注意的几个问题. 发展. 2003，(5)：75

[3] 郭菊先，高向平，柏文喜. TOT 模式融资中项目经营权的性质及其转换探讨. 科技进步与对策，2003，(20)：163~164

[4] 大岳公司. TOT 项目的运作. 世界财经报道，2004

第七章　TOT 项目融资模式合同管理

第一节　TOT 项目融资模式合同管理概论

一、TOT 模式合同种类

TOT 模式中有以下几种合同：项目经营权定价合同；东道主政府与项目投资者之间的特许经营合同；项目经营合同；项目争议、违约合同及项目特许经营到期后的移交合同。

二、TOT 模式合同要素[1]

TOT 模式合同的类型很多，再加上各个项目的规模大小、复杂程度、造价高低等千差万别，所以合同的内容和条款也都不尽相同。但不论哪一类型的合同，都必须具有以下内容：

(1) 项目"标的"，即合同的目标，包括项目的范围、数量和质量。

(2) 为完成"标的"所规定的时间。

(3) "标的"的总价格以及支付条件和支付方式。

(4) 签约双方各自应承担的义务和享有的权利。

(5) 为保证合同完满实施，对各方规定的保证性条件。

(6) 对违约行为规定的惩罚性条件。

第二节　TOT 项目融资模式合同的编制方法及体例

一、TOT 模式经营权定价合同

TOT 模式转移定价的过程是一个双方博弈的过程。博弈双方为了达到各自利益的最大化，在转让之前，都会对企业资产进行评估，然后根据资产评估的价值进行转移定价的讨价还价。

1. 项目经营权范围的界定

经营权转让包括两种情况，一种是部分经营权的转让，即收费权的转让，另外一种情况是除收费权之外，还包括经营其他项目的权利的转让。

在具体的实践中，基础设施的经营权是否包括其他项目的权利，要视所在地政府的规定以及私营投资者与政府谈判的结果而定。

2. 项目经营权的分类与特征[2]

(1) 项目经营权的性质决定于项目投资的来源与投资的性质。当项目投资为商业性投资且目标项目为商业性项目时，投资者会对项目的经济回报有较高的要求，并要求拥有目标项目 100％的经营权，这些项目一般由商业机构来经营管理。当投资为公益性投资时，投资者则会比较注重社会公益效果而对投资回报要求不是很严格，项目经营权通常表现为公益性质。比较复杂的是第三种情形：当项目部分为商业性投资、部分为公益性投资时，政府会强调社会效益，商业投资机构则与之矛盾。这类项目一般有两种形式：第一种为"官商合办"，项目经营权部分为商业性质，部分为非商业性质；第二种为"商办官助"，即采取商业机构投资、政府给予部分资助的形式，这时的项目经营权为商业性质，但政府一般会对项目的公益性服务提出相应的要求。还有一种情形就是商业机构全额投资，政府进行行业管理，即"官督商办"形式，项目经营权亦为商业性质。

(2) 项目投资的性质与来源通常决定于项目产品的公共化程度。当项目产品的公共化程度较高时，项目投资一般属于公益性投资，多来源于财政资金或捐赠资金，投资者一般不要求财务上的投资收益。当项目产品的公共化程度较低，即项目产品主要为私人物品时，项目投资多来源于商业投资，投资者会要求尽可能高的投资收益。

(3) 项目经营与管理的目的决定于项目投资的性质和项目产品的公共化程度。当项目投资完全属于公益性投资时，项目经营与管理的目的是为了维持项目本身能够持续不断地提供某种公共产品，项目单位提供项目产品时一般不收费或者只收取能够维持项目正常运行的较低费用。当项目投资完全属于商业性投资时，项目产品为私人物品，使用者遵循等价交换的原则购买项目产品，项目经营管理的目标是为投资者提供较高的投资回报，如一般的商业性项目。

3. 项目经营权转让中的性质转换问题[3]

TOT 模式的标的——已建成项目的经营权，在法律上属于一种特定的物权，这一物权的成功转让是 TOT 模式融资得以成功实施的基本法律保障。不同类型、不同行业的项目经营权具有不同的物权特征，在 TOT 模式融资操作过程中很难将其一概而论。

4. TOT 模式中经营权定价的原则

TOT 模式中经营权价格的确定与该项目资产价格的确定具有较大的不同。在项目建设与运行中，原有的财务记录基本上可以反映项目资产状况。但由于

TOT 模式融资中只出让已建成项目的经营权，建设阶段的风险已经排除，按照风险-收益对称原则，其价格应该高于该项目承担全部投资风险时的价格。

5. 订立经营权定价合同时应注意的事项

(1) 注意转让企业价格和项目产品价格问题。由于社会投资者接受的是已投产运行的项目，不存在建设和试生产的风险，因此，经营权的转让价应合理提高。

(2) 加强国有资产评估。受让方买断某项资产的全部或部分经营权时，必须进行资产评估。转让资产如果估价过低，会造成国有资产流失；估价过高则影响受让方的投资热情。因此，要正确处理好资产转让和资产评估的关系。聘请的评估机构应具有相应资质，在评估时应与转让方和其聘请的融资顾问及时沟通，评估结果应报国有管理部门批准。

二、TOT 模式特许经营合同

1. 特许经营合同的概念

在 TOT 模式中，特许经营合同是东道主政府授予项目主办人经营特定项目权利的法律文件，它是一个 TOT 模式的法律基础，也是其所有项目合同的核心和依据，TOT 模式的其他合同都是以它为基础和依据来制定的。

2. 确定合理的项目运营期限

TOT 模式的运营期限通常是一个固定的期限。这个期限的长短应以能使项目公司有足够的时间偿还债务、收回投资并有一定的合理盈利为度。项目公司可能要求在东道主政府违约而未能实现预期回报的情况下，延长其对项目的运营期限；如果这样的话，东道主政府可以相应地提出，在项目公司出现"暴利"的情况下，保留在项目运营期满前收购项目公司的股份或调整项目协议中某些条件的权利。

3. 特许经营合同的结构[4]

投资者必须研究特许经营合同所做的规定，如东道主政府所要求的报酬方式是采取提成费或税收的方式，还是采取参与股本的方式，政府对价格有无限制等。特别重要的是，特许经营合同的有效期限是否长于项目贷款的期限。如果贷款人的贷款尚未得到全部偿还而东道主政府的特许经营合同已告期满，则贷款人将处于十分不利的境地。实践中，特许经营合同的内容较为广泛，它通常包括一个 TOT 模式运营转让等环节的内容，投资方与项目所在地之间的主要权利义务关系，其主要内容一般有以下几个方面：

（1）特许权的范围。主要包括如下三个方面的内容：权利的授予、授权范围、特许期限。权利的授予，明确在项目中，即由哪一方来授予主办方从事一个 TOT 模式在运营方面的特权。实践中一般由东道主政府或其公营机构授予社会投资者某种特权；授权范围，即规定东道主政府授予项目主办者主办一个 TOT 模式权利的范围，包括项目的运营、维护和转让，有时也授予该主办者经营其他项目的权利等；特许期限，即东道主政府许可主办者运营合同设施的期限，通常是特许协议的核心条款。

（2）项目的融资方式。主要规定一个 TOT 模式如何进行融资、融资的利息水平、资金来源、双方同意将采用什么样的方式来进行融资等内容。

（3）项目的运营及维护，即主办者运营和维护合同设施的方式和措施等内容。

（4）合同设施的收费水平及其计算方法。这也是非常难以谈判和确定的条款，它是否合理直接关系到项目的成功与否。此条款主要规定协议双方如何确定和同意主办者对合同设施的收费水平、主办者所提出和建议的收费水平是如何计算的、主办者如何向该合同设施的用户收取服务费及以何种货币来计价等内容。

（5）项目的移交。本条款主要包括项目移交的范围、运营者如何对设施进行最后的检修、合同设施的风险在何时何地进行转移、合同设施移交的方式及费用如何负担、移交的程序如何协商确定等。

（6）协议的通用条款，即指在一般的经济合同或涉外经济合同中也通常具有的那些条款，如合同的适用法律条款、不可抗力条款、争议的解决条款等。

（7）合同义务的转让。这是 TOT 模式条款的特殊之处：在一般的经济合同中，按照国际商法的普遍原则，在一个合同关系成立后，合同的任何一方未经另一方同意，不得擅自将其在本合同项下的任何权利义务转让给第三方；即使转让被允许，转让的权利和范围也应该是对等的。但是，在国际 TOT 模式实践中，TOT 模式的特许协议的主体双方并非一般经济合同中的普通民事主体之间的关系，因为特许协议的一方是东道主政府或其公共经营机构，而另一方则为普通的民事主体，因此双方在协议中的地位是不同的，东道主政府一方在特许权协议中的法律地位具有一定程度的"不可挑战性"。因此，在合同义务的转让规定方面，实践中通常规定：项目的主办者一方通常不得将其在本协议项下的合同义务转让给第三方，而东道主政府则可根据其国内情况，如因其政府机构改革和公营机构合并等原因而将其在本协议下的合同义务转让给其法定的继承者或第三方。当然，东道主政府合同义务的转让，应事先通知项目主办者一方并使其做好相应的准备工作等。

4. 特许经营合同条款体例[5]

特许经营合同样本包括 22 个条款：
(1) 定义及解释；
(2) 合同各方；
(3) 特许经营；
(4) 项目公司；
(5) 先决条件/特许前期和生效；
(6) 运营、养护和维修；
(7) 收费；
(8) 财务管理、财务报表和报告；
(9) 保险；
(10) 特许机关一般义务；
(11) 项目公司一般义务；
(12) 特许机关和项目公司的共同义务；
(13) 不可抗力；
(14) 终止；
(15) 声明和保证；
(16) 责任和补偿；
(17) 特许期满后的移交；
(18) 转让和替代实体；
(19) 纠纷解决；
(20) 适用/管辖法律；
(21) 语言文字；
(22) 其他条款。
特许经营合同样本中的附件包括：
(1) 项目的定义；
(2) 项目审批；
(3) 项目关键点；
(4) 特许权费的支付；
(5) 收费结构和程序；
(6) 保险；
(7) 合同终止付款计划；
(8) 转让/回收说明。

三、TOT 模式经营合同

（一）经营合同概述

特许经营合同生效后，中标者将组建新的组织结构，进行项目的生产经营和维护活动。运营期间，项目公司将回收投资、偿还债务、赚取利润。经营合同规定了项目公司和运营者在日常运行方面的责任和义务，应包括以下几个方面：运行者的职责范围；项目公司的责任；保证和担保；补偿；获得书籍和记录；保险；责任和赔偿；错误和补救；合同期限和终止；争端解决；法律选择。发起人、东道主政府和债权人的利益均受该合同的影响，所以运营和维护合同应与 TOT 模式的其他合同条款一致，并互相补充。

（二）项目投资者的选择

应以竞争性方式进行国际招标，对外商承包者和投标财团的资信和融资能力进行细致、深入的调查，慎重选择资信高的项目特许权受让方或投资承包商。外商的经济实力以及资金、技术经营管理能力和经验，应该作为选择的重要依据之一。因为有经验与实力的管理公司的参与，会从实质上降低项目的风险以及银行对贷款项目其他方面的要求。尤其要重视实力雄厚的大财团和大型跨国公司，它们的加入会产生示范效应。在收费标准问题上，可以掌握一定的灵活性，尽可能缩短特许年限，因为年限过长会带来一些政治上和其他方面的问题。同时，要注意把收费标准报价和相应的税收、周边开发等优惠政策结合在一起进行综合考虑。此外，还应鼓励外商对项目进行技术改造、设备更新和必要的其他扩建改造。

（三）经营合同的内容[4]

1. 经营的风险分担

项目合同应包括参与者间分担风险的内容。根据项目风险分担原则（当事人控制风险的能力），哪一方最有能力控制风险，哪一方就应当承担风险，承担风险的一方应当获得与所承担风险相适应的报偿；对不属于任何一方的风险，由双方共同承担，而各方承担的份额大小则需通过谈判来加以确定。

2. 设施运行

经营合同应明确项目管理方法，在特许及融资协议框架内应包含项目公司承担的有关设施运行及维护的义务。相应地，对于项目单位承担的责任是否转给承包商，或者在某些特殊情况下，有意避免经营合同，应该以特定条款说明。

经营合同执行之前，必须经东道主政府和债权人批准。东道主所关注的问题有：项目能否按计划运行；项目是否符合所有法律。债权人关心的问题是：项目收益能否有效地偿还他们的投资和利息；希望在经营合同中规定最低执行水平，以保证他能从项目中得到合理回报。

设施运行中存在三个实质性的问题：燃料、公用设施和其他材料的供应；产品或服务的要求；产品或服务的输出。缺少其中任何一部分，项目都不能按预定功能运行。

3. 设施的维护

经营合同中应详细规定运行者对安装在设施上的设备的责任。运行者须全权负责指定的或者预防性的维护以及小的维修工作。经营合同中须明确规定维护标准，用以检查运行和维护承包商的工作。

经营合同有两个问题应重视：第一是设备故障和更换责任问题；第二是重要的改进问题，如利用新技术更新，如果让运营者承担那些风险和责任，他们索取的报酬要比项目公司承担这些风险所需的费用多。

4. 技术和培训

技术问题包括专用资料的所有权、商业秘密的保护和技术转让的限制。在很多项目中，需要开发计算机软件来运行设备以使设施自动化。在特许期结束后，东道主政府希望保留使用这些软件的权利，而运行者也希望保留软件的权利以便对其进行修改后用于其他项目，或出售给其他公司。授予政府一个非唯一使用和修改软件的许可证，则可以保持双方的利益。这种途径和得到运行者其他商业秘密的途径以及任何政府、项目公司或债权人的秘密，应该由合适的许可证协议和信任协议来保护。

为了保证在项目移交后，东道主政府仍然能正常运行设施，经营合同中应该要求运行者尽可能雇佣、培训当地劳动力完成项目运营工作。

5. 补偿

对运行者的服务给予补偿有多种方法，包括固定价格、成本加费用和按业绩论价。

使用固定价格合同时，运行者将按劳取酬。采用这种方法时，项目风险最小。这种方法通常用于提供服务的范围和程度可以用精确的办法确定且不可能波动的情况。

比较常见的是成本加费用合同。费用可以是一个与其运营业绩联系在一起的固定的百分比，成本包括运行和维护所需要的所有消耗、任何有运营者管理的或涉及的第三方合同的成本及运营者雇员的费用。合理补偿运营者的确实百分比随项目不同而变化。

付费还可以同特别的标准联系起来，对优质服务增付服务费，对劣质服务清算损失，这种标准可以激励运行者提供最好的服务。当运行者是一个项目公司的股份投资者时，项目成功可以得到丰厚的回报，适用此方法。当然，补偿是建设性的，运行者应有机会得到合理盈利，同时，也要维护政府的利益，不应让政府为项目的运行和维护支付额外费用。

6. 财务记录和预算

项目运行和维护中的支出必须仔细记录，至少每年要准备并批准运行预算。预算包括所有主要的费用科目，以使项目收入足够支付必要的支出。债权人通常要求将项目收据放入记账账户，只能按特殊条款支付。这种安排可避免项目公司股东在条件未成熟时就将收入用于回报项目公司，保证资金能够支付所有项目支出。运行者必须符合项目文件中关于资金筹措和支付的有关规定、详细记录账目，以供项目公司和债权人评审、审计和复核。

7. 争端

第一，各方应该决定采用何种法律来解决争端。第二，应该安排具体的争端解决程序。第三，TOT 模式所有各方都应该同意作为争端解决过程中的一方，这样，既可以排除采用多种程序的必要性，又能保证以最快的速度解决问题。第四，为了不影响项目的运行，解决争端的过程中，运行者和项目公司都应该履行各自的职责。

8. 中止

当合同某一条款到期或合同某一单方面中止合同时，合同都将中止。

（四）经营合同的条款[4]

1）运作和维护

（1）公司的主要义务；

（2）政府的主要义务；

（3）合作委员会；

（4）安全技术原则；

（5）项目维护基金；

（6）维护中的失误；

（7）公共安全；

（8）政府准入。

2）燃料供应

（1）燃料购销；

（2）燃料供应及运送；

（3）质量；

（4）质量、样品、检测和分析；

（5）燃料储存；

（6）燃料的物权转移和灭失损坏风险；

（7）燃料价格；

（8）燃料付款；

（9）燃料附加税。

3）用电供应，购电费用

（1）公司发电能力责任；

（2）政府配电义务；

（3）净用电输出供应；

（4）停机和减额；

（5）购电费用；

（6）用电税收调整；

（7）辅助费用；

（8）公司的计算义务；

（9）政府物价控制部门；

（10）用电费用支付的发票；

（11）其他费用（缴费）；

（12）缴费程序；

（13）利息；

（14）有争议的费用；

（15）附加税（增值税）；

（16）抵消。

4）项目财务和财务管理

（1）公司的主要义务；

（2）出资额；

（3）项目收入兑换外汇；

（4）利润的汇出；

（5）财务报表。

四、TOT 模式争议、违约合同

争端的发生是由于一方违约，或者是双方对合同条款的解释产生意见分歧。

（一）争端的起因

（1）项目涉及面广，内容复杂，加上合同期一般都较长，合同有效期间的政治环境、经济环境、法律环境、自然环境都不可避免地会发生这样那样的变化，在签订合同时，即使是采用比较完善的国际通用合同，要想把所有问题都考虑或估计得十分周密，做出明确的规定，也是非常困难的。合同本身存在的不完善，是以后争端的发生的"祸根"。所以合同的所有条款，都直接关系到签约双方的权利义务和收益的大小，双方都力求对合同中某些不明确的条款做出有利于己方取得最大利益的解释，而且各执己见，因此要想完全避免争端是不现实的。

（2）执行合同过程中因某些人为原因引发争端。

（3）执行合同过程中发生不可抗力或不可预见的自然灾害和政治变动，给项目的实施造成实质性损害，双方对解决的办法无法达成协议。

（4）缔约一方欺诈、故意违约以及倒闭、破产等引起了争端。

（二）争端的解决方式[1]

由于争端是项目实施中不可避免的现象，所以在合同中一般都规定有解决争端的方式和顺序，以便一旦发生争端可以按规定处理，及时求得合理解决。通行的做法如下所述。

1. 协商谈判

协商谈判解决争端，双方的商业关系不受损害，甚至还可以体现出彼此愿意合作的友好气氛。通过互相做适当让步，在双方均可接受的基础上达成谅解，争端各方还可节省大量耗费在法律程序上的时间和金钱，可以说是一种最令人满意的解决方法。

2. 调解

倘若协商无效，双方依然相持不下，就可以邀请双方都同意并共同尊重的调解人（一般为经济或法律专家、学者），提出公正合理的解决方案，供争议双方选择，直到达成双方都可以接受的协议。调解人一般都是做说服劝解工作，促使当事人妥协，并不裁决争端。

通过调解的方式解决争端，能使双方保持良好关系，所以应用越来越广泛。

3. 仲裁

仲裁是合同双方在争端发生之前或发生之后签订书面协议，自愿将争端提交双方同意的仲裁机构进行裁决。仲裁机构是民间团体设立的组织，不是国家权利机关，受理争端案件以当事人自愿为基础。但仲裁做出的裁决具有约束力，争端双方必须遵照执行。

仲裁既具有法律手段解决争端的严肃性，又有司法程序所没有的灵活性，仲裁的结果还可以保密，对当事双方商业关系的影响和破坏性比法院裁决小。1958年联合国通过的《承认及执行外国仲裁裁决公约》，目前已有 80 多个国家签字加入。只要争端双方所属国加入了这一公约，胜诉方即可申请对方国司法机构强制执行仲裁做出的裁决。许多国家政府间签订的经济贸易协定，也订有承认并强制执行仲裁裁决的条款，使裁决的执行有了更可靠的保证。所以，仲裁已成为一种被广泛采用的争端解决方式。

4. 诉讼

如果双方既不能通过协商、调解解决争端，又没有在合同中载入仲裁条款或不同意提交仲裁，就只能通过诉讼最终解决争端。

（三）争议避免

为避免争议出现，下列事项应当纳入建设项目的整体策略中：
（1）采用与项目目的一致的合同形式；
（2）订立清晰且反映各方真实意图的合同；
（3）提供一个非对立、能促进合作的工作安排和环境；
（4）实施能将争议消灭在萌芽状态的程序。

（四）项目争议、违约合同的条款[4]

1. 违约的补救条款

1）过程
（1）由政府引起的终止；
（2）由公司引起的终止；
（3）终止意图的通知和终止通知；
（4）投资者的权利；
（5）政府权力；
（6）PPA 和 FSA 的终止；

（7）终止的一般后果；

（8）终止的赔偿；

（9）某些保险收益的使用；

（10）抵消；

（11）其他补救方式；

（12）保留。

2）违约赔偿

（1）赔偿；

（2）责任的免除；

（3）缓和；

（4）由受害方造成的部分损失；

（5）无相关损失；

（6）补救的累计。

3）责任和补偿

（1）交叉补偿；

（2）环境污染；

（3）责任的存续；

（4）共同责任；

（5）抗辩。

2. 争议解决条款；

1）释义

（1）合同文本；

（2）协议的整体；

（3）修改和变更；

（4）可分性；

（5）优先顺序；

（6）解释。

2）争议解决

（1）协调委员会达成的和解；

（2）专家组的调解；

（3）仲裁；

（4）多方争议的解决——合并仲裁；

（5）争议解决中的履行；

（6）其他。

五、TOT 模式移交合同

（一）合同概述

合同规定在特许经营期满后，项目主办者将项目设施移交给东道主政府或政府指定的主管部门。移交可以是无偿的，也可以是有偿的，这取决于双方签订的特许经营合同。移交也可能发生在一些非正常情况下，如违约和环境变化。同时在转让时，项目运营者要负责保持该设施的状况良好，政府有关部门负责监督。项目移交标志着 TOT 模式的结束。

（二）订立项目移交合同时应注意事项

要明确规定转移经营权的项目的维修改造方式，以防止项目主办者竭泽而渔，把一个千疮百孔的烂摊子移交回东道主政府。也可以采用过渡期的办法，在过渡期内，双方共同管理、共同营运项目，收入按一定比例分配，以利于东道主政府对项目运行的监督管理。此外，还应鼓励项目主办方对项目进行技术改造、设备更新和必要的扩建改造。

（三）合同条款体例[4]

期满后的移交

（1）移交的概括范围；

（2）最后全面检查和运行测试；

（3）零部件；

（4）担保；

（5）保险及合同方担保的转移；

（6）技术转让；

（7）人员；

（8）合同的终止、转让；

（9）公司财产的转移；

（10）风险转移；

（11）移交成本和批准；

（12）移交承诺和程序的移交；

（13）协议规定的移交生效；

（14）维护基金的发行。

参 考 文 献

［1］郎荣燊，黄冠玉. 当代国际惯例——建设项目招投标与监理. 海口：海南出版社. 1992：171～174

［2］郭菊先，高向平，柏文喜. TOT 模式融资中项目经营权的性质及其转换探讨. 科技进步与对策，2003，（20）：163～164

［3］亚洲开发银行. 基础设施市场化运作——中国收费公路. 北京：中国经济出版社，2003：32～33

［4］王敏正，王松江. BOT 项目实施指南. 昆明：云南科技出版社，2002：121～123，126～129

第八章 TOT 项目融资模式风险管理

TOT 模式风险管理的目的是使积极因素所产生的影响最大化和使消极因素产生的影响最小化。本章将运用项目风险管理的理论和方法，阐述 TOT 模式风险管理从识别、分析到对策措施等一系列过程。

第一节 TOT 项目融资模式风险概述

一、风险的概念及基本特征

（一）风险的概念

风险是指人们对未来行为的决策及客观条件的不确定性而导致的实际结果与预期结果之间偏差的程度[1]。

（1）风险与人们的决策及行为密切相关。

（2）客观条件的不确定性是风险的重要成因，风险具有威胁，也蕴藏着机会。

（3）风险是预期结果与实际结果之间的偏离程度。这种偏离程度越大，风险也就越大。我们用风险发生的概率及其产生的损失来度量风险。

（二）风险的基本特征

1. 风险存在的客观性和普遍性

风险伴随着项目的整个寿命周期。通过改变风险存在和发生的条件，可以降低风险发生的频率和减少损失程度。

2. 某一具体风险发生的偶然性和大量风险发生的必然性

风险的这一规律，使人们可以用概率统计方法及其他现代风险分析方法去计算风险发生的概率和损失程度。

3. 风险的可变性

在项目整个过程中，各种风险在质和量上是可以变化的。随着项目的进展，有些风险可以得到控制并消除，有些风险会发生并得到处理，同时在项目的各个阶段都可能产生新的风险。

4. 风险的多样性和多层次性

公共基础设施项目周期长、规模大、涉及范围广，风险因素多且繁杂。其在整个寿命周期内面临的风险多种多样，而且大量风险因素之间的内在关系错综复杂、各种风险因素之间与外界交叉影响，使得风险显示出多层次性。

二、TOT 模式风险的界定及其特点

（一）TOT 模式风险的界定

TOT 模式主要涉及三个阶段：项目的首次移交（政府向受让方）、项目的运营及项目的再次移交（受让方交还政府）。

（二）TOT 模式风险的特点

在 TOT 模式下，项目受让方承担的风险要小得多。该模式下项目受让方既避免了建设基础设施超支、工程停建或者不能正常运营、现金流量不足以偿还债务的风险，又能尽快取得收益。利用 TOT 模式，社会投资者购买的是正在运营的资产以及对资产的经营权，资产收益具有确定性，也不需要太复杂的信用保证结构。另外，该模式下社会投资者可以在比较短的时间内取得收益。

第二节　TOT 项目融资模式风险管理系统

TOT 模式风险管理是一个系统，目的在于识别 TOT 模式运作中所面临的所有风险，并对风险进行量化，以便就如何管理风险做出理智的决策。TOT 模式风险管理系统包括以下几个阶段：风险识别→风险分类→风险量化→风险对策。本节主要讨论前三个阶段，第四个阶段风险对策在第三节专门讨论。

一、TOT 模式风险识别

（一）TOT 模式风险识别的意义

TOT 模式风险识别的目的是了解风险的客观存在、识别风险产生的原因和条件以及损失发生可能带来的严重后果。风险识别工作是否进行得全面、深刻将直接影响整个 TOT 模式风险管理的最终成就。

（二）　TOT 模式风险识别的程序[2]

第一步，采集资料：为了较好地识别 TOT 模式所面临的各种风险，风险管

理人员需要充分利用各种相关资料和数据，分析风险因素。

第二步，估计风险形势：这一过程要明确 TOT 模式运营的目标、战略、战术以及实现目标的手段和资源，以确定 TOT 模式及其环境的变数。在 TOT 模式转让谈判阶段就应该识别出一部分风险。

第三步，根据直接或间接的症状识别潜在的风险：在 TOT 模式转让及其后运营过程中将可能出现种种与预期不相符的问题，如政府过多干涉、原材料和能源价格变动、项目产品的需求变化等。这些问题的表现形式或直接或间接，蕴含着大量风险。

二、TOT 模式风险分类

根据风险理论将 TOT 模式风险分为一般风险和特定风险。根据风险后果（或风险分配）的承担者不同，可将 TOT 模式风险分为东道主政府风险、项目发起人风险、项目受让方风险、项目运营商风险等。

（一）一般风险

一般风险与国家的政治环境、经济背景、法律体系等因素有关，是 TOT 模式发起人无法控制的风险。这类风险不仅会影响 TOT 模式实施的各项计划，还关系到 TOT 模式社会效益和经济效益的实现。一般风险可分为政治风险、法律风险和商业风险三种[3]。

1. 政治风险

政治风险指因东道主内外政治、政策变化而导致 TOT 模式利益受损的风险。按引发原因不同，政治风险又可分为政局不稳风险和政策不稳风险。政局不稳风险指如在东道主爆发战争、内乱或政权更迭等情况下，TOT 模式的运营面临延误、中断甚至国有化的可能。政策不稳风险主要表现为：东道主财税体制变化；东道主政府允许私营部门以基础设施项目获利的态度转变；东道主政府对 TOT 模式项目实行征用或没收，使其国有化；东道主政府取消 TOT 模式项目的特许经营权，对项目产品增加进出口限制，增加资源开发限制以及生产限制等。

2. 法律风险

法律风险指因东道主法律法规变动而给 TOT 模式实施带来的风险。某项与 TOT 模式有关的法律在 TOT 模式实施后发生变更，使各参与方之间地位与关系发生变化，最后使其中一方或若干方利益受损。

3. 商业风险

商业风险与 TOT 模式外汇收入、汇率和利率的浮动以及通货膨胀有关，影响到 TOT 模式的运营成本。这类风险常见的形式如下所述。

(1) 外汇风险：外汇风险包括三个方面：东道主货币的自由兑换、经营收益的自由汇出和汇率波动造成的货币贬值问题。TOT 模式融资各方都十分关心外汇风险。在跨国项目中，境外的项目发起方希望将项目产生的利润以本国的货币或硬通货汇回国内，避免因东道主货币贬值而蒙受损失。同样，贷款方也希望 TOT 模式能以同样货币偿还贷款。

(2) 利率风险：指 TOT 模式在运营过程中，由于利率变动直接或间接造成项目价值降低或收益受到损失。如果投资方利用浮动利率融资，一旦利率上升，项目生产成本就会攀升；而如果采用固定利率融资，日后万一市场利率下降便会造成机会成本的提高。

(二)　　特定风险

TOT 模式特定风险是指 TOT 模式自身范围内的风险，是可以控制的风险。TOT 模式的特定风险主要有：

1. 经营风险

经营风险发生在 TOT 模式经营和维护过程中，是由原材料或能源供应不足、设备运行维护不合理、产品质量低劣、成本超支等经营问题引起的风险。经营风险带来的损失可能致使整个 TOT 模式瘫痪，直接影响项目的获利。经营风险主要涉及以下几种：

(1) 相关基础设施风险。相关基础设施的施工通常由第三方负责，它们虽然不是 TOT 模式的一部分，但对 TOT 模式来说是重要的。相关基础设施的完成情况关系到本 TOT 模式能否开始正常运行和获利。如果相关基础设施项目比 TOT 模式滞后，则 TOT 模式的实施运营会受到拖累。

(2) 技术风险。指由于项目的设计、施工以及设备等存在缺陷而引发的风险。技术风险带来的损失将直接影响到 TOT 模式的经济寿命、产品质量和经济效益，还将间接影响到 TOT 模式的声誉以及各参与方的合作信心和积极性。

(3) 需求风险。TOT 模式均面临着与市场需求相关的风险。TOT 模式产品或服务可能涉及的需求风险有销售量风险、销售价格风险，而大多数 TOT 模式产品会同时面临销售量和销售价格的双重风险。若对 TOT 模式产品的实际需求低于预测需求水平，项目的回报率降低，项目受让方的现金流量将会面临更大风险。

（4）供应风险。与需求风险一样，供应风险也属于市场风险，和项目产品数量与价格两因素有关。供应风险主要存在于 TOT 模式原材料及燃料的供应方面，主要表现为：原材料、燃料的供应不稳定或不足以满足项目运营的需要；项目投产后的原材料、燃料价格的涨幅超过项目产品价格的涨幅。

（5）管理风险。管理风险主要取决于 TOT 模式受让方对项目的运营管理能力。这种能力决定了 TOT 模式的生产效率、产品质量和成本控制。它产生的主要原因有：TOT 模式内部管理和监督机制不健全；缺乏有效的风险防范、责任和奖惩激励机制；工作人员业务素质与工作要求不符、知识陈旧、风险意识和法律意识薄弱；主要人员更迭，致使 TOT 模式陷入转折过渡的处境；TOT 模式实施过程中，信息交流与反馈不及时准确。管理风险给 TOT 模式带来的后果是工作效率低下，管理费用和直接成本增加，有时甚至可能引发重大的事故。

（6）自然灾害风险。地震、洪水、火灾等自然灾害的发生给项目实施造成的影响统称为自然灾害风险或不可抗力风险。

2. 环保风险

对项目来说，要满足环保的要求，就得增加项目运营成本支出以改善项目的生产环境。因此，TOT 模式的生产效率就必然受到影响，额外费用上升，更为严重的是，TOT 模式可能无法继续实施下去。

三、TOT 模式风险评价

（一）TOT 模式风险评价的要素

项目主体必须有一个或多个明确的目标；项目面临的各个风险状态出现或发生的概率；在供选择的各种方案（或行动路线）下，项目处于各个风险状态下的后果（收益或损失）的大小；确定风险评价标准，即项目主体对每种风险后果确定的可接受水平；确定项目的整体风险水平；将单个风险与单个评价基准、项目整体风险水平与整体评价基准比较，看看项目风险是否在可接受的范围之内，进而确定项目的下一步行动方案以及处置风险的对策措施。

（二）项目风险评价方法

（1）期望资金额。期望资金额是风险的一个重要指标，它是涉及以下两个值的函数：其一是风险事件的可能性，即对一个假定风险事件发生可能性的评估；其二是风险事件值，即风险事件发生时对所引起的盈利或损失值的评估。

（2）统计数加总。将每个具体工作课题的估计成本加总以计算出整个项目的成本的变化范围，以此来替代项目预算或提议价格的相对风险。

（3）专家判断。专家判断往往能够代替或者附加在前面提到过的数学技巧中。例如，风险事件可以被专家描述为具有高、中、低三种发生概率或具有强烈、温和、有限三种影响。

（4）概率树。用树状图来描述各种方案在不同自然状态下的收益，据此计算每种方案的期望收益从而做出决策的方法。

（5）模拟法。模拟法运用假定值或系统模型来分析系统行为或系统表现。经常使用的模拟法有"蒙特卡洛模拟法"。

为了加深了解和便于操作，以下对概率树法和蒙特卡洛模拟法做详细介绍并举案例加以说明。

（三）概率树分析法[4]

（1）假定各风险变量相互独立，通过对每个风险变量各种状态取值的不同组合，计算项目的内部收益率或净现值等指标。根据每个风险变量状态的组合计算得到的内部收益率或净现值的概率为每个风险变量所处状态的联合概率，即各风险变量所处状态发生概率的乘积。

若风险变量有 A、B、C、$\cdots$、M，对应每个变量有状态 A_1，A_2，$\cdots$，A_{n_1}；B_1，B_2，$\cdots$，B_{n_2}；$\cdots$；M_1，M_2，$\cdots$，M_{nm}。

各种状态发生的概率为

$$\sum_{i=1}^{n_1} P\{A_i\} = P\{A_1\} + P\{A_2\} + \cdots + P\{A_{n_1}\} = 1$$

$$\sum_{i=1}^{n_2} P\{B_i\} = 1$$

$$\cdots\cdots$$

$$\sum_{i=1}^{nm} P\{M_i\} = 1$$

则各种状态组合的联合概率为 $P\{A_{k_1}\} \times P\{B_{k_2}\} \times \cdots \times P\{M_{k_m}\}$，其中，$k_1 = 1, 2, \cdots, n_1$；$k_2 = 1, 2, \cdots, n_2$；$\cdots$；$k_m = 1, 2, \cdots, n_m$。

（2）评价指标（净现值或内部收益率）由小到大进行顺序排列，列出相应的联合概率和从小到大的累计概率，并绘制以评价指标为横轴且以累计概率为纵轴的累计概率曲线。计算评价指标的期望值、方差、标准差和离散系数。

（3）由累计概率（或累计概率图）计算 $P\{NPV(i_c) < 0\}$ 或 $P\{IRR < i_c\}$ 的累计概率，同时也可获得

$P\{NPV(i_c) \geqslant 0\} = 1 - P\{NPV(i_c) < 0$ 或 $P\{IRR < i_c\} = 1 - P\{IRR < i_c\}$

注意：当风险变量数和每个变量的状态数较多（大于三个）时，这时状态组

合数过多，一般不适合使用概率树方法。若各风险变量之间不独立，而存在相互关系时，也不适合使用这种方法。

（四）蒙特卡洛模拟的步骤[5]

（1）确定风险分析所采用的评价指标，如净现值、内部收益率等；

（2）确定对项目评价指标有重要影响的风险变量；

（3）经调查和专家分析，确定风险变量的概率分布；

（4）为各风险变量独立抽取随机数；

（5）由抽得的随机数转化为各风险变量的抽样值；

（6）根据抽得的各风险随机变量的抽样值，组成一组项目评价基础数据；

（7）根据抽样值组成的基础数据计算出评价指标值；

（8）重复（4）到（7），直至预定模拟次数；

（9）整理模拟结果所得评价指标的期望值、方差、标准差和它的概率分布和累计概率，绘制出累计概率图。

（10）计算项目评价指标大于或等于基准值的累计概率。

具体步骤如图 8-1 所示。

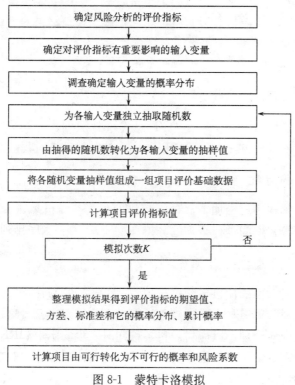

图 8-1 蒙特卡洛模拟

（11）应用蒙特卡洛模拟法应注意的问题

在蒙特卡洛模拟时，假设风险变量之间是相互独立的，在风险分析中会遇到输入变量的分解程度问题。一般而言，变量分解得越细，风险变量个数也就越多，模拟结果的可靠性也就越高；反之亦然，但能较快获得模拟结果。对一个具体项目，风险变量分解程度的确定往往与变量之间的相关性有关。变量分解过细往往造成变量之间的相关性较明显，如产品销售收入与产品结构方案中各种产品数量及各种产品价格有关，而产品销售量往往与售价负相关，各种产品的价格之间同样存在或正或负的相关关系。若风险变量本来是相关的，而模拟中被视为独立变量进行抽样，可能导致错误的结论。为避免此问题，可采用以下办法处理：①限制输入变量的分解程度。例如，不同产品虽有不同价格，如果产品结构不变，可采用平均价格。又如，若销售量与售价之间存在相关性，则可合并二者为一个变量；但如果这二者无明显的相关性，最好把它们分为两个变量。②限制风险变量个数。模拟中只选取对评价指标有重大影响的关键变量，除关键变量外，其他变量保持在期望值上。③进一步搜集有关信息，确定变量之间的相关性，建立函数关系。

蒙特卡洛法的模拟次数。从理论上讲，模拟次数越多越正确，但实际上，模拟次数过多不仅费用高，整理计算结果也费时费力。因此，模拟次数过多也无必要，但模拟次数过少，随机数分布就不均匀，影响模拟结果的可靠性。模拟次数一般应在 200～500 次为宜。

第三节　　TOT 项目融资模式风险对策

TOT 模式风险对策就是要在 TOT 模式风险识别、分类和评价的基础上，通过经济性和技术性的方法对风险加以改变或控制的动态过程。

一、项目风险的分配

项目风险必须在项目参加者（包括项目发起人、项目受让方、项目运营商、承包商及供应商等）之间进行合理的分摊。

（一）TOT 模式风险分摊原则

（1）应对所有重要的项目风险进行识别、分摊和管理；

（2）应通过财务渠道与合同保障相结合的方式管理项目风险；

（3）风险构成应合理，以应付项目各种同时发生的困难情形。

只有每个参加者都承担一定的、合理的风险责任，他才有对项目风险管理和控制的积极性和创造性，项目才会产出高效益。这其中，运营商愿意承担如经营风险等他们所熟悉的风险；发起人则不愿意承担不可量化的和他们无法控制又不能保险的风险，如商业风险和不确定的需求风险。

（二）TOT 模式风险的分摊过程

（1）确定项目运营的关键风险；

（2）评价项目运营每一种可接受的风险程度；

（3）将项目风险分配到有关各方。

上述过程中，TOT 模式主办者的目标应是将项目的风险减至最低，然后确定各参与方愿意承受风险的情况，进行合理的风险分摊。

（三）风险分摊合同要素

（1）股东协议；

（2）与项目债权人的各种信贷协议；

（3）与项目产出的长期购买者之间的承购合同；

（4）与原材料供应商的长期稳定供应合同；

（5）与项目运营商之间的运行维护合同；

项目协议和以上这些协议的结合将确定项目的风险分摊结构。

二、TOT 模式风险的对策

（一）风险处置的原则

任何项目都存在不同的风险，风险的承担者应对不同的风险有着不同的准备和对策，并把它列入项目实施计划。在项目的运营过程中，只有对不同风险采取相应的对策，才能进行良好的风险控制，尽可能地减小风险可能产生的危害，以确保效益。风险处置原则主要有以下六项。

（1）风险回避。权衡利弊后，回避风险大的项目，选择风险小或适中的项目。这要求在项目决策中提高警惕。对于那些明显可能导致亏损的项目就应该放弃，而对于某些风险超过自己承受能力，并且成功把握不大的项目也应该尽量回避，这是相对保守的风险对策。

（2）风险减轻。采取先进的技术措施和完善的组织措施，以减小风险产生的可能性和可能产生的影响，如选择有弹性的、抗风险能力强的技术方案，进行预先的技术模拟试验，采取可靠的保护和安全措施。选派得力的技术和管理人员，采取有效的管理组织形式，并在实施的过程中实行严密的控制，加强计划工作，抓紧阶段控制和做好中间决策等。

（3）风险转移。购买保险或要求对方提供担保，以转移风险。对于一些无法排除的风险，可以通过购买保险的办法解决；如果由于合作伙伴的原因可能产生资信风险，可要求对方出具担保，如银行出具的投标保函、履约保函、预付款保函以及合资项目中政府出具的保证等。

（4）风险预备。提出合理的风险保证金，这是从财务的角度出发为风险做准备。在报价中增加一笔不可预见的风险费，以抵消或减少风险发生时的损失。

（5）风险共担。采取合作方式共同承担风险。因为大部分项目都是多个企业或部门共同合作的，这必然有风险的分担，但必须寻找可靠的抗风险能力强、信誉好的合作伙伴并且合理明确地分配风险（通过合同规定）。

（6）其他原则。可采取其他的方式以减降风险，如采用多领域、多地域、多项目的投资以分散风险。因为这可以扩大投资面及经营范围，扩大资本效用，能与众多合作企业共同承担风险，进而降低总经营风险。

（二）TOT 模式风险的对策措施

1. 不可抗力风险的对策

不可抗力是指当事人不能预见、不能避免且不能克服的自然事件和社会事件。其所造成的损失大致可分为直接损失和间接损失，即对项目设施本身造成的损失和由项目设施丧失功能而导致的收益损失。风险对策如下所述。

（1）明确界定不可抗力的外延范围。

（2）投保。这主要针对直接损失而言，即通过支付保险费把风险转移给保险公司或出口信贷机构。

（3）寻求政府资助和保证。这是针对间接损失而言，是对不能保险或不能以合理成本保险的不可抗力风险的管理方法。有些不可抗力风险无法确定成本、不能保险或不能按照合理的保险费投保，这往往给 TOT 模式谈判造成障碍。发起人只愿承担不保护债权人方面的不可抗力风险，而债权人则希望不担风险。这样，发起人和债权人往往要求东道主政府提供某种形式的政府资助和担保，方式之一就是允许发起人在遭遇不可抗力风险时，可以延长合同期限以补偿投融资中尚未回报、偿还的部分，延长期限相当于实际遭受这种不可抗力的影响期，前提是此种影响只能适用于特定的一段时间。

（4）当事人各方协商分担。如果尚在贷款偿还期间，应当由政府、项目发起人、项目运营商和债权人四方按照事先约定的比例承担损失；如果在贷款已经偿还结束的运营期间，则由政府、项目发起人和运营商三方按事先约定的比例分担损失。

（5）尽可能准确预测新政府首脑的人选及其对项目协议履行的态度。

2. 政治风险的对策

（1）政治风险一般由具有承担能力的东道主政府承担。在 TOT 模式的转让谈判阶段尽力寻求东道主政府、中央银行、税收部门或其他有关政府机构的书面保证，包括政府对项目特许经营权或许可证的有效性和可转移性的保证，对外汇管制的保证以及对特殊税收政策的批准认可。

（2）国有化风险的对策：①投保。②股权安排，项目受让方的股权由若干国家的投资者拥有，国有化的风险会相对降低，或者要求东道主或其友好国家有影响的强大的私营公司参加到项目融资中来，或者促进多边机构如世界银行集团中的国际金融公司参加进来，由其掌握项目的部分产权，如此国有化风险会大大降低。③债权安排，如由多个国家的银行组成银团参与 TOT 模式融资并安排平行贷款，这比只从某一国的银行取得贷款资金的还款风险要低；④条款安排，主要是在贷款合同中规定交叉违约条款，当东道主政府对项目实行国有化致使贷款得不到偿还时，会构成对其他国际性贷款合同的违约，从而严重影响该国政府在国际金融市场上的融资信誉，迫使其在实行国有化前必须三思。⑤政府机构担保，由其保证不实行强制性征收，即便这种征收不可避免，那么政府也会以市场价格补偿项目受让方。

（3）政府的越权干预的对策：①特许权协议中要明确界定政府和项目受让方的权利和义务。②债权人单独与政府签署不干预协议，由政府承诺不干预 TOT 模式的运营、不干预债务的偿还。③引入多边金融机构和出口信贷机构。这些机构的参与，能在某种程度上有效防止东道主政府的惩罚性税收等行为。

3. 法律风险的对策

在 TOT 模式转让过程中，项目受让方应当征求法律顾问的意见，使项目运营从一开始就尽量符合东道主的法律要求。有时甚至有必要对可以预见的法律变动提前做好准备，使项目可以顺利度过法律上的转变阶段。关于这类风险的对策主要有：①项目受让方与东道主政府之间签署一系列相互担保协议，彼此在自己的权利范围内做出某些担保或让步，以达到互利互惠的目的。这些协议在一定程度上为项目受让方提供了法律保护。②合同约定由东道主有关合作伙伴承担。

4. 商业风险的对策

TOT 模式受让方应与东道主政府或结算银行签订远期自由兑换硬通货的承诺协议，这是最有效的对策。一般来说，东道主政府对跨国投资项目的货币兑换及收益汇出都有明确的法律规定。如果东道主政府货币不是国际硬通货，则只能采取一些经营管理手段来降低汇率风险，如预测汇率的变化、调整资产或负债的货币结构。另一种比较有效的方法就是通过协议来防范和均摊汇率风险。

对于利率风险，其对策类似于汇率风险。当资产或负债使用的是硬通货，可利用金融衍生工具对冲风险。常见的衍生工具包括利率期货、利率期权、利率掉期和远期利率协议等。在我国，由于利率敏感性货币不是硬通货，则只能通过适当协议将利率风险化解或分散：①固定利率的贷款担保；②理想的多种货币组合方式；③同银团及其他金融机构密切合作；④运用封顶、利率区间、保底等套期保值技术减小利率变化的影响；⑤寻求政府的利息率保证。

5. 通货膨胀风险的对策

通货膨胀存在于各国的经济生活中，相比而言，发达国家和地区的通胀率比发展中国家要低得多，但是对于债权人和投资者而言，不管在哪个国家开发 TOT 模式都希望避免这种风险，必须寻求合适的风险防范措施。

（1）在特许权协议中规定相应条款，作为以后对价格进行核查的依据，此后再按公认的通货膨胀率进行调价，或相应增加收费，或延长特许期限。

（2）在产品购买协议中规定逐步提高价格条款。

6. 资产评估风险的对策

资产评估问题可能是外商投资过程中争议最大的一个问题。如果评估制度不完备、评估机构不健全，一方面会影响东道主政府的声誉，另一方面也会使外商认为风险太大。

风险对策：建立健全独立的权威资产评估机构；签订特许权协议前，先寻求东道主立法上的支持或中央政府对资产评估的认可；将资产评估包括到合同中去，再评估产生的附加费可通过调整价格或延长特许期实现。

7. 竞争不充分风险的对策

竞争不充分风险是政府在项目特许经营权的招投标过程中可能会遇到的一个风险，指由于东道主的法律秩序不完备，特别是招投标程序缺乏公正、公平、高度的透明度而不能吸引足够的竞标者而导致竞争不充分，致使标价不能降低的风险。

风险对策：

（1）东道主要制定完备的法律框架特别是有关招投标的专门法。

（2）在现行法律框架没有界定的情况下，明确答复投资者和债权人可以适用国际条约和国际惯例，通过执行国际标准来设计合理的招投标程序和结构，努力增加透明度。

8. 投标不成功风险的对策

投标不成功风险指在竞争投标中，私人财团由于竞争失败不能组成项目公司、签不成特许权协议而造成开发费用损失的风险。风险对策：前期准备工作要做好，项目的各项申请要符合东道主法律规范，同东道主政府、地方政府企业和居民搞好协调关系；股东协议事先约定私人投资者各自承担前期费用的比例等。

9. 开发风险的对策

TOT 模式开发风险主要由不可避免的人为因素造成。为降低开发风险，项目受让方应与东道主政府、投资者和贷款方都建立起良好的合作关系，以缩短项目评估及移交过程所占时间，节约费用。此外，开发风险的防范必须建立在一系列旨在保障 TOT 模式的协议基础上。

10. 偿还期限风险的对策

偿还期限风险也是项目发起人和项目公司不能控制的风险。公共基础设施的风险之一就是投资回收期长，为了使自身收益稳定，投资者往往要求政府给予固定的投资回报率保证。这种要求在我国是不允许的，因为这一方面背离了 TOT 模式融资的基本内涵，另一方面不能调动运营商降低成本，提高效率和积极性。

风险对策：

（1）理顺价格体系。为增强对外商的吸引力，必须采用市场定价的方式，按照国外的经验，政府可以设置产品价格的上限对外商加以控制，使其能够通过改进管理水平、加强核算等办法来多获取利润。

（2）采用弹性的特许期制定方法。制定特许期要考虑产品或服务的价格，如果价格低，则相应延长特许期；如果价格高，则缩短特许期。

（3）政府不直接承诺投资回报率。这是目前一些 TOT 模式中的做法，即由东道主政府指定的公司与项目受让方设定投资回报率，当项目营运收入低于投资回报率时，由指定的公司给予补偿；当项目的运营收入高于投资回报率时，对高出部分再约定一个处理的办法。

11. 经营风险的对策

TOT 模式经营风险管理必须具备三个至关重要的因素条件：配套的相关基础设施、现代化的管理机制和东道主政府的大力支持。配套的相关基础设施，如项目所在地的供水、供热设施，废水、废气处理设施，以及居住、生活服务、文化体育设施等，对于保持项目运营的持续性及劳动力的稳定性也起着很大的作用，是 TOT 模式设施投入正常运营的必要保障。

现代化的管理机制，加弹性的管理制度，人文的人才培养，科学有效的资金运作等，有利于当今企业与时俱进，运用现代管理思想管理企业，树立新的企业文化，是 TOT 模式设施投入正常运营的制度保障。东道主政府的大力支持，加优惠的税收政策，拓宽准入领域、降低准入门槛、扩大准入企业范围、公平的资源使用政策、大力引进科技创新人才、减少行政许可事项，提高行政办事效率等，有利于为企业营造一个良好的投资环境，降低企业在政策上的风险，保证其利益的实现，是 TOT 模式设施投入正常运营的政策保障。

12. 原材料及能源动力风险的对策

在 TOT 模式中，因原材料及能源动力的来源和价格变动而导致的风险时刻存在，而且费用变化往往很大。项目融资中的债权人由于对原材料未来价格的预测不准确而常常陷入财务困境。另外，可靠的能源、动力供应对于 TOT 模式的开发移交及运营至关重要，是保证 TOT 模式顺利实施的关键。能源短缺是作为发展中国家的东道主普遍存在的问题，而政府在提供能源方面起着关键作用，没有东道主政府的强有力支持和密切合作，项目受让方和债权人的风险不可低估。

管理该类风险时，应注意明确有关原材料与能源动力的质量（原材料的规格要求）、来源、可得数量、价格、运输条件以及运输费用由谁承担。

具体对策：

（1）特许权协议中明确、细致地约定政府在这方面应该承担的义务。

（2）根据政府的安排和有关能源、动力提供方签订严密的供应合同。

（3）充分考虑、谨慎预测在项目所在地购买原材料的可行性，这种可行性必须以质量有保证、价格优惠为前提，否则就会使项目受让方和债权人陷入困境。

（4）认真选择原材料的进口渠道和运输方式。充分利用东道主的优惠政策在尽可能不支付额外费用的前提下达到进口的目的；做好运输费用的评估工作，确保运输费用在财务预测的范围内。

（5）签订照供不议合同。为了保障原材料的稳定来源，项目受让方与原材料供应商之间应签订长期供货合同，供货方于其中承诺，在一个明确的长时期内，考虑到未来价格变动的因素，按照合同约定的价格向项目受让方提供所需原材料。如果供应商不能履行供货义务，则必须向项目受让方支付从其他来源购买相同种类原材料的价格与原合同材料价格的差价。这种合同的实质在于原材料价格变动风险由供货商承担。这类合同必须是可以强制执行的，供货商必须可靠，有能力履行合同规定的义务。

（6）制定替代性原材料应急计划以及其他替代安排。

13. 技术故障风险的对策

TOT 模式在运营期内的任何时间都有可能发生技术故障，使项目受让方和运营商面临技术故障的风险。

风险对策：

（1）建筑承包商出具履约担保，期限一般延续到完工后的几个月甚至几年。

（2）在施工承包合同里设立质保金条款，待质保期结束时施工质量无问题，业主方向施工单位兑现质保金。

（3）在固定价格合同中订立更新补贴条款和严格的惩罚性条款。

（4）东道主政府主持制定严密的检查监督计划，及早识别由技术故障引起的可能中断服务的信号，并监测在 TOT 模式特许期结束后政府将要获得的固定资产的状况，在获取设施前将用于维修和更新的基建费用列入预算。

14. 运营维护风险的对策

运营维护风险是指在 TOT 模式运营过程中，由于运营商的疏忽，发生重大经营问题，如原材料供给不上、设备安装使用不合理、产品或服务质量低劣、发生重大工伤事故以及职工队伍混乱等，导致 TOT 模式达不到预期的运营指标。这些问题如果处理不善，可能使项目无法按计划运营，最终损害债权人和项目发起人的利益。

风险对策：

（1）选择有经验的运营商。选择的重要标准是看其是否具备在同一或相似行业中的工作记录和经验。

（2）运营商就该 TOT 模式设施的运营和维护做出长期承诺。这一般是应债权人的要求做出的，具体内容体现在项目受让方与运营商签订的运营维护合同中。依据该协议，运营商有义务按照行业标准或国际惯例来运营项目设施，一旦运营商出现严重失职，其运营许可证将被依法吊销。作为运营商，一方面应对设备进行必要的保养和维护，另一方面又要控制其运营成本，不超预算，为此在运营维护合同中还须订立严谨的运营成本控制条款和相应的奖惩制度。

15. 违约风险的对策

在一些法制不健全的发展中国家，违约风险是一个令投融资者非常头痛的事情，因此，必须制定严密的风险对策措施，如下所述。

（1）排除项目受让方根本违反合同的责任。这一方法主要在产品购买合同（又称照付不议合同、或取或付合同、无论取得货物与否均需付款的合同等）中约定，主要含义是即使存在项目受让方根本违反合同的情况，产品购买者也应继续履行合同，支付约定数额的使用费以偿还债权人的贷款本息。其作用在于项目产品的买方向项目的债权人间接提供了担保。

（2）东道主地方政府直接出具履约担保或安慰函，如在电厂项目中如果外方的项目受让方对东道主的电力购买方——地方电力局或电力公司的信用状况信心不足时，会要求地方政府或电力部门出具履约担保。东道主地方政府在法律许可的情况下应出具具体的履约担保以消除受让方和债权人的顾虑。如果东道主法律禁止政府出具该类担保，政府可以安慰函的形式对项目表示支持，督促电力局或电力公司依法履行合同。

（3）正确选择国际性的商事仲裁机构和适用的准据法，明确非东道主的商事仲裁机构的裁决在该国是否会得到承认与执行等情况。

相对国际民事诉讼而言，国际商事仲裁因其具有的仲裁机构民间性、管辖权非强制性以及一裁终局制等特点而为当事人所普遍接受。我国《外商投资特许权项目的暂行规定》在法律适用与争议解决方面做了如下规定：

（1）特许权协议的订立、履行、解释及争议的解决等适用中华人民共和国法律。我国法律没有规定的，可以适用国际惯例。

（2）因履行特许权协议发生的或与特许权协议有关的争议，协议双方应通过友好协商解决，如果协商不成，提交中国国际贸易仲裁委员会或其他国际仲裁机构仲裁。

16. 环保风险的对策

伴随着工业化进程的加快，人类对环境的影响日益显著，人们越来越关心全球范围内的环境问题。许多国家都颁布了严厉的法律法规来控制辐射、"三废"排放、有害物质的运输以及低效使用能源和不可再生资源等，"谁污染、谁治理"也已成为各国普遍接受的原则。

风险对策：

（1）作为债权人，应要求必须将令人满意的环境保护计划作为融资的一个特殊前提条件，该计划应留有一定余地，确保将来能适用可能加强的环保管制。

（2）项目受让方应当熟悉项目所在国与环境保护有关的法律，并将其纳入TOT 模式总的可行性研究中。

（3）制定好项目文件。该项目文件应包括项目受让方的陈述、保证和约定。确保项目受让方及运营商在项目实施的运营过程中，重视环保并遵守东道主的有关法律、法规等。

（4）投保。这是项目受让方和债权人通常的做法，向保险公司购买保险并在合约中注明责任承担的细节。

（5）在项目实施过程中制定针对污染的方法，并同时加强监督，经常作以当地环保法为准绳的环保评估。

（6）运营商不断提高生产效率，努力开发符合环保标准的新技术和新产品。

从以上诸多对策措施中，我们可以看出，TOT 模式的风险对策主要是通过各种书面合同和信用协议，将风险在参与方之间合理分摊并进行科学管理的[1-6]。

参 考 文 献

［1］王敏正，王松江. BOT 项目实施指南. 昆明：云南科技出版社，2002：111～113

［2］卢有杰，卢家仪. 项目风险管理. 北京：清华大学出版社，1998：72～73

［3］沈建明. 项目风险管理. 北京：机械工业出版社，2004：101～102

［4］郭重伟. 风险分析与决策. 北京：机械工业出版社，1987

［5］陆惠民，苏振民，王延树. 工程项目管理. 南京：东南大学出版社，2002：117～120

［6］A guide to the project management body of knowledge. Project Management Institute. http：// www. pmi. com. 2000

第九章　TOT 项目融资模式法律问题

第一节　TOT 项目融资模式法律问题概论

一、TOT 模式法律问题概念

TOT 模式合同[1]：概括地讲，TOT 模式合同即 TOT 模式各参与方之间的各种协议与合同的统称，主要包括五大主协议/合同：①TOT 模式资产评估协议/合同；②TOT 模式特许经营协议/合同；③TOT 模式经营协议/合同；④TOT 模式争议与违约协议/合同；⑤TOT 模式移交协议/合同[2]。

TOT 模式资产评估协议/合同：是指东道主政府与社会投资者对基础设施项目经营权进行价格评价而签署的协议。

TOT 模式特许权协议/合同：是指东道主政府与经招投标过程产生的一个或多个合格实体之间为实施 TOT 模式而签署的协议，包括自然资源项目和公共基础设施项目。按 TOT 模式性质，TOT 模式特许权协议可分为自然资源特许权、公共工程特许权和公共服务特许权等。

TOT 模式特许公司：特许公司是按照特许权协议以及法律法规成立的实施 TOT 模式的实体。TOT 模式特许公司具有时效性限制，即一般不超过特许期加适当延长期。

争端：争端即争议，TOT 模式实施过程的争端是指 TOT 模式参与各方因对合同条款的理解不同而发生的争执，尤其是在有外资方参与时，因对专业技术或法律术语的不同解释而产生的争执、由于风俗习惯不同而产生的歧义或误解、工作方式差异导致的争端等。

违约：违约是指 TOT 模式参与各方不遵守 TOT 模式各合同中条约、契约所规定的义务的行为，有法定的免责事由的情况除外。

二、TOT 模式法律领域

从宏观面上看，在我国，TOT 模式涉及的一系列法律法规和制度等构成了 TOT 模式法律领域。这些法律法规有[3,4]：

《中华人民共和国民法通则》

行政法规，如《公司法》、《专利法》、《审批制度》、《使用权出让转让条例》等

《招标投标法》

《担保法》

《保险法》

《诉讼法》

《仲裁法》

《合同法》

《外资企业法》、《中外合资经营企业法》、《中外合作经营企业法》

《建筑法》

《税法》

《会计法》

《律师法》

《对外贸易法》

《劳动保护法》

《环境保护法》

《文物保护法》

《土地管理法》

《公证暂行条例》

《造价管理法规》

资产（有形、无形）评估法规，如《国有资产评估管理若干问题的规定》

质量管理法规

市场管理法规

安全生产法规

《专利法》

投资、融资管理法规，如《外商投资管理规定》、《境外项目融资管理办法》等

各种技术规范

其他，如有关司法解释、标准化法、外汇管理条例等。

从项目实施的全过程来看，TOT 模式主要涉及如下法律领域：

《招标投标法》

《合同法》

《公司法》

　　TOT 模式的行政法规问题及公司法问题与 BOT 项目类似，TOT 模式的合法化将主要涉及行政法规和民法等。TOT 模式的招投标阶段涉及招投标法及其配套法规以及其他法律如担保法、保险法等。TOT 模式的实施阶段则主要以合同为依据，故主要涉及合同法以及各 TOT 模式合同中双方或多方约定的适用法

律条款。

在微观层面上，TOT 模式的所有要素，包括合同文件、产权、参与各方的行为都将受到一系列约束。合同文件、各种信件、会议备忘、谈判对话等要尽量避免模糊或含混不清的描述；参与各方的所有与 TOT 模式有关的行为都将受到法律约束，如劳动法规、环境法规、安全生产法规、质量管理法规等。

由于 TOT 模式的实施主要以 TOT 模式合同为依据，故 TOT 模式中的所有条款均应被重视。环境、条件的变化（或者说是各种风险如政治和商业风险[5]）会使某些专家认为关键的合同条款产生质的变化，所以，TOT 模式各参与方应聘请法律顾问，就有关合同条款的法律问题进行细致研究，对无法律依据而在现实中又切实需要的条件，应及早研究对策，或报请上级建立相应制度，或寻求合法变通方法。无法变通的，应以备忘的方式提出，以备万一或在将来有条件时作为加以解决的基础文件。

另外，在项目的实施过程中会产生各种各样的法律问题，除可以在法庭以外进行调解的，针对有些典型法律问题，司法部门（如最高人民法院）会做出一些司法解释。这些司法解释也应被视做 TOT 模式涉及的法律的一部分，因为法律法规的修正一般会考虑司法解释等诸多在实践中产生的不利情形。TOT 模式合同订立各方应对这些司法解释及其产生背景进行研究，以在合同订立时避免相关不利因素。

第二节　TOT 项目融资模式争端、违约问题

一、TOT 模式争端及解决

1. TOT 模式争端产生的背景

（1）合同类型多、内容广博而且复杂；

（2）合同术语遗漏、术语解释不全或漏项、专业术语使用不当及解释习惯不同、主从合同冲突；

（3）合同条款与法律法规有冲突；

（4）特许期长，合同外部环境（自然、政治、经济、法律、市场等）一般会发生一定可预见变化或不可预见的变化，而 TOT 模式合同未及时扩充、变更或补充。

2. TOT 模式争端的主要内容

一些争端在合同签署阶段就已经暴露出来，但更多的是在合同的实施阶段逐渐暴露出来，这些争端可能有：

（1）招标人在合同条款中加入了与法律法规相抵触的免责条款，致使投标人

的正当权益受损；

(2) 超规范的苛刻的技术、质量要求；

(3) 合同规定的适用法律过期或不足、或法规不健全且有明显漏洞；

(4) 未对可能发生的新增税种予以免税保证；

(5) 违约责任界定模糊，如"一定程度的损害或损害"；

(6) 偏袒措辞；

(7) 无法避免的法规冲突；

(8) 仲裁约定模糊，如仲裁机构的选择、仲裁时限等；

(9) 合同约束力不强；

(10) 显失公平的合同条款；

(11) 公证部门法定效力得不到体现；

(12) 合同陷阱；

(13) 政府管理混乱，导致监理工程师无法开展协调工作等。

3. TOT 模式争端的解决途径

(1) 在合同订立阶段消除可能产生争端的因素。《合同法》第 39～42 条规定了订立合同格式条款应遵循的原则以及关于格式条款理解的规定。订立 TOT 模式合同时应尽量遵循公平公正原则、诚实信用原则，应结合使用格式条款与非格式条款以弥补格式条款之不足。《合同法》第 41 条规定："对格式条款的理解发生争议的，应当按照通常理解予以解释。对格式条款有两种以上解释的，应当做出不利于提供格式条款一方的解释。格式条款和非格式条款不一致的，应当采用非格式条款。"但《合同法》未对"通常理解"进行界定，建议在 TOT 模式合同条款中对通常理解加以界定。

(2) 双方直接协商：在合同的执行过程中不存在监理工程师等第三方机构时，双方可以采取直接协商的方式来解决争端。协商的方式有电话沟通协商、信件传真沟通协商、面对面谈判协商、委托代理人协商等方式。无论哪种协商方式，最终都要形成书面确认文件，并入合同补充文件，或作为合同变更的依据。根据实际情况，可以要求对协商结果予以公证。

(3) 第三方调解：在有第三方监督时，应尽量通过第三方调解争端。没有监督方时，可以通过双方认同的第三方开始调解程序。TOT 模式合同中应对调解事项、程序等予以规定。简单的合同争端，一般通过三方（合同双方当事人和监理工程师）正常例会即可解决；比较重要或繁琐的争端则需要较长时间，先由监理工程师收集双方意见（按国际惯例，TOT 模式合同双方当事人均应通过监理工程师开展工作）并进行适度穿插式协调沟通，待时机成熟，再组织有关利害关系方召开协商会，就各方意见进行沟通、协调，合同当事人各方均应提出初步解决方案，由第三方斡旋、沟通，形成会议备忘等，这个过程可能要反复多次才能解决争端。

（4）仲裁：如果协商、调解均告失败，而且争端关系到合同当事人（一般是投标人）的重大权益，合同当事人会要求仲裁。《合同法》第 128 条规定："当事人不愿和解、调解或者和解、调解不成的，可以根据仲裁协议向仲裁机构申请仲裁。"

仲裁是指 TOT 模式合同双方当事人在互相信任的基础上，愿意将争端提交第三方予以解决的争端解决方式。仲裁仅仅是以民事原则处理争议的一种方式，仲裁具有独立裁决、专家审理、当事人意思自治、一裁终局、调解周期短等特点。仲裁的依据是仲裁协议、合同条款和发生的事实证据。

仲裁协议是指合同双方当事人愿意将已经发生或者可能发生的争议，提交给中立的第三方做出有约束力的裁决的协议。《仲裁法》第 16 条规定："仲裁协议包括合同中订立的仲裁条款和以其他书面方式在纠纷发生前或者纠纷发生后达成的请求仲裁的协议。"在实践中，仲裁协议的形式还可以是合同双方当事人通过交换信件、传真、电子数据交换、电子邮件、电报、电传等方式达成的仲裁协议，以及通过援引其他法律法规条款所构成的仲裁协议。在中国，口头仲裁协议不具有法律效力。

仲裁协议一般应当具有下列内容：请求仲裁的意思表示、仲裁事项、选定的仲裁委员会（《仲裁法》第 16 条）、仲裁范围、仲裁费用等。

（5）诉讼：根据《民事诉讼法》[6]第 257 条的规定，当事人在合同中没有订立仲裁条款或者事后没有达成书面仲裁协议的，可以向人民法院起诉。诉讼应提交至的法院应参照《民事诉讼法》第 24～34 条的规定。

如果合同当事人有证据认为仲裁裁决符合仲裁法第 58 条或民事诉讼法第 217、260 条的情形时，可以先向仲裁委员会所在地的中级人民法院申请撤销裁决，然后根据《民事诉讼法》第 261 条提请诉讼，但仅限于仲裁裁决的执行。

由于诉讼周期较长且费用不菲，除非合同当事人的重大权益受到非法的或恶意侵害，或者双方的友好合作关系破裂，一般不建议提请诉讼。

二、TOT 模式违约及解决

1. 违约行为、违约责任及构成

（1）违约行为：违约是指合同当事人违反合同义务的行为，有预期违约、实际违约两种。预期违约又有明示违约和默示违约之分，实际违约分为不履行违约和不适当违约。

（2）违约责任：违约责任是根据法律法规，合同当事人对自己的违约行为应当承担的民事责任。

（3）违约责任的构成要件：违约责任的构成要件是指合同当事人承担违约责任时应具备的条件。这些条件有：当事人有违约行为；有损害的事实；违约行为和损害后果之间有因果关系。

2. 违约解决方式

违约解决方式即合同法中所指的承担违约责任的方式。根据对合同法的理解，TOT 模式合同违约责任的承担方式如下所述。

（1）继续履行。继续履行是指合同当事人一方有履行能力却不履行合同时，另一方有权提请仲裁机构或法院强制违约方履行合同义务。采用这种违约责任承担方式时，违约方不得以支付违约金或者赔偿金的方式代替履行合同义务。

（2）采取补救措施，见本章第四节。

（3）支付违约金。在 TOT 模式的主从合同中，都会涉及支付违约金的违约责任承担方式。违约金的实质是对违约人处以的罚金。TOT 模式的合同当事人应根据合同法第 110、114、116 条的规定在合同中详细约定违约金事宜。

（4）支付赔偿金。赔偿金是强制违约方对守约方的损失做出的经济补偿。订立 TOT 模式合同时，可以参照《合同法》第 112～114、119、120 条的规定制订支付赔偿金条款。按第 114 条，合同当事人除了可以约定违约金外，还可以约定损失赔偿额的计算方法，并可以以违约金部分充抵赔偿金。根据第 119、120 条的规定，违约方在符合这两条规定时可以减少赔偿责任。

（5）解除合同。当合同当事人有较为严重的违约行为时，可以根据法律规定解除合同。解除合同一般被视做对违约方最严厉的惩罚与制裁。解除合同后，合同中的其他违约责任条款继续有效，违约方应当继续支付违约金或赔偿金。

3. 违约责任的免除

TOT 模式合同中必须包括违约责任免除条款。免责是指当导致违约方的违约行为的条件或事由是法定的免责条件或合同约定的免责事由时，违约方将被部分或全部地免除违约责任。法定的免责条件或合同约定的免责事由统称为免责事由，免责事由如下所述。

（1）不可抗力（《合同法》第 117 条）；

（2）符合《合同法》第 118 条的情况；

（3）守约方未采取适当措施防止损失扩大的情况（《合同法》第 119 条）；

（4）可分担违约责任的情况（《合同法》第 120 条）；

（5）TOT 模式特许权转让人违约导致受让人迟延履行合同义务，然后又遭遇不可抗力的情况。

为避免就违约责任免除事项产生争端，合同当事人应详细制订有关免责事由，如细化不可抗力的界定，并且应在合同实施阶段不断补足条款。建议在合同中，针对不可抗力发生时合同各当事人的真实状况的不同而对免责程度、如何免责等予以约定。例如，合同中已经约定甲方有通知义务，而乙方通常不具备自主获知能力，如对政策变动的预见等，在甲方预知后没有通知乙方而导致乙方利益受到损害，或者这种损害发生后，甲方或乙方均有能力按照合同约定采取补救措施却没有采取措施补救等诸多情形。

第三节　TOT 项目融资模式招投标问题

一、TOT 模式招投标概论

1. TOT 模式招投标

TOT 模式招投标是由设施的所有者（一般是政府或集体）即招标人通过媒体发布招标公告，对其某种设施的一定期限内的某种权利（如经营权、维护权等，现今应用最普遍的是经营权）实施转让，邀请符合相应资质的单位参与投标；招标人通过评标程序对各投标人进行综合评比，选出中标人的过程[6]。

2. 投标

投标是投标人按照招标人的要求（具体都体现在招标文件中）编制投标文件，递送投标文件，参与开标、评标、澄清会谈等一系列活动的统称。

3. 招标人

根据《中华人民共和国招标投标法》及 TOT 模式的特性，TOT 模式招标人必须是符合法定程序的设施所有者，或者是设施的合法委托管理者，且提出 TOT 模式并进行招标。招标人可以自行实施招标，也可以委托代理机构实施。由于 TOT 模式主要针对政府拥有所有权的基础设施，政府本身不具备开展招标活动的一系列基本职能如工程技术、资产评估和项目管理等，所以，大多数 TOT 模式的招标活动都具有委托代理的行为性质。

4. 投标人

TOT 模式投标人是对 TOT 模式招标人提出的 TOT 模式具有投资意向且参与投标竞争的合法投资人。符合招标公告且有投标意向的单位，应被视为潜在投标人；通过招标人的资质预审后的投资人才是投标人。按照招投标法的规定，投标人可以是联合体、单独的法人组织甚至是个人。

5. 招标文件

TOT 模式的招标文件是由 TOT 模式招标人向有投标意向的人提供的关于 TOT 模式招标的一系列文件，一般由招标公告、技术文件、商务文件、招标附件等构成。投标人自购买标书之时起与招标人或其代理人所发生的一切往来文件，包括答疑文件、补充文件、标书更正、标前会文件、现场查勘备忘、澄清会谈文件等都应该被视为招标附件。就 TOT 模式而言，设施所有人的技术性要求如设施的完好率（程度）、维护、改造等都应当被包括在技术文件当中，而对保证设施正常生产的配套措施如对购买、付款和市场预测的保证等应属于商务文件。

6. 投标文件

TOT 模式的投标文件是由 TOT 模式投标人根据招标文件的要求，在规定日期以规定格式、内容等向 TOT 模式招标人呈递的一系列书面文件组合，主要包括技术和商务文件两部分。针对目前 TOT 模式的性质，设施运营方案应属于技术文件部分，而经营权受让价格等则属于商务文件部分，辅助合同也应依性质划分。

二、TOT 模式招投标方式

我国的 TOT 模式的基础设施均属于招投标法第 3 条所列，所以，我国的 TOT 模式必须进行招标。根据《招投标法》的规定，TOT 模式招标方式为公开招标和邀请招标（《招投标法》第 10 条），而通过协商谈判的方式如议标则应属于非法。例如，《招投标法》规定某些不适宜公开招标的重点项目经相关部门批准后，可以进行邀请招标（《招投标法》第 11 条），但招投标法未就"不适宜公开招标"予以界定，这有可能对今后的 TOT 模式招投标活动产生影响。例如，对某些地方有直接管辖权的国有资产实施 TOT 模式招标，在一定的腐败程度下，地方某些国家部门可能通过"合法"的方式使项目成为"不适宜公开招标"的项目，进而邀请少数关系单位进行投标，甚至发生串标事实。这样将使国家、地方和人民的利益都受到损害。

TOT 模式出让的设施多是国有基础设施，因此招标人即政府理应采取公开招标的方式以使政务透明。特殊情况下，如为国际交流目的，或有特殊目的如为获得特殊技术等，可以采取邀请招标的方式，但应当对邀请招标予以公告并提供一定的社会监督期限。

结合国内国际大型工程项目的招标实践，TOT 模式也可以采取公开招标与邀请招标相结合的方式，即：在通过规定的媒体向社会发布招标公告的同时，以投标邀请书的方式直接邀请部分招标人确认具备相应资质的单位参与投标活动。目前国内的大中型项目普遍采取这种方式。

两阶段招标方式也可适用于 TOT 模式。采用这种方式时，在第一阶段针对投标人的资质和经营方案进行评标，优胜劣汰；第二阶段则进入价格竞争。招投标法未规定其他招标方式，但两阶段招标方式需首先通过公开招标，所以我们将它并入公开招标方式。

（1）公开招标：《招投标法》第10条规定："公开招标，是指招标人以招标公告的方式邀请不特定的法人或者其他组织投标。"公开招标具有完全竞争的特点。

（2）邀请招标：即指招标人以投标邀请书的方式邀请特定的法人或者其他组织投标（《招投标法》第10条）。

（3）两种方式的比较。公开招标与邀请招标各有优劣，对比分析如表 9-1 所示。

表 9-1　公开招标与邀请招标对比分析

对比项	公开招标	邀请招标
信息发布方式	招标公告，通过媒体发布	投标邀请书，不公开发布
邀请对象	不特定的法人或者其他组织	特定的法人或者其他组织
投标人数量	不定	≥3 个
竞争性	竞争范围广、竞争较充分	竞争范围有限、竞争不充分
公平性	公开、标准、透明度较高	易暗箱操作，特殊行业保密性高
时间、费用	耗时长，费用高	耗时少，费用低
经济效益	接近最佳	一般，甚至不利
适用范围	大部分 TOT 模式	有特殊目的或垄断性的行业

三、TOT 模式招投标程序

TOT 模式招投标的实质目的是为政府所有的基础设施寻找有能力的运营商或维护者，即 TOT 模式的受让方。目前没有法定的 TOT 模式招投标程序，但 TOT 模式的特性决定了其招投标程序的特殊性，一般地，实践中运作的 TOT 模式招投标程序包括招标准备、发布招标公告或投标邀请书、资格审查、投标、开标、评标、谈判、确定中标（受让）人等八部分。

1. 招标准备

一般地，招标准备可以与项目准备工作如设施改制、资产评估等工作并行。招标准备工作一般由政府指定的或者经投标竞争确定的咨询单位承担。根据

TOT 模式的性质，招标准备工作一般应包括以下几部分：

（1）TOT 模式设施所有人成立招标机构、确定咨询单位；

（2）出具转让主体合法化、项目建议书、可行性研究报告；

（3）出具转让主体改制、债务评估与剥离、资产评估、设施状况评估报告；

（4）经营或维护特许期确定、特许期经营权定价、维护费用模型确定；

（5）审计、校核；

（6）制订保证措施；

（7）确定资格审查方式、招标方式；

（8）编制招标资格审查文件、招标文件。

招标文件一般包括如下内容：

（1）投标须知。一般包括总则、招标文件、投标文件编制、投标文件送交、开标与评标和合同授予等六部分。总则中就招标范围、TOT 模式的法定身份、投标人的合格条件、投标费用是否自负、标前会及现场考察、TOT 模式设施与环境评估等予以介绍。招标文件部分介绍招标文件的组成、规定与要求、澄清与解答疑问等事宜。投标文件编制部分规定了投标文件的组成、编制要求、投标价、投标文件有效期、投标担保、运营选择方案、投标文件签署等。投标文件送交部分规定投标文件的密封和标记方法与标准、截止日期和时间、对迟到送交的投标文件的处理、更改与撤回事宜。开标与评标部分规定开标方式与程序、保密条款、符合性审查的内容与程序、算术性复核的原则与修正程序、投标文件澄清、评标方法和定标方式等。合同授予部分规定合同授予条件、中标通知书的发出方式与内容、履约担保细则、合同协议书签署规定以及监督细则等。

（2）项目说明。介绍项目的性质、规模、环境等。

（3）合同条款（通用、专用）。包括：TOT 模式特许权定义及内容、特许权转让程序、合同双方的权利和义务、违约、仲裁、担保、罚则、设施评估方法、资产回购方式等。

（4）技术规范、技术条款。包括：对运营方案的技术规定、特许期内递交技术文件如图纸、方案等的规定、更新设备的技术规范、设施维护保养技术规范及条款、特许期结束后的转让技术规定等。

（5）附件。包括：TOT 模式的可行性研究报告（不含建议的转让价格计算）、详细的 TOT 模式设施说明文件、TOT 模式的宏观与微观环境介绍、适用的法律、法规和政府部门文件、政府承诺和其他证明材料等。

2. 发布招标公告或投标邀请书

《招投标法》第 16、17 条以及《招标公告发布暂行办法》[7]等分别就公开招标的招标公告与邀请招标的投标邀请书的发布方式、内容等予以了规定。

3. 资格审查

资格审查的目的是为了确定潜在投标人是否有能力承担 TOT 模式，顺利履行 TOT 模式合同。资格审查有资格预审与资格后审之分，前者多用于公开招标，后者多用于邀请招标。《招投标法》第 18、19 条均有相关规定，所以 TOT 模式应实行资格预审。资格预审过程包括：发布资格预审公告、发售资格预审文件和评审等三个步骤。

（1）发布资格预审公告。大多数项目招标的资格预审公告一般在招标公告中予以写明、规定，也有单独在媒体予以发布的，但不多见。TOT 模式的资格预审公告一般应随招标公告同时发布，公布效果应使潜在投资人对项目有大致粗略的了解，其内容一般应包括：项目属性（所有人、规模、投入产出能力等）、资质要求、评审办法、资格预审文件获取和递交事宜。

（2）发售资格预审文件。资格预审文件一般由资格预审须知和一系列资格审查表组成，其主要内容是考察潜在投标人的资源能力和履行合同的能力，包括：投标人的合法性、经历、类似设施运营经验、人力资源状况、财务状况、风险状况、管理能力、危机处置经验、融资能力、技术更新能力等。

另外一些细项规定，如审查表和资料需递交的份数、语言规范、截止时间和递交地点等一般在资格预审须知中予以规定。

在 TOT 模式资格预审文件中，一般要求潜在投标人提供如下真实资料：

营业执照；法人身份证明；相应资质证书；单位的历年简历（含变更）、项目经验与业绩；正在实施项目的概况及质量证明材料；项目经理的委任证书、详细简历；委托代理人（如果有）授权书、简历、资质和资格证书；项目主要参与成员的简历、资格证书；项目拟采用设备、技术明细；拥有技术专利证明及应用情况；合作伙伴的简历、资质资格证书、正在实施项目的证明材料；质量保证体系概况；最近三年的经审计的财务报表；最近三年财务融资状况变化，含银行信贷额度证明、其他资金来源证明；本 TOT 模式对公司的财务状况的影响分析；历年的非涉法律纠纷、诉讼和仲裁的情况。

针对大型 TOT 模式，可以要求国外潜在投标人的所在国相关组织出具经法律公证的长期证明材料，如连续多年的财务报表。

（3）评审。《招投标法》未对资格审查的公开性予以规定，而且，《招投标法》第 22、52 条规定招标人不得透露已获取招标文件的潜在投标人的情况，所以，对潜在投标人的资格评审工作不应公开进行，且评审结果在开标之前应予保密。

资格评审技术有定性评审技术与定量评审技术两种，一般结合使用这两种技术。定性评审技术以"好、中、差"之类的评价规则对某些资质指标进行评审，而定量评审技术如"定项评分法"等采用评分的方法对资质指标进行计算评分。未达到最低要求或最低分数线的潜在投标人将被淘汰。评审结果将被形成资格审查报告，作为发放标书的依据。

4. 投标

正式的投标过程是从购买资格审查文件开始，直至将投标书递交到招标人时为止。TOT 模式投标过程的主要工作内容有：申请投标资格、购买标书、考察评估设施、市场调研分析、投标担保、融资、编制投标书和封送投标书等。关于申请投标资格，参见资格审查部分，购买标书也从略。

1）考察评估设施

招标人一般会在标前会之后组织投标人对标的物设施进行一次大致的现场考察。在标书和标前会中，招标人对待转让设施的内外环境等进行详细介绍，而现场考察 TOT 模式标的物时，投标人应仔细将现场实际状况与标书设施列表中提供的内容一一比对。鉴于 TOT 模式的特性，在投标期间，投标人一般会派专家进驻待转让设施所在地，对设施进行细致的考察评估。

2）市场调研分析

一般的 TOT 模式的运营期与市场环境有密切关系，如交通运输类 TOT 模式（各类公路和桥梁、水路如船闸、运河）、发电厂、供水企业、环保企业、公地绿化、设施维护等，市场的变化会导致供求波动，从而对项目运营的投入产出造成影响。因此，除了招标人所做出的一系列保证之外，投标人也应自己进行充分细致的市场调研分析，如果某些调研结果与招标人的承诺出入较大，应及时沟通澄清。

3）投标担保

招标人为避免因投标人违约而产生损失，一般会要求投标人提供担保，具体事项一般在投标须知中予以具体规定，投标担保的格式一般在招标书中有具体规定。目前几乎所有项目招标均采取在招标书中明文规定"提交投标保证金"，即现在投标担保的形式基本都是资金担保。招标人一般要求投标人提供具有法人资格的银行开具的银行投标保函或银行汇票，其有效期应超过投标有效期 28 天以上，且随投标文件有效期的延长而延长。

TOT 模式投标担保形式一般限定为银行保函或银行汇票，且开具人应为具备相应资质的国内银行或在国内设有营业网点的国际银行。投标保证金一般为固定份额，或由招标人具体规定，如不低于投标价的 1.5% 或美元 500 万元。

我国的大型 TOT 模式的标底价格一般要达到十亿人民币以上，这时的投标保证金比例会低于 1% 甚至 0.5%。考虑到有能力的投标人多为多家实体联合体，一般包括金融、保险、企业等，可以适当提高投标保证金比例，因为其联合体组成成员有能力提供投标担保，投标人也可以因此节省一定的保证金佣金。

4）融资

TOT 模式的特许经营期一般较长，标底价格也较高，无论 TOT 模式规模如何，单一的企业实体都难以一次缴纳数额庞大的标的金额，故投标人一般都需要为投标进行融资。投标人可以通过联合体的方式融资，或以贷款方式融资，基于风险、成本等因素，联合体融资方式是最佳选择。联合体有两种组成形式，其一是企业实体联合，各企业按约定比例出资，其二是企业与金融组织或中介联合，由金融组织或中介提供一定比例的资金。

TOT 模式招标人应严禁投标人以项目为抵押物进行融资[14]。因为这种项目融资方式在某些情况下，如 TOT 模式所在国经济危机、项目中标人母公司破产等，可能产生一系列纠纷，而 TOT 模式的所有权属于当地政府，这种纠纷会使项目所有人陷入困境。因此，TOT 模式招标人应在招标书中就融资条件加以限定，并要求投标人提供详细融资资料。

5）编制投标书

投标书是投标人一切投标工作的综合体现，投标书的编制依据是招标书、投标人在投标期间对 TOT 模式内外环境的评估结果以及所在地的造价依据，因此要认真分析、校对和审核招标书，仔细评估 TOT 模式设施，对内外环境进行细致调研。投标书在总体上要反映 TOT 模式的战略规划与目标，一般包括：

（1）投标函。投标函即投标人的正式报价声明文件，其内容一般包括：投标人的投标意愿、总报价、特许期（愿意接受招标人的特许期或者缩短特许期）、提供履约保证的意愿、声明投标书的约束力、声明报价及投标书的有效期、表达对招标人接受其他投标人的理解等。

（2）投标人资格、资质证明材料。除原有的资格预审材料外，还可以提交更新材料。

（3）TOT 模式运营方案或备选方案（如果有）及说明。包括：项目公司设立细则、组织机构、设备接受、改造、更新与维护、人力资源培养计划、技术转让、TOT 模式设施状况保证等。

（4）商务报价文件。包括详细的运营期投入产出分析。

（5）投标文件附件。包括：设备供应商资质及设备手册、合作伙伴的材料、融资意向材料、保险意向材料、分包意向材料、调研材料等。

（6）封送投标书

按投标须知中的规定对投标书予以密封，在截止日期、时间前送达。

上述（1）、（2）、（3）、（4）与（5）一般是并行开展的。

5. 开标

TOT 模式招标应制订公开透明、体现公平的开标程序，且必须采取公开开标方式，不得采取秘密开标方式，还应该邀请公证机关对开标全过程予以监督、公证。

《招投标法》第 34、35 和 36 条对开标予以了必要规定。

6. 评标

评标是根据招标书中规定的评标标准和程序对投标人的投标书逐一进行评价的过程。评标标准的制订不应使任何投标人受到偏袒。TOT 模式的评标标准的制订应被给予高度重视，因为招投标法未就评标标准的制订予以规定。针对 TOT 模式的特性，最好从专家库中抽取 15 人以上的专家，分组制订，最后论证综合评标标准。这样可以避免评标标准对评标时抽取的少数评标专家产生影响，从而影响评标的公正性。

对定性评标标准指标，一般采用专家打分法，对定量指标，一般采用计算评分法或综合评分法。评标的结果以评标报告的形式体现，其主要成果是产生中标候选人。

7. 澄清会谈

澄清会谈可以被看做是评标工作的延伸，但两者有明显区别：前者公开而后者秘密进行，所以本书将澄清会谈单独列出。澄清会谈在国内又被称为投标人答辩会，一般采取座谈询问、书面确认的方式，对投标人逐一进行会谈和确认。澄清会谈的内容不固定，往往变化多端，涉及投标书中的瑕疵、评标专家感兴趣的问题和评标专家认为入围者的关键问题，所以，通过澄清会谈，有实力的投标人能够判断出是否已经入围。投标人也可以抓住澄清会谈的时机，判断形势，做出有利于自己中标的改进许诺，如追加对招标人有利的优惠条件。

8. 确定中标人

澄清会谈之后，评标委员会就诸多方面对各投标人进行综合评估，确定最优投标人，上报批准。中标人收到中标通知书后，在规定期限内提交履约保函并与招标人签署合同协议书。未中标人的投标将被一一告知并退回投标担保。

至此，TOT 模式的招投标过程全部结束，然后进行的将是合同谈判与签署、合同实施等工作。

第四节　　TOT 项目融资模式合同法问题

一、TOT 模式合同法问题概论

　　TOT 模式合同尤其是特许经营协议在法律上具有特殊性，即项目合同实施者（项目公司）无合同义务转让权，而 TOT 模式设施所有者由于政府改制则可以转让合同义务[7]。另外，TOT 模式设施的所有者即政府的主体地位具有不可挑战性，而且在大多数情况下，其承诺协议仅仅是间接补偿性质的，所以，TOT 模式合同的当事人一方——政府在发生违约行为时是否适用合同法仍有争议。TOT 模式实践的迅速发展也迫切需要中国立法机构针对 TOT 模式进行立法。同时，也要清除阻碍政府成为 TOT 模式合同合法当事人的法律法规障碍，如担保法禁止政府的商业担保行为（《担保法》第 8 条），地方政府应投资人要求所作的外汇平衡保证与外汇管理条例相冲突，税收管理法对地方政府所能够提供的税收优惠也在宏观实施层面受到国家税法、针对外资投资方的优惠框架的限制。

　　TOT 模式的四大主合同即项目经营权定价合同、项目经营合同、项目争议、违约合同及项目移交合同以及其他附属合同是保证 TOT 模式顺利实施的有效保证。几乎每一个 TOT 模式都有其特殊性，所以，TOT 模式合同中的特殊条款所涉及法律问题将较多，合同纠纷也多源自于此。鉴于此，TOT 模式的各类合同的制订、谈判和签署将是复杂的过程。为了避免合同歧视、不公正条款、与其他法律法规相抵触的内容，参与各方的专家尤其是技术、经济和法律专家必须参与 TOT 模式各类合同的制订、谈判和签署过程。

二、TOT 模式各类合同订立

　　TOT 模式各类合同的订立必须依据国家法律法规和考虑 TOT 模式的特殊性。作为合同类别之一，TOT 模式合同的订立也需要有要约和承诺构成要件。

　　根据合同法，要约是希望和他人订立合同的意思表示，要约邀请是希望他人向自己发出要约的意思表示；承诺是受要约人同意要约的意思表示，承诺生效时合同成立。TOT 模式一般通过招标投标订立合同，在一般情况下，招标人的招标邀请公告即为要约邀请，投标人的投标行为构成要约，而招标人向中标人发出的中标通知书则构成合同的承诺，中标时，TOT 模式合同实质上已告成立。也就是说，在正式合同签署以前，投标书、招标书和招标投标双方在招投标期间的有关来往文件已经成为合同的有效组成部分。

　　根据一般 TOT 模式的特性，对于中小型 TOT 模式，到中标人对收到项目运行通知书（即"开工令"）的确认时止，几乎所有合同，除分包合同或不可预见的合同事项外，都已签署；而大型 TOT 模式，除主合同一定会在项目启动运行前被敲定外，其他附属合同，可能由于过于繁冗复杂，会在主合同实施过程中逐渐完善。例如，价格调整合同[8]，在 TOT 模式实施过程中可能会存在多种、多参与者的类型，如原材料价格调整、产品价格调整等，其格式一般设定为开放式的，这是因为在项目实施过程中各参与方要不断补充数据、资料，以利合同实施。

TOT 模式合同订立应在项目参与各方的要求、认同下，有公证机关的全程参与。公证机关除了对合同的订立过程进行监督、对合同的有效性进行公证外，还可以为合同订立提供法律咨询。

三、TOT 模式合同担保与解除

1. TOT 模式的合同担保

根据《担保法》第 5 条规定，担保合同是 TOT 模式主合同的从合同，《担保法》第 93 条规定，各种担保合同既可以是单独的书面合同，也可以是 TOT 模式主合同的担保条款。一般的 TOT 模式中的罚则条款也可以被认为是担保条款，而 TOT 模式合同中最多的担保合同是各从合同中的诸多担保条款。

TOT 模式的最主要的合同担保是投标人向招标人提交的履约担保、招标人向投标人做出的承诺以及有第三方参与的承诺合同，如原料限价限量供应担保、产品限价限量购买担保、各种政策制度担保等。

根据担保法，TOT 模式合同可以有如下六种其他担保形式。

（1）履约担保：TOT 模式的履约担保应当由双方认可的具有法人资格的银行出具，担保金额一般按特许权转让价格的固定百分比收取，一般为 10%。由于一般 TOT 模式转让价格高昂，只有实力雄厚的银行适宜成为履约担保人。

按照惯例，招标人同时也要向中标人提供履约担保，主要内容为针对其各种承诺做出担保，但大多是间接补偿性担保，很少涉及直接补偿。针对产权所有人的赎回行为的履约担保条款可以以罚金、赔偿金等予以约束。

（2）政策担保。招标人及其上级直属政府或中央政府会根据 TOT 模式的性质做出一系列方便合同履行的政策性许诺，但很少涉及违约处罚细则，因为政策性违约很难界定。

（3）违约担保。几乎所有合同中都列有违约罚则，罚则形式不拘一格，可以是权利罚则、义务罚则或者是罚金等。

（4）抵押或质押。按担保法规定，可抵押的财产范围比较广泛（《担保法》第 34、36、37 条），质押基本属于动产抵押，有动产质押和权利质押两种，可质押物范围也很广泛（《担保法》第 63、67、75 条），实践中可以将两者结合用于

TOT 模式移交合同实施阶段，或者应用于各类从合同之中。

（5）留置。《担保法》第 83 条规定："留置担保的范围包括主债权及利息、违约金、损害赔偿金，留置物保管费用和实现留置权的费用。"依第 87 条的规定，合同双方应当在合同中约定留置担保针对的合同款项的履行细则。无产权转让的 TOT 模式，中标人为预防危机，可以要求招标人以动产做留置担保。在双方协议且动产所有者认同的情况下，留置担保具有法律约束力。有产权转让的 TOT 模式，中标人无权要求在特许期内将转让产权财物作为留置担保，但有权要求将其作为特许期结束后产权所有人履行赎回行为的留置担保。

（6）定金。在 TOT 模式从合同中涉及的定金担保，如供货和采购合同担保，也可以是第三方提供的定金担保。

除政策保证外，其余 5 种担保形式均适用于 TOT 模式的主、从合同。

2. TOT 模式合同的解除

合同解除是法律赋予合同双方或单方当事人在一定条件下有终止履行合同权利和义务的权利。

根据合同法（《合同法》第 68、69、92～94、96 条），可以导致解除 TOT 模式合同的条件有：

（1）单方违约且不可补救，或无补救意愿及行为；

（2）双方均违约且不可补救，或无补救意愿及行为；

（3）双方多次产生合作歧义，均有意终止合同履行；

（4）发生非主观意愿性的履行不能，合同无法继续履行；

（5）发生主观意愿性的履行不能，合同无法继续履行，单方或双方同意终止合同；

（6）合同中约定的合同解除条件出现，且不可补救；

（7）发生合同纠纷，提交仲裁或诉讼后，经调解无效，双方同意解除合同。

当合同双方当事人均履行完毕合同权利与义务后，合同的终止是合同自然解除。另外，TOT 模式合同实施的过程中会出现一种非自然力的不可抗力，即政策性变更导致合同被迫解除，如因国防需要，需征用 TOT 模式合同实施所在地时；国家长期发展战略发生变化导致 TOT 模式被撤销或收回等情况。

上述条件应当明白无误地列于 TOT 模式合同条款中。除合同的自然解除外，TOT 模式合同解除是一个复杂的过程，其过程涉及资产评估、审计、税务、财会、调解甚至仲裁、诉讼。所以，合同当事方应尽量避免违约现象。根据项目管理实践，第三方协调制度，如聘请双方认可的监理工程师协调双方的合同履行事宜，会对避免合同解除起到积极的促进作用。

四、TOT 模式违约及补救

1. 违约

TOT 模式违约是指违反 TOT 模式合同约定义务的行为。合同法规定合同规定的任何违约当事人应当承担继续履行、采取补救措施或者赔偿损失等违约责任（《合同法》第 107、108 条）

2. 违约补救

违约补救是指合同单方或双方当事人采取的避免违约行为的不利影响继续扩大的行为。

《合同法》只在第 107 条提及"采取补救措施"，并未对补救措施进行界定。根据《合同法》第 111、112 条的规定，我们认为补救措施可以是要求违约方承担修理、更换、重作、退货、减少价款或者报酬等行为，针对 TOT 模式的特殊性，赔偿损失等补偿方式除非在特殊情况下，不应被认为是补救措施，但 TOT 模式的从合同除外。

TOT 模式合同应吸取其他成熟合同范式的经验做法，在合同条款中明确、细致地规定违约补救措施，如国际工程项目管理通行的 FIDIC 合同格式[9]。

3. 补救责任免除

补救责任可以在一定程度上予以免除。根据《合同法》第 117～120 条的规定，若因发生不可抗力而导致合同履行不能的，要判明实际情况。如果导致合同履行不能的责任完全在于不可抗力，可以完全免除补救责任；如果因合同单方或双方当事人的原因是合同活动迟延而受到不可抗力的影响从而导致合同履行不能，要根据充分的证据必要时要经过调解、仲裁甚至诉讼来确定各方的责任。第119 条的规定也可以使违约方部分免除补救责任。在双方都违约的情况下，可以以第 120 条的规定为法律依据寻求部分免除补救责任。

参 考 文 献

[1] 金永祥，谭轩. TOT 模式运作. 中国投资，2002，5：86～87
[2] 王敏正，王松江. BOT 项目实施指南. 昆明：云南科技出版社，2002
[3] 王俊安. 招标投标与合同管理. 北京：中国建材工业出版社，2003：78～81
[4] 李允载. 关于中国项目融资法律研究. 上海：复旦大学法学院. 硕士学位论文. 2002
[5] 胡康生. 中华人民共和国仲裁法全书. 北京：法律出版社，1995：178～182
[6] 舒福荣. 招标投标国际惯例. 贵阳：贵州人民出版社，1994

［7］刘瑛. BOT 项目基本法律关系分析. 中国公路. 2003，22：40～42

［8］刘瑛. FIDIC 施工合同条件下的调价公式分析. 西北建筑与建材. 2003，(10)：36～38

［9］王霁虹，张国印，王岚等. FIDIC 条款在我国内地使用中的法律问题综述. 建筑经济. 2003，9.
　　34～35

第十章 案例研究成果

第一节 中国越南经济合作 TOT 项目融资创新模式应用研究——以水电开发项目为例

越南是 GMS 中发展速度最快的国家，近 20 年的统计资料表明越南的能源需求量持续以高于其 GDP 的年增长率递增，能源发展已经成为制约越南经济社会发展的瓶颈，而能源发展又受到越南国内与国际投资不足的限制。越南的能源生产结构的主角是水电能源，在 2001 年以前，越南水电能源无论在装机容量与发电量方面均占主导地位。由于水电能源开发需占用大量社会资源，目前越南政府正在积极筹措资金投入许多大中型水电项目的开发，准备在 2020 年开发全部可开发水能的 60% 以上。

一、越南水电能源开发的迫切性与环境分析

（一）必要性分析

越南拥有丰富的水能资源，水力发电历来是越南的能源支柱产业，但是受资金的制约，越南的水电开发程度只有 30%。在目前诸多可开发能源方式中，除了风能、太阳能和生物质能以外，水能是唯一的可再生能源开发方式[1]。虽然水电开发具有其他能源开发方式不可比拟的优点，但是其开发周期长、工程庞大、资金及社会资源占用巨大的缺点屡屡阻碍越南等发展中国家的水电开发程度。为了使社会发展获得持续可靠的能源支撑，必须研究如何加快水电能源的开发。

1. 越南水能开发现状

越南拥有 2600 多条长度在 10 公里以上的内陆河流，水能蕴藏量约为 18 000～20 000MW，已开发的和正在开发的约 4560MW（截至 2004 年）[2,3]。其中 2003 年开工建设的 7 个水电工程装机总量为 780MW，分别为：广治水电站，70MW；波来空水电站，110MW；博科（BUON KUOP-CHUPONG KONG）水电站，280MW；阿旺水电站，170MW；富美水电站，150MW[4]。

目前越南正科学规划并积极实施水电开发。根据其电力发展规划，2005 年水电装机将达 4560MW；至 2010 年，越南将新建 22 座水电站，新增水电装机容量约 400 万千瓦，水电装机将达到 8000MW；而到 2020 年水电装机将突破

13 800MW。即便如此，届时水电开发程度也只能够达到可开发水能蕴藏量的
60%左右。如表 10-1 和表 10-2 所示，分别是越南历年水电装机情况以及正在建
设和规划的水电开发项目[5,6]。

表 10-1　越南水电装机简表　　　　　　　　单位：MW

项目	1970 年	1980 年	1990 年	1995 年	2000 年	2001 年	2002 年	2003 年	2004 年	2005 年	2010 年	2020 年
水电装机	160	250	680	2 800	3 280	3 984	4 141	4 154	4 300	4 560	8 000	13 895

表 10-2　越南水电开发项目规划简表

序号	项目名称	装机容量/MW	发电量/(亿 kW·h/年)	完工年份
1	大宁	300	11.78	2005
2	饶馆	70	2.65	2007
3	西山 3	273	11.27	2006
4	宣光	342	13.00	2007
5	亚王	170	7.6	2007
6	昆河 2	70	2.4	2009
7	板叶	300	10.55	2008
8	筝江 2	135	5.6	2009
9	DACMY4	200	8.17	2010～2011
10	DAK-DRINH	97	4.44	2010～2011
11	西山 4	340	13.70	2010
12	同奈 3-4	510	17	2008～2009
13	BUON-KUOP	280	13.5	2008
14	ANKHE-KANAK	155	7.0	2008
15	PLEI-KRONG	110	5.76	2008
16	波下河	250	10.44	2010
17	THAC-MO	50～70		
18	HUOI-QUANG	360	18	2010
19	山罗	2400	93	2012
20	莱州	800	37	2016～2017
21	其他中小电站	800		2006～2010

　　从上述资料可以获悉：越南对 2005～2010 年水电开发规划为年均新增装
机 8000MW 左右，2010～2020 年则为 6000MW 左右。越南在总发展规划中特

别强调了部分大型水电项目将提前开工或准备，如山罗水电项目（装机 2400～3600MW）。除此之外，越南还在中部地区规划了几个水利水电枢纽项目。

2. 越南电力需求状况及预测

1）电力需求状况

越南自从改革开放以来，各行各业的快速发展以及人民生活水平的改善极大地、持续地刺激着电力需求与增长。表 10-3 为越南 1990～2004 年的电力需求统计数据[7~10]。

表 10-3　越南电力需求与 GDP 统计资料（1990～2004）

年份	电力需求量/亿 kW·h	GDP/亿美元
1990	87.9	140.83
1991	93	149.52
1992	98	163.77
1993	108.5	178.16
1994	124.76	195.42
1995	146.65	216.03
1996	169.96	238.28
1997	191.51	259.42
1998	216.54	275.28
1999	237.39	289.07
2000	266	310
2001	306	331.08
2002	358.01	354.39
2003	408.25	380.05
2004	467	454

1979～1989 年的电力需求如表 10-4 所示[2,7,11~13]。

表 10-4　越南电力需求统计资料（1975～1989 年）　　单位：亿 kW·h

指标	1975年	1976年	1977年	1978年	1979年	1980年	1981年	1982年	1983年	1984年	1985年	1986年	1987年	1988年	1989年
发电量	24	30	35	38.5	38.6	36.8	38.5	41.3	44.7	48.5	52.3	56.8	61.3	69.5	79.5

从上述表中数据可以看出，越南的电力需求呈持续增长态势，据此可以计算

出越南的年度电力需求增长率，如表 10-5 所示。

表 10-5　越南电力需求年度增长率（1975～2004 年）

年份	增长率/%	年份	增长率/%
1975	—	1990	10.57
1976	25.00	1991	5.80
1977	16.67	1992	5.38
1978	10.00	1993	10.71
1979	0.26	1994	14.99
1980	−4.67	1995	17.55
1981	4.62	1996	15.89
1982	7.27	1997	12.68
1983	8.23	1998	13.07
1984	8.50	1999	9.63
1985	7.84	2000	12.05
1986	8.60	2001	15.04
1987	7.92	2002	16.99
1988	13.38	2003	14.03
1989	14.39	2004	14.39

年均递增率：10.40%

2）电力需求预测

根据越南经济发展规划和电力发展规划[5,6,14～16]，2005 年 GDP 计划比 2004 年增长 8.0%～8.5%，2010 年的 GDP 比 2000 年的翻一番；2005 年计划发电量要达到 450 亿度，2010 年计划发电量将达到 830 亿度，2020 年达到 1700 亿度[17]。但根据统计资料，2005 年的计划已经提前一年实现，越南有关部门将 2005 年的发电计划修改为 530 亿度。

根据上述资料，下面采用回归分析法、能源弹性系数法和季节指数趋势法对越南电力需求进行远期和近期预测。

3）回归分析法预测

以电力需求量为预测对象，GDP 为自变量。

首先利用 EXCEL 数据分析工具进行相关度分析。经计算，电力需求量对 GDP 的相关系数是 0.9881，表明电力需求量与 GDP 有极为密切的线性相关关系，可以采用一元回归分析方法。

然后应用一元回归分析模型[18～21]进行分析。经计算（计算过程及相关系数检验、t 检验、F 检验略），回归方程为

$$y = -121.5312 + 1.2966x \tag{10-1}$$

分别对 2005 年、2010 年和 2020 年的电力需求量进行预测（区间估计略），结果如表 10-6 所示。

表 10-6　越南电力需求量预测（回归）结果

年份	GDP 年均增长率/%	GDP/亿美元	电力预测需求量/亿 kW·h	均值/亿 kW·h	政府计划/亿 kW·h
2005	8.5	493	517		
	8.0	490	514	514	530
	7.5	488	511		
2010	8.5	737	834		
	8.0	720	812	812	830
	7.5	703	791		
2020	8.0	1554	1894		
	7.5	1484	1803		
	7.0	1416	1715	1761	1700
	6.5	1352	1631		

需要说明的是，在上述预测过程中，2005 年的 GDP 是以 2004 年的 GDP 为基础分三档增长率进行计算的；2010 年的 GDP 是以 2005 年的三档 GDP 的均值为基础分三档增长率进行计算的；2020 年的 GDP 是以 2010 年的三档 GDP 的均值为基础分四档增长率进行计算的[22~27]。

（二）越南水电能源开发的环境分析

任何发展一定是存在于一定的社会经济环境中的发展，它既与周围环境密切联系又与周围环境相互影响。下面将采用 PEST（政治 politics—经济 economy—社会 society—技术 technology）分析、SWOT（优势 strengths—弱势 weakness—机会 opportunities—威胁 threats）分析、波士顿矩阵/通用矩阵分析、问题—目标（problem tree—objective tree）等分析方法对越南水电能源开发的环境进行分析并进行战略方向选择。

1. PEST 分析

PEST 分析，即企业外部环境分析，包括政治、经济、社会和技术分析等四个主要分析领域。PEST 分析通过对四领域内的主要影响因素的分析，构建外部因素评价矩阵来评价外部环境对企业的影响和企业对外部环境的适应能力[28~30]。

越南水电能源开发 PEST 分析的一般程序为：识别水电能源开发面临的外部环境中的关键因素，包括机会和威胁→分类别、分因素赋予权重→构建外部因素评价矩阵 EFEM→对各因素的有效反应程度逐一进行打分→加权计算、求和→总结评价。

打分的取值范围为 1~5：1 分至 5 分分别表示反应很差、较差、一般、较好、很好；反映了该领域发展所面临的严重威胁、一般威胁、无威胁无机会、一般机会、主要机会。实际应用时也可以采用其他打分方法，如 1、3、5、7、9 等。

根据越南水电能源开发面临的实际环境，进行 PEST 分析，如表 10-7 所示。

表 10-7　越南水电能源开发的外部因素评价矩阵（EFEM）

环境	具体因素内容	权重	得分
政治	（1）GMS 经济区域、东盟经济区域的统一化趋势	0.03	3
	（2）政府有关优先发展绿色清洁能源、提高能源利用效率等政策	0.09	4
	（3）安定的政治局势提供持续的需求市场	0.12	5
	（4）良好的外交局势提供国外（柬埔寨、泰国）需求市场	0.06	3
	本项合计	0.30	1.23
经济	（1）电价上涨的趋势与压力	0.09	2
	（2）经济持续以较快速度增长	0.13	4
	（3）电力需求量的快速递增	0.09	5
	（4）比较严重的通货膨胀	0.03	1
	（5）越南盾在外汇公开市场与黑市疲软	0.03	1
	（6）材料价格上涨迅猛	0.03	2
	本项合计	0.40	1.27
社会	（1）劳动力供应充足	0.017	4
	（2）人民生活普遍改善	0.033	4
	（3）与社会环境的和谐性	0.050	3
	本项合计	0.10	0.35
技术	（1）快捷可靠的勘探技术	0.034	3
	（2）科学的咨询方法	0.033	4
	（3）安全高效的输变电技术	0.033	3 ·
	（4）先进适用的水电开发建设技术（高坝、大容量机组）	0.100	4
	本项合计	0.20	0.733
	外部环境变化有效性总得分	1.000	3.583

本 EFEM 所得的越南水电能源开发综合得分为 3.583 分，说明该领域发展对外界环境的变化反映较好，能够比较有效地利用现有机会，并将外部的威胁降至可接受的程度。

2. SWOT 分析

SWOT 分析[31~33]是指在对企业或发展领域内部与外部两方面条件进行综合分析的基础上，分析企业的优劣势、面临的机会和威胁，进而制定发展战略方向。内部分析即优劣势分析着眼于自身实力以及与竞争对手（现有的以及潜在的）的比较；外部分析即机会和威胁分析则注意外部环境的变化以及可能产生的影响。

SWOT 分析的一般过程为：构建内部因素评价矩阵，进行优劣势分析→构建外部因素评价矩阵，进行机会威胁分析→绘制 SWOT 分析图→总结，选择发展战略。对越南水电能源开发的 SWOT 分析如表 10-8、表 10-9 所示。

表 10-8 内部因素评价矩阵

项目	关键内部因素	权重	得分	加权得分
优势	(1) 丰富的水能资源	0.24	5	1.20
	(2) 较低的开发程度	0.15	4	0.60
	(3) 经济增长与电力需求持续快速增长	0.16	4	0.64
	(4) 丰富的开发经验与较先进的开发能力	0.09	4	0.36
小计		0.64		2.80
劣势	(1) 开发资金匮乏	0.15	−4	−0.60
	(2) 装备制造能力差	0.12	−4	−0.48
	(3) 缺乏高级技术人才	0.09	−3	−0.27
小计		0.36		−1.35
合计		1.00		1.45

表 10-9 外部因素评价矩阵

项目	关键外部因素	权重	得分	加权得分
机会	(1) 国内及联合国政策扶持	0.19	4	0.76
	(2) 火电污染环境	0.15	2	0.30
	(3) 来自国外的资金支持	0.12	4	0.48
	(4) GMS、ASEAN 的一体化趋势	0.10	3	0.30
小计		0.56		1.84
威胁	(1) 燃气电厂快速开发	0.24	−4	−0.96
	(2) 新能源开发技术的兴起	0.11	−2	−0.22
	(3) 民间的反坝主义	0.09	−3	−0.27
小计		0.44		−1.45
合计		1.00		0.39

　　然后根据内部因素评价矩阵和外部因素评价矩阵的分析结果来绘制 SWOT 分析图。横轴的正向表示优势、负向表示劣势，纵轴的正向表示机会、负向表示威胁，选取适当的分值刻度，将分析结果在此图上表现出来。如图 10-1 所示。

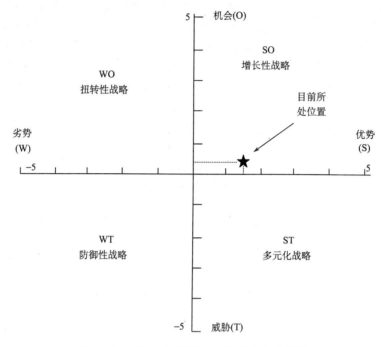

图 10-1　越南水电能源开发的 SWOT 分析图

　　SWOT 分析结果表明：越南水电能源开发处于优势—机会区域，即具有强大的内部优势和众多的机会，此时应尽快采取增长性战略。同时，也不能忽视内部劣势与外部威胁，应化不利条件为有利因素，促进水电能源开发。

3. 波士顿矩阵/通用矩阵分析

　　波士顿矩阵[34,35]也被称为成长—份额矩阵、事业结构转换矩阵或产品结构分析法，以所有产品或业务组合为研究对象。本文应用波士顿矩阵分析的目的是在越南能源整体发展战略中找出水电能源所处的大概区域（明星业务、金牛业务、问题业务或瘦狗业务），进而为越南水电能源开发选取宏观的发展战略。

　　目前越南水电能源的首要竞争对手是火电能源（包括：燃煤电厂、燃油电厂以及燃气电厂），以此为基础进行波士顿矩阵分析，结果如表 10-10 和图 10-2 所示。

表 10-10　市场成长率、相对市场份额分析表

年份	发电量/亿 kW·h	水电/亿 kW·h	热电/亿 kW·h	市场成长率[②]/%	相对市场份额[③]/%
2001	306	182.07	123.93	15.04	1.47
2002	358.01	181.98[①]	176.03	16.99	1.03
2003	408.25	189.71	218.54	14.03	0.86
2004	467	192.67	274.33	14.39	0.70

注：①为来水偏少以及装机增长较少年份的水电量；②市场成长率＝（当年发电量－去年发电量）/去年发电量；③相对市场份额 ＝ 当年水电发电量/当年热电发电量

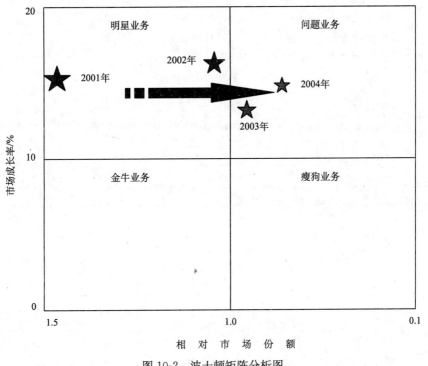

图 10-2　波士顿矩阵分析图

从波士顿矩阵分析图可知，水电能源的相对市场份额在逐渐减少，发展路线已经从明星业务逐渐向问题业务发展，而未向金牛业务发展。而在越南的电力发展规划中也体现出水电装机增速明显低于其他类能源装机增速。这主要是由于一方面水电装机建设周期长，是其他类装机的 1.5～5 倍，另一方面越南拥有丰富的石油、天然气和煤炭资源，因此在其狭长的国土内发展热电似乎更加具有优势。

通过分析认为，越南水电能源开发应采取发展战略和稳定策略。通过发展战略尽量使其再度返回明星业务范围；通过稳定策略增加现有业务收入，为滚动开发提供源源不断的资金支持。

　　通用矩阵[35]又被称为 GE 麦肯锡矩阵或行业吸引力—企业实力矩阵。在分析理论上该矩阵与波士顿矩阵类似，但它考虑更多因素并尽量克服了波士顿矩阵的局限性。因此，通用矩阵可被视为波士顿矩阵的改良矩阵。

　　通用矩阵分析的一般程序为：行业吸引力分析→实力分析→总结评价、战略规划。对越南水电能源开发的通用矩阵分析如表 10-11 和图 10-3 所示。

表 10-11　行业吸引力分析表

关键行业特征	权重	得分	加权得分
市场规模	0.12	4	0.48
市场增长率	0.16	5	0.80
行业利润水平	0.15	5	0.75
行业竞争强度	0.04	4	0.16
产业政策	0.11	4	0.44
技术要求	0.08	3	0.24
资金需求	0.14	2	0.28
周期性	0.06	2	0.12
规模经济	0.05	3	0.15
社会环境影响	0.05	3	0.15
国际环境	0.04	4	0.16
合计	1.00		3.73

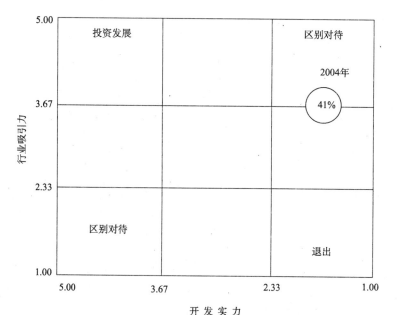

图 10-3　通用矩阵分析图

行业吸引力综合得分为 3.73，即具有较高的进入该领域进行开发的价值。

从 2001 年至 2004 年，水电发电量的绝对市场份额从 59.5％下降到了目前的 41.3％。这主要是由于越南政府为适应经济发展对能源的大量需求而不得不大幅增加热电开发，并不代表越南政府转移了投资倾向。

虽然水电能源开发在通用矩阵分析图中处于"区别对待"范围，但是根据 SWOT 分析结果以及越南的发展总规划和产业政策，应该采取积极的投资发展战略。

4. 问题树—目标树分析

问题树—目标树分析是德国项目管理体系的核心方法—目标导向规划（objective oriented project planning，OOPP)[36~40] 的关键内容。

OOPP 的程序一般为：参与者参与分析→问题分析→优势分析→发展前景分析→目标分析→项目规划→项目优选→项目计划→项目决策→项目实施。根据研究需要，以下仅对越南水电能源开发进行问题树分析与目标树分析，结果如图 10-4 和图 10-5 所示。

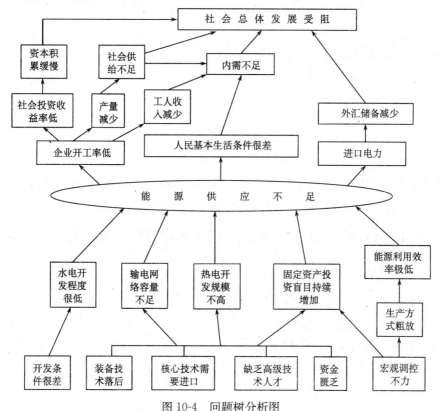

图 10-4 问题树分析图

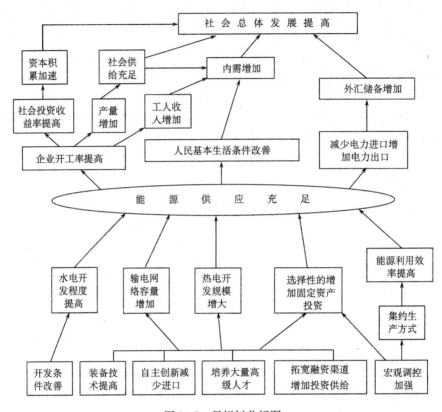

图 10-5　目标树分析图

　　问题树分析与目标树分析的目的是找出核心问题与次属问题，然后转化为核心目标与次属目标。如图 10-4 所示，目前越南社会发展过程中的核心问题是能源供应不足，所以才会出现连续多年能源发展以高于 GDP 一倍的速度发展的情况，而大力提高水电开发程度是解决能源供应不足的重要措施之一。

二、TOT 项目融资创新融资模式在越南水电能源开发中的应用研究

（一）概述

　　根据越南政府的社会经济发展报告[10]，近年来越南每年的社会发展投资率均大于 30%。根据目前的投资结构，国家投资（包括财政、信贷、国有企业、债券）应提供水电装机投资的 50% 左右，即 4.5 亿～5.3 亿美元，缺口需要其他投资方式的参与以弥补。

（二）TOT 项目融资创新融资模式

根据越南的社会发展投资结构，可以分析出目前越南既有的普通投融资模式包括：TOT-BOT、TOT 等。下面从各种融资模式所适用的水电开发项目的规模及复杂程度的角度，对各种融资模式进行阐述及应用分析。

（三）TOT-BOT 模式

TOT-BOT 就是将 TOT 与 BOT 项目融资方式结合起来，但以 BOT 为主的一种融资模式。TOT 的实施是辅助性的，它的设计主要考虑的是促成 BOT。TOT-BOT 项目融资方式兼备了两种融资方式的优点，也克服了各自的缺点。这两种方式的结合有两种形式：第一，有偿转让（下文简称为 TOT-BOTa 项目融资方式），即政府通过 TOT 方式有偿转让已建项目的经营权一次性融得资金后再将这笔资金入股 BOT 项目公司，参与新建 BOT 项目的建设与经营直至最后收回经营权。第二，无偿转让（下文简称为 TOT-BOTb 项目融资方式），即政府将已建项目的经营权以 TOT 方式无偿转让给投资人，但条件是与 BOT 项目公司按一个递增的比例分享待建项目建成后的经营收入[41~49]。下面分别介绍这两种方式。

1. TOT-BOTa 项目融资方式

TOT-BOTa 项目融资方式融资过程如图 10-6 所示（其中实箭线为行为流，虚箭线为现金流）。

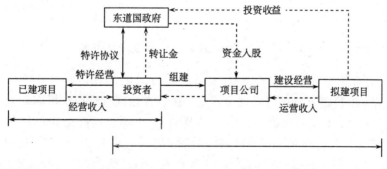

图 10-6 TOT-BOTa 方式融资过程

投资者通过与政府（公营机构）签订 TOT 特许协议取得已建项目的特许经营权，同时政府将已建项目未来的收入一次性从投资者手中融得，并可将部分资金入股项目公司以 BOT 方式建设新的项目。这个过程可分为两个阶段，而这两个阶段又有重合部分，即政府与投资者在这个融资过程中扮演着双重角色，他们既是 TOT 的主体又是 BOT 的主体，并要签两份特许协议：①在一定时期内转让已建项目的经营权；②转让新建项目的建设与经营权。这两个看似独立的过程其实关系极为密切，它们相辅相成，互为补充，政府与投资者在这个过程中都是受益者，达到了"双赢"的效果[50~56]。

2. TOT-BOTb 项目融资方式

TOT-BOTb 方式融资过程如图 10-7 所示。

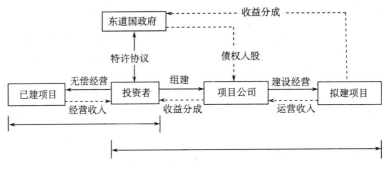

图 10-7　TOT-BOTb 方式融资过程

若政府（公营机构）以 TOT 方式无偿将已建项目的经营权转让，这样做的条件是政府将与 BOT 项目公司共同分享待建项目建成后的运营收入，具体做法是将待建项目建成后的运营分成几个阶段，政府在这几个阶段中将建成项目的运营收入以一个逐渐递增的比例分成，直至最后收回经营权。

3. 在水电开发项目中采用这两种融资模式的现金流分析

为了更清楚地理解 TOT-BOT 项目融资方式的原理，现对 TOT-BOTa 和 TOT-BOTb 项目融资方式进行现金流量分析。在做现金流量分析前有几个前提：①假设 TOT-BOT 项目融资方式中所涉及的 BOT 项目（即待建项目的特许期）与 TOT 模式（即已建项目）的特许经营期相同，均为 20 年（一般认为电厂 BOT 项目特许期不超过 20 年）；②假设 BOT 项目建成 5 年后收入达到稳定；③在 TOT-BOTb 中，假设政府与投资者的收入分享分为三个阶段即 3~7 年、8~13 年、14~20 年，在这个过程中政府以一个不断递增的比例与投资人分享收入；④假设不考虑期间的运营成本和维护成本。

1) 政府在 TOT-BOTa 项目融资方式中的现金流量分析

现金流量分析如图 10-8 所示，从图中可以看出，因为政府在 TOT-BOT 项目融资方式一开始就将已建项目的经营权转让给了投资者，所以政府在第 0 年有一个很大的现金流入，同时政府将这笔资金的一部分入股 BOT 项目公司，因而又有一笔不小的现金流出，在新建项目的建设期，没有现金流入也没有现金流出，从经营期开始到第 7 年有一个稳定增长的现金流入，这是项目的收入在这 5 年中稳步增加而形成的经营收入的股本金收益；从第 8 年开始由于收入渐趋于稳定而有稳定的现金流入直至特许经营期满，在第 20 年后政府的现金流量较大，因为，此时政府已收回 BOT 和 TOT 模式的经营权，现金流入是两个项目的总收益。

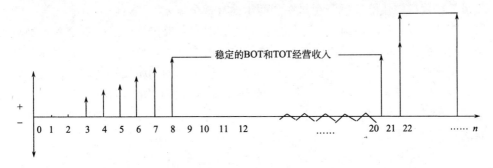

图 10-8 政府在 TOT-BOTa 融资方式中的现金流量图

在这种融资方式中，政府入股项目公司，自始至终都参与到新建电厂的项目中，不仅可以有收益而且可以避免政府在特许期限内失去对新建 BOT 电厂项目的控制权[57~62]。

2）投资者在 TOT-BOTa 项目融资方式中的现金流量分析

如图 10-9 所示，因为投资人在 TOT-BOT 项目融资方式一开始就一次性支付给政府一笔资金获得已建项目的特许经营权，所以投资人在第 0 年有一个很大的现金流出，同时从第 0 年至特许期满一直有一个稳定的现金流入。在新建电厂项目的建设期，投资人逐年投入建设资金，所以在这个阶段有较大的现金流出。随后的收益增长趋势与政府的是一样的：从经营期开始到第 7 年有一个稳定增长

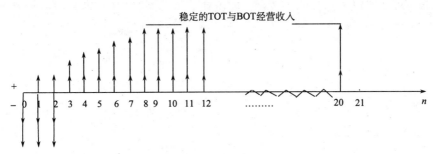

图 10-9 投资者在 TOT-BOTa 融资方式中的现金流量

的现金流入，从第 8 年开始由于收入渐趋稳定而有稳定的现金流入直至特许经营期满，在第 21 年投资者没有现金流入也没有现金流出，因为此时已将两个项目的经营权全部转交给政府。

可以看出在 TOT-BOTa 融资方式中，TOT 电厂项目使得项目公司在特许期一开始就有收入，未来的现金流入使得项目公司的融资变得较为容易。

3）政府在 TOT-BOTb 项目融资方式中的现金流量分析

如图 10-10 所示，因为该融资方式是无偿转让，所以政府在一开始就将已建项目的经营权转让给了投资者，在前两年没有现金流入，进入收入分享的第一阶段即第 3 至第 7 年时政府按一个固定的百分比获得收益分成。这时现金流入是递增的而不是固定的，这是因为新建项目的收入不断增加，所以运营收入也随之上升。到第 8 年项目收入处于稳定状态，政府由于在不同的阶段按递增的比例分享其收益，所以第 8 至第 13 年、第 14 至第 20 年，政府的收益如图 10-10 所示，而到第 21 年末（即特许期结束后的第一年）现金流量大幅度增加，这是因为政府此时收回了两个项目的经营权，现金流入是两个项目的总和[63]。

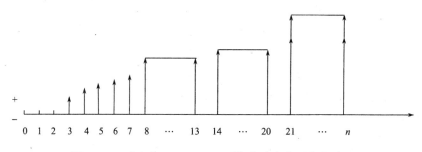

图 10-10　政府在 TOT-BOTb 融资方式中的现金流量图

4）投资者在 TOT-BOTb 项目融资方式中的现金流量分析

如图 10-11 所示，TOT-BOT 项目启动后，投资者便筹集资金投入到新建项目中去，所以前三年的现金流出比较大。同时投资者在 TOT-BOTb 项目融资方式开始就获得了已建项目的经营权，所以从 BOT 项目开始到特许经营期满都有

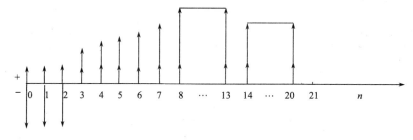

图 10-11　投资者在 TOT-BOTb 融资方式中的现金流量

已建项目稳定的现金流入。在收益分享的第一个阶段，同政府一样，由于收入的增加而有稳定增加的现金流入，在随后的两个阶段中，同一阶段内的总收入是不变的，由于政府的现金流入是递增的，所以投资者在每个阶段的收入是递减的，到第 21 年时现金流出与现金流入均为零，这是因为此时两个电厂项目的特许经营权已全部移交给了政府。

4. TOT-BOT 项目融资方式的操作程序

第一，项目方案的确定：TOT-BOT 项目与单纯的 BOT 项目不同，单纯的 BOT 只涉及一个项目，而 TOT-BOT 则需要同时考虑已建和待建两个项目。此时政府可以鼓励社会投资者在确定项目方面提出建议，并在项目构想和设计方面提出新的观点，即使公营机构已经确定或负责确定一个投资项目的要求，但可能在设计工作开始之前，就已邀请投标，而且标书只列出这一工程项目所应达到的要求的大概轮廓，至于如何去满足这些要求，将留给私营投标者自行解决。这种处理方法可以发挥每一个投标者的设计技巧和优势，创造性地提出方案。

第二，TOT-BOT 项目的招标准备：在项目招标之前，必须做好准备工作，其中最重要的准备工作是：①两个项目技术参数研究，包括对所要解决问题的性质和规模做详细而清晰的说明；②招标文件的准备，须描述技术研究中提出的大量信息，对投标的类型以及招标人在标书中应包的内容做出具体规定，招标文件还应清楚地规定评标准则。

第三，TOT-BOT 招投标过程：TOT-BOT 招投标过程主要包括资格预审、投标、评标与决标及合同谈判四个阶段。

(1) 资格预审：邀请对项目有兴趣的公司参加资格预审，根据这些公司提交的公司情况，包括技术力量、工程经验、财务状况等方面的资料，拟定最终的备选名单；

(2) 投标：邀请通过资格预审的投标者投标，并按照招标文件的要求，提出详细的建议书，详细地说明项目的类型及所提供的产品或服务的性能和水平，建议项目融资结构、价格调整公式、外汇安排及风险分析等；

(3) 评标与决标：为了在许多竞争者中择优，需要有一套标准来进行评标，以使项目的这些目标达到最优。通常一开始就应让投标者知道明确的评标方法（在招标文件中明文规定），使他们能据此来进行项目设计，并提出项目建议书；

(4) 合同谈判：决标后，应邀请中标者与政府进行合同谈判。因为牵涉两个项目的一系列相关合同，TOT-BOT 方式的合同谈判较单纯的 BOT 项目时间长且更为复杂。如果政府与第一中标者不能达成协议，政府可能会转向第二中标者与之谈判，并依此类推。

除此之外，TOT-BOT 模式还必须签署其他许多协议，如与项目贷方的信贷协议、与建筑承包商的建设合同、与供应商的设备和原材料供应合同、与保险公司的保险合同等。为了保障 TOT-BOT 合同的顺利履行，政府应建立必要的一揽子基本的保障体系[64~67]。

（四）TOT 模式

TOT 即转让-运营-转让（transfer-operate-transfer，TOT）模式，是 BOT 模式在实践中产生的衍生模式。TOT 模式的实质是一种复杂的租赁过程，即购买特许期限内的运营权。采用 TOT 模式的主要目的是为后续项目开发获取资金。

TOT 方式可以用于水电能源的滚动开发，在越南的水电能源开发领域，可以广泛开展 TOT 模式。越南拥有数量众多的大、中、小型已建成并投入运营的水电站，以这些水电站为基础规划若干流域水电开发公司，进行 TOT 模式开发，不但可以为水电能源开发筹集到大量资金，而且可以带动水电站运营管理水平的整体提升，并可以加强竞争，降低用户的用电费用[68~70]。

根据越南国情，典型的 TOT 模式模型如图 10-12 所示。

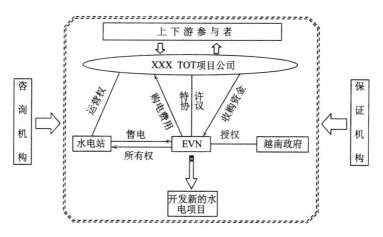

图 10-12 越南水电能源开发 TOT 模式典型示意图

与 BOT 模式相比，TOT 模式没有建设阶段，因而其模式稍显简单。其特许权定价方法也与 BOT 基本相同，普遍采用收益现值法或巴拉特模型[71~74]。但目前普遍争议的是对 TOT 模式的已建设施资产是否应予以定价。本文认为具体到越南的水电能源开发中的 TOT 模式来说，最好采取资产不定价的方式，因为受让方只受让设施的运营权。虽然采取资产定价的方式可以使转让方增加现金收入，但受让方在运营期将大量增加年折旧额，并且在运营期末要将累计折旧提走，同时也会增加终端用户电价，实际上不利于该项目竞争和运营。而采取不定价的方式则可以免去复杂的设施资产定价工作。

采取资产不定价的方式，需要在特许协议中予以特殊规定，如受让方不得对原始权益资产计提折旧，如果计提的话，折旧产生的资金流不属于受让方且不得在财务分析中考虑；在运营期末主要的权益资产（应在合同的特殊条款中对种类加以尽量详细的列述）应保持一定程度的完好率，以满足特许经营期结束后若干年（如 10 年）的正常运行[75~81]。

关于 TOT 模式的移交，根据水电站运营的特点，应尽量将移交工作的设施评估与审核期安排在枯水期的检修时段。而在主设备（如水轮机）更新期进行移交时，要注意设备的完好率定义与范围确认。为了提高受让方的积极性，移交条款应尽量设计成以功能审核为主要内容，以避免复杂的资产价值评估工作。

以 TOT 模式进行水电能源开发，其核心内容是特许经营权定价，定价模型一般为：发起人（水电站的所有者，如 EVN 或政府为之成立的特别法人公司）招标→潜在开发商投标→以投标的上网电量、电价、移交时的设施功能为主要评价因素确定潜在中标人→谈判、商定适宜上网电量、电价、移交时的设施功能、ROR→以财务分析为基础确定特许经营期 CT 和特许经营权转让价[82~90]。

如果参考巴拉特模型，必须注意此模型是从受让方的增量财务分析的角度出发进行经营权定价的，而且可以确定出受让方可以接受的转让价格范围，而并非只有最高可接受价格。对于采取资产不定价的方式的水电设施的转让来说，巴拉特模型无异于收益现值模型[91~98]。

（五）TOT 项目融资创新模式

TOT 项目融资创新模式从字面上也是转让—运营—移交，但与传统 TOT 模式的区别在于转让的实质内容。TOT 项目融资创新模式转让的主要内容是发电水权和水利水电枢纽特许权。之所以设计 TOT 项目融资创新模式是出于对能源长期发展趋势的考虑[99~103]。未来能源的发展趋势是核能、太阳能、风能和生物质能，而目前占据能源产量主导地位的热电和水电正日益受到环境保护主义者的强烈反对[104~106]。新 TOT 模式是为了既要合理开发利用水电能源，使之成为真正的绿色能源，又要有效地、最大限度地保护环境，实现可持续发展而设计的。设计新 TOT 模式的实质是从可持续发展的角度出发，建立所有人与开发人都真正承担可持续发展权利与义务的长效水电开发机制。

1. 发电水权

发电水权即发电用水的权益，英语译为：water rights for power generation。大多数国家在其宪法中规定内陆水域等自然资源属全民所有，由国家统一管理。从广义上分析，水权[107~110]即一个国家或地区有关水资源利用的产权制度安排，大多通过货币方式和宏观政策与法规调控来实现。针对水力发电所使用的天然水，各国普遍采用的权益方式是资源税收以及开发权限审批制度。如越南，其 1998 年通过实行的《越南资源税法令》中规定[111]："天然水用作水力发电的，资源税以商品电售价计算"，"用于水力发电的天然水的资源税税率为 0～2％"，"利用天然水力发电，但不与国家电网联网的免征资源税"。在越南的所有资源中，发电用水的资源税税率是最低的，工农业和生活用水的资源税率也比发电用水的高，为 0～5％。遍及世界的类似的水权制度安排无法激发创新，也导致了自 1882 年至今的单一水电能源开发模式[112]。

本文设计的发电水权包括两部分：A 为发电用水税收安排，B 为水电能源开发权限安排，其粗略框架结构如图 10-13 所示[113]。

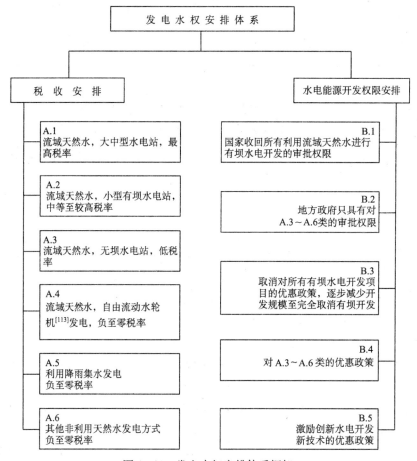

图 10-13　发电水权安排体系框架

税收安排中的税率制定应遵循如下原则：税率的制定应起到打击投资大中型有坝式水电开发项目的热情和引导投资转向 A. 3～A. 6 中所列举的开发模式的效

果，但应对其适当控制以不使投资者蒙受损失为限。负税率即由国家给予一定程度的补贴，以激励社会转向该类投资。

根据水电开发程度和技术比较成熟的国家的经验，目前绝大多数国家已经忽视了小型水电站的开发，对水电开发新技术创新的激励也很少。很多新的非利用天然水的水电开发方法也被社会忽视了，从而不断地产生越来越多大中型水电工程。然而西方发达国家又开始探索小型、微型无坝式甚至无站式水能利用发电方式[114,115]。若发电水权框架能够在社会正式得以建设并实施，在其作用下，有坝式水电站将不再建设，无坝式水电站和非利用流域天然水发电方式将获得极大程度地开发。继而重构能源分配体系，优化用电负荷，形成由水电、太阳能和风能等提供绝大多数生活用电以及调峰电能，以核电站、燃气电站提供工业用电的用电体系。

越南河系纵横，小河流非常众多，拥有发展 A.3～A.6 类型的丰富资源。而且越南河系分布比较均匀，国土狭长，这为以水电供应居民生活用电创造了方便条件。

2. 水利水电枢纽特许权

根据能源发展趋势以及一百多年来水库运营的实践，所有的大坝都面临被拆除的命运，而拆除大坝、恢复环境和赔偿的费用将远远大于其建造总投资，甚至其终生创造的收益都无法弥补[116,117]。如果现在不及早考虑大坝拆除问题，任何一个国家都无法应付这些数量众多的大坝所带来的麻烦。这些麻烦在开发水电早的西方国家如美国、英国以及前苏联的独联体国家已经造成了很多社会问题，给国民经济带来了巨大负担[118~122]。美国已经拆除了数百座大坝（其中一部分被弃置后在雨季被洪水冲垮），其规模都很小，然而国民经济为之付出之巨大令社会震惊[123~125]。目前美国的做法是对处于运营中的水利水电设施所有人强制收取"退役基金"，并实行运营许可证管理制度[126]。构建水利水电枢纽特许权的主要目的是协助政府研究解决因大坝寿命将至而产生的一系列问题。

水利水电枢纽特许权的总体框架设想为：为水利水电枢纽设施定价，为设施运营期定价；提取拆除恢复基金为设施拆除定价以及基本恢复环境功能备用；运营期结束，由投资人负责实施拆除一定设施（至少包括大坝）并在一定程度上恢复环境（如处理水库淤积物）；政府提供一定额度的拆除恢复补贴，其流程如图10-14 所示。

为了提高投资商的积极性，政府可以对水利水电枢纽特许权进行适当延伸：签订长期性的水库区域植被恢复与经营协议、土地规划利用与开发协议等。为了减轻国民经济负担，政府可以与投资商签订大坝拆除废弃物再利用协议，如购买其废弃物用于堤防防护工程、工程建设基础处理的回填物等，既可以大大降低成

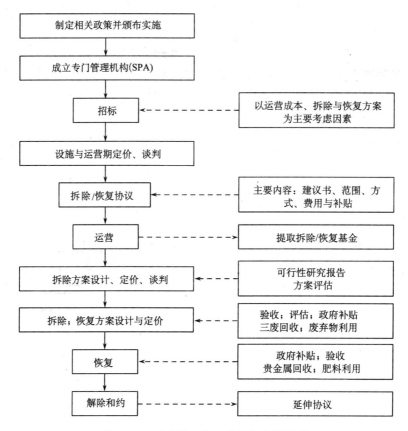

图 10-14 水利水电枢纽特许权实施流程

本，又可以解决部分政府补贴资金来源。

政府完全可以将水利水电枢纽特许权转让所获收入（来自水利水电枢纽设施与长期经营权）作为国有资产，用于发电水权框架下的投资，不但可以促进 A.3～A.6 类水电快速发展，还能够积累资本再反馈到拆除/恢复工作中。

三、结论

在本节对越南水电能源开发的必要性分析中，论述了越南的水电能源开发现状，然后对越南电力需求进行了科学预测。在环境分析中，采用 PEST 分析、SWOT 分析、波士顿矩阵/通用矩阵分析和问题树/目标树分析等方法对越南水电能源开发的环境进行了分析，并进行了粗略的战略选择。总体来看，越南水电能源开发应采取积极投资、扩大规模、提高技术水平的战略。

由于越南的水电能源开发受限于资金短缺，所以本节进而对越南水电能源开发进行了细致的融资分析。在所述的 TOT 项目融资创新模式中，越南的水电能源开发迫于经济发展和巨大的资金压力，其项目融资模式也会更加复杂和呈高度集成性。

第二节 云南省××公路隧道 TOT 项目集成融资霍尔三维模式研究

一、概况

（一）项目描述

××公路及隧道是云南省通往南亚、东南亚的重要通道，也是云南省委，省政府《昆河经济带"九五"计划和 2010 年远景目标》建设云南第一个上百万人口的群落城市总体战略部署的重要项目，属昆河经济（带个开蒙（个）日市、开远市、蒙自县）城市群最重要的交通基础设施工程之一，为适应"西部大开发"战略的需要，取得更好的社会效益和企业效益，工程项目原采用分期实施法，将该项目分成二期实施，即第一期先建设隧道单洞及公路，第二期根据运营情况再进行建设，后经补充协议统一修订为一次性实施，取消原有的分期实施计划。

公路隧道路线起于 GJ 八号洞明珠雕塑附近，经老阴山隧道、大屯坝，止于鸡蒙线，路线原定全长 14.27 千米，双向隧道洞长 8060 米，后根据省交通厅"云交基建（2003）153 号"文件更改为路线全长 15.86 千米，隧洞单洞总长 6940 米，投资控制在 82 500 万元内。

GJ 市政府与 LQ 股份有限公司双方自愿采取 BOT 的投融资模式，建设××全长 15.86 千米的公路及其隧道。由 LQ 股份有限公司根据《公司法》等有关法规牵头组建"××公路及隧道开发有限公司"，全面负责本项目的实施，GJ 市政府负责指定组建一个公司作为持股人进入本公司，按公司章程界定的内容展开工作；政府负责本项目的立项，审批，并按程序报批为经营性收费公路，收费年限为 30 年，工程初步设计，施工图设计等前期设计费用由政府承担，征地拆迁费用由 GJ 市政府与 LQ 公司共同承担，其中政府方负责 2/3，LQ 公司方负责三分之一，该费用计入本项目建设成本[127]。

整个项目工程主要运行方式为 BOT 转 BT 转 TOT，项目于 2002 年底始建，2007 年运行收费。

（二）项目目标

本项目的主要目标有以下几点：

首先，本项目的完工使 GJ 至 MZ 快速连接成为现实，使其他干道能够及早地进行快速连接，本项目作为 GJ 东移、MZ 西扩快速链接的通道，必须具有里程短、标准高、速度快等特点，对 GKM 群落城市和昆河经济带的建设至关重要。

其次，本项目的建设将为 HH 民用机场这一云南省和 HHZ 基础设施建设提供了有力的交通支持，促进区域综合运输体系的形成。

最后，本项目的实施重要目标在于对 GJ 工业城市进行改造，调整 GJ 市经济结构，并促进交通运输的发展。

（三）研究的理论基础，目的，原则

本研究运用收益预测数理统计方法，结合公路隧道这一实际案例，分别做出现状预测（收益和特许经营期），改革收益标准预测，车流量增加收益预测，对项目进行整体估计，并且在 BOT 与 TOT 项目特征的理论依据上，运用 OO-PP[128]方法中的步骤，对工程进行相应的问题分析，找出关键问题，并且构造逻辑条理清晰的问题树。针对产生的问题以及预测的结果，提出相应的对策措施进行分析和解决[129]。

二、××公路隧道 BOT 项目融资研究

（一）BOT 现状

本次研究的××公路隧道案例是由 GJ 市政府与 LQ 股份有限公司双方自愿采取 BOT 即投融资模式，建设 GJ 至 DT 全长 15.86 千米的公路及其隧道。由 LQ 股份有限公司根据《公司法》等有关法规牵头组建"××公路及隧道开发有限公司"，全面负责本项目的实施，GJ 市政府负责指定组建一个公司作为持股人进入本公司，按公司章程界定的内容展开工作；政府负责本项目的立项、审批，并按程序报批为经营性收费公路[130]。

（二）BOT 收益预测

1. 收益预测

首先使用普通最小二乘法对 2007～2009 年各月份收益与时间变量进行回归，预测 2010 年各月数据，方程拟合度将近 0.6。接着使用 2007～2010 年各月数据用乘法模型做季节解构，得到季节调整后的序列和循环校正后的序列，再分别与时间变量作线性回归，比较模型效果，我们选择季节调整后的序列的回归模型来预测未来收益[131]，如图 10-15、表 10-12 所示。

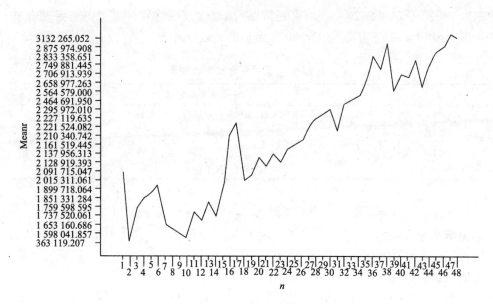

图 10-15 季节校正后的序列图

表 10-12 季节调整后的序列收益方程回归结果

变量	方程	
	系数	T 值
(Constant)	1.434×10^6	20.322**
N	32 120.691	12.808**
Adj-R^2	0.776	
F 值	164.055**	
N	47	

注：回归因变量为 R；** 表示显著性水平为 5%。

此时，模型回归系数完全通过显著性检验，并且，回归结果显示，DW（durbin-watson）＝2.168，可以判定，方程基本不存在序列相关性问题。故我们可以据此预测 2011～2035 年各月收益，并分别加总得出各年收益。

2. 项目评估

项目估算资金总额为 75 162 万元，其中国内贷款 48 855 万，自有资本金 26 307 万,资金按使用计划分四年投入（具体如资金使用计划表 10-13 所示）。据贷款协议规定，综合贷款利率为 3.86%，贷款偿还年限为 18.11 年（含建设期），即 2019 年底 2020 年初即可还清银行贷款。根据特许经营协议，项目收费年限为 30 年，2005 年底完工，2006 年初正式运营通车。

表 10-13 项目资金使用计划表

年份	使用资金额度/万元
2002	11 274（其中贷款：7 328）
2003	22 549（其中贷款：14 657）
2004	22 547（其中贷款：14 656）
2005	18 792（其中贷款：12 215）

现暂且忽略经营成本，经测算得出，项目净现值为 $-19\,554.0712$ 万元，内部报酬率为 2.498%，静态投资回收期为 28.51 年，动态投资无法在特许经营期限内回收。项目净现值为负且项目内部报酬率低于综合贷款利率 -1.182%，可见此项目并不可行（具体计算见附表 1、2）。

若自 2011 年起，依据 HHZ 经济发展水平衡量值 GDP，每隔五年提高 10% 收费比例，再次测算，项目净现值为 10 809.254 万元，内部报酬率可达 4.337%。静态投资回收期为 25.87 年，动态投资回收期为 32.38 年（具体计算见附表 3、4）。但是提高收费比例一定程度上会影响车流量，收益可能达不到预期。加之云南省 2010 年初下调二级公路 50% 收费比例，也将极大降低一级公路的竞争力，使得项目市场风险增大。综合来看，提高收费标准并不能保证项目成功[132]。

3. 考虑车流量增加再次评估项目效益

首先使用普通最小二乘法对 2006～2010 年各年车流量与时间变量进行回归，得出拟合直线方程，回归结果如表 10-14 所示。

此时，模型回归系数完全通过显著性检验，并且，回归结果显示，DW（Durbin-Watson）$=2.097$，可以判定，方程基本不存在序列相关性问题。因此我们可以据此预测 2011～2035 年各年车流量。

表 10-14 预测车流量方程回归结果

变量	方程	
	系数	T 值
(Constant)	5901.438	36.375**
N	600.787	47.242**
Adj-R^2	0.999	
F 值	2.232×10^{3}**	

注：回归因变量为 CLL；** 表示显著性水平为 5%

接着参考云南省玉溪地区江华、江通、大新公路收费标准[133]，用 2006 年与 2010 年各种型号车辆通行收益总和分别除以通行车辆总数后得到各年平均每辆车通行收费标准后，再加权平均（即 14.34 元/辆），此作为前十五年[134]（即 2006～2020 年）收费标准。同理，后十五年（即 2021～2035 年）收费标准为 15.05 元/辆。最后，我们用预测车流量乘以相应收费标准，即可得到各年收益，以进行后续项目效益评估。

若自 2011 年起，每隔五年车流量增加 10%，经测算，项目净现值为 5571.2162 万元，内部报酬率可达 4.129%。静态投资回收期为 25.98 年，动态投资回收期为 33.1 年（具体计算见附表 5、附表 6）。但是车流量的增加要靠两地经济密切发展的宏观形势助推，显然这会是一个比较漫长的过程。此外，公路通行收益对价格（即收费）因素更为敏感，二级公路的低成本极有可能冲击一级公路的车流量。因此此处以车流量每隔五年增加 10% 为假设前提，来保证项目获利的目标实现是比较困难的。

（三）BOT 模式分析

1. 问题清单

根据××隧道项目 BOT 融资模式实地调研和各项资料分析，应用项目管理方法 OOPP 方法总结出问题清单，分为四个大部分，分别为收益问题群，特许经营期及其合同问题群，工程管理问题群及其政策问题群，问题清单[135]如下所示。

树根部分

1 收益问题群

  1.1 预期收益不高

    1.1.1 车流量不足

      1.1.1.1 地理环境复杂

      1.1.1.2 社会历史因素影响大

      1.1.1.3 隧道路线未被熟悉

      1.1.1.4 其他可替代的路线较多

    1.1.2 费用收取标准低

      1.1.2.1 消费水平制约

      1.1.2.2 人均纯收入较低

      1.1.2.3 政府限价

      1.1.2.4 二级公路的收费下调且具有竞争性

    1.1.3 经济发展水平较低

1.1.3.1 产业结构单一

1.1.3.2 技改资金缺乏，后劲不足

1.1.3.3 矿产资源减少

1.1.3.4 矿山开采难度加大

1.1.3.5 生产成本上升

1.1.4 金融经济因素不稳定[136]

1.1.4.1 货币贬值

1.1.4.2 利率变动

1.1.4.3 市场不稳定

1.1.4.4 政府政策变化

1.2 隧道造价较高

1.2.1 征地拆迁过程繁琐

1.2.1.1 拆迁较多

1.2.1.2 征地难度大

1.2.1.3 设计部门与城建部门协商不充分

1.2.2 施工技术成本高

1.2.2.1 河砂缺乏

1.2.2.2 工程用水用电成本较高

1.2.3 路线选择较复杂

1.2.3.1 路线长度不一

1.2.3.2 隧道纵坡不同

1.2.3.3 通风条件不一

1.2.3.4 运营费用高低不同

1.2.3.5 土石方和防护工程数量不同

1.2.3.6 避让规划区难度大

1.2.4 建设安全管理难度大

1.2.4.1 科学的安全管理规章制度不够完善

1.2.4.2 安全管理的教育力度不够

1.2.4.3 安全管理体系不够切合实际

1.2.4.4 安全管理人员责任心不足

1.2.4.5 隧道进洞的安全技术应用不熟练

1.2.4.6 施工现场临时用电的安全隐患多

1.2.5 建设条件复杂[137]

1.2.5.1 工程地质条件极为复杂

1.2.5.1.1 人工滑坡和岩溶的频繁出现

1.2.5.1.2 深埋洞穴对桥基工程稳定性构成潜在威胁

1.2.5.2 环境问题的频繁出现

1.2.5.2.1 坑道排水引起坍塌灾害

1.2.5.2.2 建筑物突发性破坏以及地表水枯竭问题潜在

1.2.5.2.3 废土石方造成的环境污染

1.2.5.3 设计和施工困难

1.2.5.3.1 隧道仰坡上孤石、滚石等危岩体的存在

1.2.5.3.2 出口端为全风化花岗岩（Ⅱ类围岩）

1.2.5.3.3 隧道穿过 4 条断裂带

1.2.5.3.4 隧道穿过泥质灰岩与花岗岩的接触面危险系数大

1.2.5.3.5 地下水丰富，施工开挖过程难度大

2 特许经营问题及合同问题群

2.1 特许经营期问题突出

2.1.1 特许经营期确定不准确[138]

2.1.1.1 经营期内的现金流量不准确

2.1.1.2 净现金流量估计不准确

2.1.1.3 经营期计算方法的选择和应用不成熟

2.1.1.4 贴现率确定不合理

2.1.1.5 定量预测缺乏灵活性

2.1.2 收益分配不均[139]

2.1.2.1 盈利期设定分歧较大

2.1.2.2 项目经营收入波动较大

2.1.2.3 设施维护成本估算不准确

2.1.2.4 政府过分追求回收后的效益

2.1.3 缺乏严谨统一的特许经营法律法规框架体系

2.1.3.1 特许经营的法规政策之间协调性不好

2.1.3.2 法律条文内容含糊不清

2.1.3.3 不同区域的政策之间相互矛盾

2.1.3.4 有关特许经营的法律法规不完善

2.2 合同问题显著

2.2.1 合同内容不够完善

2.2.1.1 特许经营权的内容不够明确全面

2.2.1.2 特许经营期限和项目服务范围不明确

2.2.1.3 隧道行驶车辆的相关规定缺失

2.2.1.4 隧道的收费标准、价格调整及优惠政策设定不成熟

2.2.1.5 各方主体的权利和义务规定不全面

2.2.1.6 项目的建设与工程竣工资料移交问题

2.2.1.7 运营管理的相关内容不全面

2.2.1.8 移交期限、程序、内容等规定不够清晰

2.2.2 合同的行使问题

2.2.2.1 对各方主体的违约责任未予以明确规定

2.2.2.2 不可抗力的界定和处理情况的规定不完善

2.2.2.3 协议中止的规定不明确

2.2.2.4 合同履行不够严格

3 隧道工程管理不善问题群[140]

3.1 科学的指导方针不完善

3.1.1 与城市管理目标协调性差

3.1.2 相对应的管理机构设立不健全

3.1.3 设定的基础设施管理目标不明确

3.2 管理体制分散

3.2.1 运行系统的分割管理不合理

3.2.2 划分运行系统、建立各专业部门、进行归口管理不够完善

3.2.3 各部门之间的协调性不好

3.2.4 未很好地实行专业归口、分级管理

3.2.5 管理人员总体素质不高

3.3 经济管理不合理

3.3.1 运营管理缺乏技术条件保障

3.3.2 利益分配不合理

3.3.3 收费不合理，车流量目标实现受阻

3.3.4 资金周转受阻

3.3.5 收费标准的制定缺乏必要的弹性（淡季和旺季）

3.3.6 收费对象类型界定不明确

3.3.7 政府行政监督不到位

3.4 政府管理职能薄弱

3.4.1 不适当地插手企业的业务管理

3.4.2 宏观的组织和协调做得不够

3.4.3 政府主管部门不能按技术和经济的客观规律办事

3.4.4 政府未加强隧道规划、设计和建设的管理

3.4.5 没有形成适合隧道等基础设施的服务型行政管理体系

3.4.6 专业主管部门在相应的具体方针和管理目标上不明确

3.5 技术监督及运营维护不合理

　　3.5.1 运营维护方案不合理

　　3.5.2 维护人员工作不到位

　　3.5.3 对问题识别能力不足

　　3.5.4 对可能出现的事情预测不到

　　3.5.5 维护技术应用不成熟

4 政策问题影响大群

　4.1 不可避免的相关政策变动

　　4.1.1 政府调价

　　4.1.2 国家设立的政府资助金额变动

　　4.1.3 国家隧道政策不详细

　　4.1.4 进口材料及设备税收政策不稳定

　4.2 隧道相关政策规定不完善或贯彻不力

　　4.2.1 上有政策、下有对策现象存在

　　4.2.2 隧道运营不能同时满足政府制度和社会公众的意愿

　　4.2.3 政策规定与隧道建设运营企业实际结合不紧密

　4.3 政府过度干预隧道特许经营期的确定

　　4.3.1 相关部门监管职能界定不清

　　4.3.2 政府与隧道企业协调沟通不充分

　　4.3.3 政府未严格行使权责

　　4.3.4 政府缺乏隧道工程 BOT 相应经验

　　4.3.5 政府过度的支配和决策

树干部分

1 投资方信心不足

　1.1 对政府的信任度不足

　　1.1.1 政府缺乏专业融资人员

　　1.1.2 政府缺少隧道工程相关的案例支撑

　　1.1.3 对中央相关政策执行不力

　　1.1.4 政府的隧道相关制度缺失

　　1.1.5 政府合作意识薄弱

　　1.1.6 政府未能为企业提供良好的社会环境、法律环境、竞争环境

　1.2 对工程本身的效益信心不足

　　1.2.1 隧道项目运营能力受限

　　1.2.2 届时隧道设施过于陈旧

　　1.2.3 隧道工程功能不完善

　　　　1.2.4 配套基础设施服务体系不完善
　　1.3 对工程相关信息的掌握不充分
　　　　1.3.1 未能通过政府了解一些较权威的数据
　　　　1.3.2 政府与隧道企业合作诚意不足
　　　　1.3.3 政企合作的程度较低
　　1.4 投资方融资缺乏依据
　　　　1.4.1 融资计划制定不合理
　　　　1.4.2 融资成本增加
　　　　1.4.3 隧道项目投资积极性降低
　　　　1.4.4 与政府合作分歧加大
2 隧道工程自身竞争力下降
　　2.1 外部竞争加剧
　　　　2.1.1 政府没有对项目公司的保护政策
　　　　2.1.2 未考虑隧道同类竞争设施的出现
　　2.2 隧道建设、使用过程缺乏监理
　　　　2.2.1 建筑质量未达到相应标准
　　　　2.2.2 经营期间事故率较高
　　　　2.2.3 可能发生的隐患没有有效防止
　　　　2.2.4 隧道使用过程中跟踪维护不到位
3 投资无法回收
　　3.1 工程资金使用计划不合理
　　3.2 工程资金贷款成本高
　　3.3 阶段资金使用额度超标
　　3.4 隧道工程价值难以精确确定

　　2. 问题树的建立

　　根据上述问题清单，确定关键问题为隧道 BOT 模式无法运营，建立相应问题树，如图 10-16 所示。

　　（四）针对 BOT 融资模式的建议

　　××公路隧道项目 BOT 模式经营不善，竞争力下降，建设成本占用资金短期难以回收，还款压力大，投资方信心不足。故拟将 BOT 转为 BT 移交回 HHZ 政府，HHZ 政府再次以 TOT 形式移交出去，以期实现多方共赢。

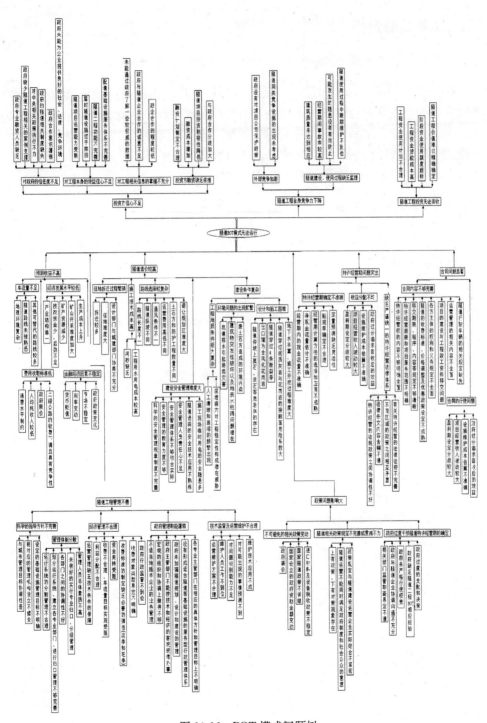

图 10-16 BOT 模式问题树

三、BT 项目融资模式回购

（一）BT 融资模式概念

BT（build-transfer，建设－移交）是公共基础设施领域，政府和企业合作模式的一种，在这种合作模式下，企业为基础设施融资并负责经营，一旦建设完毕，企业将基础设施的所有权移交给政府的主管部门。目前国内"BT"主要运作模式采取政府授权、项目公司建设、政府承诺回购的模式，通过回购协议确定政府和项目公司的市场交易关系[141]。

（二）BT 融资回购预测[138]

××公路隧道项目，以 LQ 公司为融资主体，采取市场化的多元融资模式。

项目建设成本为 75 162 万元，其中国内贷款 48 855 万元，占 65%，资本金 26 307 万元，占 35%。

现采用 BT 模式运作，项目移交由 HHZ 财政局出具回购承诺函，HHZ 人大出具还款决议。项目回购期为 5 年，项目回报利润率采用 2010 年 7 月中国人民银行公布的基准贷款利率（7.38%）加 2.0%（表 10-15）。

表 10-15　BT 模式回购价计算表　　　　　　单位：万元

项目	合计	回购期				
		第一年	第二年	第三年	第四年	第五年
一、项目资本金						
1 项目资本金年初余额		26 307	21 045.6	15 784.2	10 522.8	5 261.4
2 需回购资本金及支付收益 (2.1+2.2)	27 622.35	5 734.926	5 629.698	5 524.47	5 419.242	5 314.014
2.1 当年回购资本金	26 307	5 261.4	5 261.4	5 261.4	5 261.4	5 261.4
2.2 支付资本金收益（2%）	1 315.35	473.526	368.298	263.07	157.842	52.614
二、项目债务融资						
3 项目债务年初余额	48 855	39 084	29 313	19 542	9 771	48 855
4 需要回购债务及支付利息 (4.1+4.2)	57 868.75	13 015.95	12 294.85	11 573.75	10 852.65	10 131.55
4.1 当年回购债务	48 855	9 771	9 771	9 771	9 771	9 771
4.2 债务利息（7.38%）	9 013.748	3 244.949	2 523.849	1 802.75	1 081.65	360.549 9
5 债务融资收益（2%）	2 442.75	879.39	683.97	488.55	293.13	97.71
三、政府需要支付回购资金	87 933.85	19 630.27	18 608.52	17 586.77	16 565.02	15 543.27

注：当地目前 BT 回购收益率为 2%

经测算得出，HHZ 政府回购价为 8.79 亿元，政府回购后，应再次以 TOT 形式移交出去，以期实现多方共赢。

四、TOT 项目融资霍尔三维模式研究[142]

（一）TOT 项目融资模式特许经营权转让定价[140]

BOT 项目评估结果显示，该项目投资回收期为 28.51 年，至 2010 年年底，项目持续 8.5 年（包括建设期）。若 2011 年初转让，达到项目投资回收期还将持续 20 年。据此我们设定 2011～2030 年为××公路隧道项目 TOT 模式的投资回收期，届时该项目净现值为零。参考福建发展高速公路股份有限公司 2001～2009 年年报披露的营业收入和营业成本数据，加权平均后计算得出其营业成本与营业收入比例关系为 25%，以此为基础，在原收益预测水平上，计算 2011～2030 年××-××公路隧道项目的年净现金流量，经折现加总后倒挤得出特许权转让费为 7.9259 亿元（具体计算见附表 7）。

（二）运用霍尔三维模型 TOT 项目融资模式特许经营权转让定价

1. 霍尔三维模式

在系统工程中，影响最大的是霍尔三维结构。霍尔三维结构是美国通信工程师和系统工程专家 A. D. 霍尔于 1969 年提出的一种系统工程方法论。霍尔提出的"三维结构"对系统工程的一般过程作了比较清楚的说明，它将系统的整个管理过程分为前后紧密相联的六个阶段和七个步骤，并同时考虑到为了完成这些阶段和步骤的工作所需的各种专业技术知识。它的出现，为解决大型复杂系统的规划、组织、管理问题提供了一种统一的思想方法，因而在世界各国得到了广泛应用。

霍尔三维结构从三个角度来刻画系统工程的组成以及立体空间结构。这三个维度是时间维、逻辑维、知识维。

（1）时间维：从工程时间进程方面考察，工程中的各项工作是相互关联的，工作的进行在时间上有先后并且相互依赖。所以要从时间上揭示工程的各个部分与联系的规律。

一项工程从某一时刻开始到某一时刻结束，而在这一时间间隔内要安排好一系列首尾相接的工作来实施这一工程。系统工程的时间维就是把一系列工作的关系理顺，揭示出这一系列工作的各个部分。

对于一个具体的工作项目，从制定规划起一直到更新为止，全部过程可分为七个阶段：

第一，规划阶段。分析环境条件，确定所需资源与目标。即调研、程序设计阶段，目的在于谋求活动的规划与战略。

第二，拟订方案。根据规划目标提出具体的计划方案。

第三，研制阶段。根据方案制定详细、具体的研制方案及生产计划。

第四，生产阶段。生产系统的零部件及整个系统，并提出系统安装计划。

第五，安装阶段。安装系统，并完成系统的运行计划。

第六，运行阶段。系统将按照预期的用途投入运行，实现功能。

第七，更新阶段。即为了提高系统功能，取消旧系统而代之以新系统，或改进原有系统，使之更加有效地工作。

（2）逻辑维：从工程管理的思维过程来考察，表现为围绕做出的各种决策进行一系列工作时，它们的相互依存关系与展开的顺序。所以，它揭示了决策由哪几个部分组成及各部分的联系，及决策过程的结构。

决策展开的切入点称为逻辑维，即明确先做什么，后做什么。逻辑维是用步骤来表示划分工程中的决策思维活动的，一般可分为如下七个步骤。

第一，明确问题。通过系统调查，尽量全面地搜集有关资料和数据，把问题讲清楚。把握问题的实质，抓住主要矛盾，找出行动方案。

第二，系统指标设计。选择具体的评价系统功能的指标，以利于衡量所供选择的系统方案。

第三，系统方案综合。主要是按照问题的性质和总的功能要求，形成一组可供选择的系统方案，方案中要明确待选系统的结构和相应参数。

第四，系统分析。分析系统方案的性能、特点、对预定任务能实现的程度以及在评价目标体系上的优劣次序。

第五，系统选择。在一定的约束条件下，从各入选方案中选出最佳方案。

第六，决策。在分析、评价和优化的基础上做出裁决并选定行动方案。

第七，实施计划。根据最后选定的方案，将系统付诸实施。以上七个步骤只是一个大致过程，其先后并无严格要求，而且往往可能要反复多次，才能得到满意的结果。

（3）知识维：从工程进展所需的科学知识方面来考察，表现人类知识对工程进展的支撑作用。

系统工程除了要求完成上述各步骤、各阶段所需的某些共性知识外，还需要其他学科的知识和各种专业技术，霍尔把这些知识分为工程、医药、建筑、商业、法律、管理、社会科学和艺术等。各类系统工程，如军事系统工程、经济系统工程、信息系统工程等，都需要使用其他相应的专业基础知识。

霍尔把解决问题的逻辑过程（逻辑维）、工作阶段（时间维）和所需要的专业知识（知识维）三者建立为系统工程三维结构图[143]。

2. TOT 项目融资霍尔三维模型

1）逻辑维

TOT 项目融资结构可分为"人"、"权"、"利"三层面，将这部分作为霍尔三维模型中的逻辑维。

第一，对于"人"的问题的讨论，主要是针对经营性公共基础设施项目中利益相关者关系和角色的讨论。经营性公共基础设施 TOT 项目融资涉及众多的利益相关者，分别介绍如下。

（1）东道国政府。东道国政府是 TOT 项目的真正或最终拥有者，更是 TOT 项目特许经营期的最终确定者，也是 TOT 项目特许经营权的出让者。东道国政府可以作为担保方为融资提供帮助，还可以为公共产品的购买者提供特许权，另外，政府还可以制定相关的税收政策、外汇政策。

（2）项目公司。TOT 项目的中标者与 SPV 或直接与项目所在国政府洽谈达成转让投产项目在未来一定期限内全部或部分经营权的协议后，成立一个项目公司负责项目的经营管理及日常维护，并向所在地政府支付资金，所在地政府利用获得的资金，来进行新项目的建设。这个公司就叫项目公司。

（3）贷款银行。由于资金需求大，一家银行很难独立承担贷款业务。另外，基于对风险的考虑，任何一家银行也都不愿意为一个大项目承担全部的贷款，通常情况下是由几个银行组成一个银行集团共同为项目提供资金。

（4）保险机构。保险机构参与 TOT 项目主要以国际和（或）东道国金融机构或公司的形式出现在 TOT 项目中，它的功能主要是为 TOT 项目所需的保险进行服务。同时，也为 TOT 项目提供保险咨询的服务。

（5）经营机构。经营机构是为 TOT 项目产品服务的国际或东道国经营公司或集团等，一般就是 TOT 项目公司。它直接为 TOT 项目的中标者提供经营和维护等服务。

（6）项目供应商。项目供应商主要包括项目所需设备供应商和原材料供应商。它们对保证 TOT 项目的正常运行起到了重要作用。

（7）项目使用方。项目使用方一般是东道国政府。他们通过签订项目产品长期购买或者服务使用合同，保证项目的市场容量和现金流量，为项目融资提供重要的信用支持。

这些众多的项目参与者之间的关系和作用将随着项目的推进而发生动态变化。

第二，对于"权"的结构的讨论，TOT 项目融资中，涉及特许经营权、转让权、所有权等多重权力，是随项目阶段发生结构性变化而展开的。

（1）特许经营权。东道国政府把特许经营权授予私营机构为投资 TOT 项目而专设的项目公司，项目公司得到特许经营权的同时亦得到政府的承诺与保护。

对于 TOT 项目的经营权范围的界定并没有一个固定的模式，需要根据特许经营合同的内容而定，但是经营权范围一定要界定清楚。

（2）经营权。项目公司得到特许经营权后，就拥有对此 TOT 项目的经营权，在此特许经营期内项目的所有收益都归项目公司所有。TOT 项目公司根据授权对项目进行运营，负责项目的运营工作包括对项目设施的管理和维护工作。

（3）转让权。TOT 项目融资模式的重要内容是项目特定经营权的两次转让。第一次转让是出让方将特定项目的经营权转让给项目的中标单位（受许方），第二次转让是中标单位将该项目的经营权归还给项目所在国政府或其指定的接收机构。第一次转让（特许经营权的移交）比第二次转让（特许经营权的收回）更重要。

（4）所有权。TOT 项目融资中，只是把项目的特许经营权移交给社会投资者，而项目的所有权还在政府手中。这就保证了东道国政府对项目的最终控制权，避免了项目的产权和股权之争，使 TOT 项目融资模式更易于推广。

第三，对于"利"的结构的讨论，TOT 项目融资中，涉及众多参与者之间的利益问题。

（1）东道国政府利益。①扩大资金来源，政府能在资金缺乏的情况下利用外部资金建设一些基础项目；②提高项目管理的效率，增加国有企业人员对外交往的经验，提高管理水平；③可吸引外资，引进国外先进技术；④TOT 项目融资模式中，东道国政府把 TOT 项目的经营权转让给私营、非公共机构或外商等社会投资者，但 TOT 项目的所有权还在政府手中，基本不会出现国有资产流失的问题；⑤TOT 项目融资模式盘活了国有资产存量，提高了项目运行效率，将民间资本高效的运作机制引入国有资产的运营当中，从而提高了存量资本的运营效率；⑥TOT 项目融资模式分散了融资风险，东道国政府或项目主办方共同承担风险。

（2）投资者的利益。TOT 项目融资模式中，投资者是购买现存的存量基础设施的经营权，就可以避免基础设施建设中资金超支、工程停建或者不能正常运营、现金量不足以偿还债务的风险。复杂的信用保证机构，使投资者能尽快取得收益。

（3）项目的有形效益。项目的有形效益集中表现为经济效益，是项目的获利能力。现行比较通用的一种估算项目的经济效益的方法是项目的净现值法。

（4）TOT 项目的无形效益。项目的无形效益包括项目的社会效益、文化效益、品牌效益等。社会效益是指项目最大限度地利用有限资源满足社会上人们日益增长的物质文化需求。文化效益是指项目的建设经营能满足人们日益增长的精神文化需求。品牌效益指项目的产出和投入的比值。

2）知识/专业维

作为三维中的知识/专业维，TOT 项目融资模式的运行机制主要包括以下几方面：特许经营期确定、特许经营权确定、资产评估、特许经营权移交、项目经营、项目回交、项目合同管理、项目风险管理、项目相关法律问题研究。通过以上多方面的研究与综合，将形成能够支撑整个 TOT 项目融资运行的完整理论体系。

第一，TOT 项目特许经营期是指东道国政府许可项目公司运营该项目设施的期限，特许经营权生效和终止时点之间的这段时间就是 TOT 项目融资的特许经营期。对它的计算通常有两种方法，即投资回收期加合理盈利法、合宜的投资收益率法。

第二，TOT 项目特许经营权是指政府机构授予组织或个人从事某种事物的权力，由于基础设施的建设和经营直接关系到东道国政府的国民经济和全民利益，私营机构要从事基础设施项目的融资、建设和经营，一个重要的前提条件就是得到东道国政府的许可，以及在政治风险和法律风险等方面的支持，为此必须被授予特许经营权。

第三，TOT 项目资产评估是指评估人员依据特定的目的，以由各级政府控制或所转让的部分或全部经营权的现状为基础，根据资产评估专业知识对该资产某一时点的价值进行评估和估算。

第四，特许经营权移交管理是指 TOT 项目特许经营权移交这一过程所涉及的各种活动，如将界定明确的经营权交给投资者或其委托机构、对投资者的经营班子进行一定的培训等，以确保项目的经营权顺利地转移到投资者手中，使移交的设施能良好地运营而不受干扰。

第五，项目经营管理。项目的最后中标者在正式获得项目的全部或部分经营权之后，组建专门的机构或聘请专业公司，主持该项目的相关设施的日常经营管理工作以及对项目设施进行日常维护、必要时全面检修等，在特许经营期，运营项目设施的全部收益将用于偿还债务、分配股息或红利等一系列活动。

第六，项目回交管理。当 TOT 项目规定的特许经营期满后，私人投资者必须将设施无偿归还给项目所在地的政府或其指定的接收单位。在移交之前，东道国政府应当请有关专家对项目进行各方面的评价，以确保项目完整、可用且得到极好的保护。

第七，项目合同管理。TOT 项目中，主要有以下几种合同：项目经营权定价合同；项目所在地政府与项目投资者之间的特许经营合同，这是整个项目运作的前提与核心；项目经营合同；项目争议、违约合同及项目设施期满后移交合同。

第八，项目风险管理。TOT 项目风险包括政治风险、法律风险、商业风险、经营风险和环保风险等。TOT 项目风险管理的目的是将积极因素所产生的影响最大化和使消极因素产生的影响最小化，为此也要有合理的风险分担设计。

第九，项目相关法律问题。从 TOT 项目立项到结束，涉及众多法律问题，都需要专业的管理。其主要包括：有关政府管制的规定、关于外国投资的立法、担保法、证券法、特别立法、合同法、公司法、劳动法、社会责任法与其他相关法律。

3）时间维

作为三维中的时间维，基于模型结构的建立和运行机制的作用，TOT 项目融资模式的功能将得以体现，并且同样将随着项目的进程而发生不同程度的变化。

第一，资金吸引。运用 TOT 项目融资模式，既可以吸引外资与民间资本投入公用事业，又可以减少政府的直接财务负担，减轻政府的借款负债义务，政府可以将有限的资金转用于其他项目的投资与开发。

第二，风险规避。运用 TOT 项目融资模式，有利于政府转移和降低风险。国有部门可以把项目风险转移给项目发起人，TOT 融资模式将发起人的投资收益与他们履行合同的情况相联系，从而降低项目的运营风险。

第三，政策完善。通过对 TOT 项目融资霍尔三维结构的研究和实践，逐步完善 TOT 项目政策体系。这样可以加强法制建设与法律体系的完整性，提高政府的行政管理能力。

第四，公私合作螺旋改进提升。通过对 TOT 项目融资模式整套体系的研究，促进公私合作螺旋改进提升。政府通过 TOT 项目融资模式可以给项目所在国带来先进的技术和管理经验，私人投资者可以拓宽投资渠道，获得较多的收益，公私在合作中都对自身有良好的提升。

3. TOT 项目融资模式的结构——运行机制——功能霍尔三维模式集成研究

在逻辑维的人、权、利的前提下，进行知识维/专业维和时间维的集成，建立 TOT 项目融资霍尔三维集成模式（图 10-17）。

1）结构

TOT 项目融资模式的结构将分为人、权、利三层面进行。关于"人"的问题，主要是针对经营性公共基础设施项目中利益相关者关系和角色的讨论。由于采用公私合作的形式，因此项目中必将涉及众多参与者，并且他们的关系和作用将随着项目的推进而发生动态变化；关于"权"的结构讨论，是随特许经营权、转让权、所有权等多重权力随项目阶段发生结构性变化而展开的，同时还将对权力的结构性调整等内容展开研究；关于"利"的结构讨论，是对各方的利益结构、分配及动态变化进行研究。除了对项目所带来的有形利益进行分析外，还将对项目的一些无形利益进行研究，如项目的社会效益、文化效益、品牌效益等[144]。这部分的研究将作为霍尔三维模型中的逻辑维。

2）运行机制

作为三维中的专业维/知识维，对 TOT 项目融资模式的运行机制的研究将

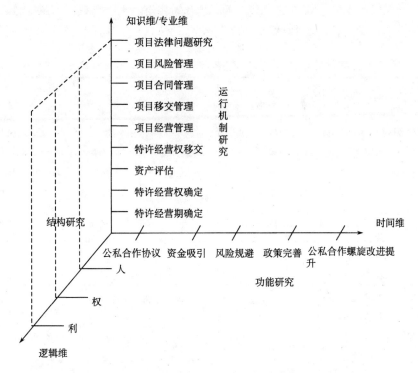

图 10-17 TOT 项目融资结构、运行机制、功能霍尔三维模式

主要从以下几方面入手：特许经营期确定、特许经营权确定、资产评估、特许经营权移交、项目经营、项目回交、项目合同管理、项目风险管理、项目相关法律问题研究。通过以上多方面的研究与综合，将形成能够支撑整个 TOT 项目融资运行的完整的理论体系[145]。

3）功能

作为三维中的时间维，基于模式结构的建立和运行机制的作用，TOT 项目融资模式的功能将得以体现，并且同样将随着项目的进程而发生不同程度的强度变化。归纳起来，项目将从以下几方面对该模式的功能进行研究：公私合作协议、资金吸引、风险规避、政策完善、公私合作螺旋改进提升。

4. TOT 项目融资模式的霍尔三维模式的构建

应用霍尔三维模型这一系统工程理论，将 TOT 项目融资模式的内容按照知识维/专业维、时间维、逻辑维的划分建立 TOT 项目融资模式的三维结构；对其中的每一维度的内涵进行分析，然后在逻辑维"人"、"权"、"利"前提下，进行知识维/专业维、时间维的集成，建立 TOT 项目融资霍尔三维模型矩阵，如

表 10-16、表 10-17 和表 10-18 所示。矩阵中的各维度相互影响、紧密相关，经过多次、反复调整，实现整体最优集成模式。

表 10-16 在逻辑维"人"（R_p）前提下的 TOT 项目融资霍尔三维模式矩阵

知识维 K_j 时间维 T_i	项目法律 问题研究	项目风 险管理	项目合 同管理	项目移 交管理	项目经 营管理	特许经 营权移交	资产 评估	特许经营 权确定	特许经营 期确定
公私合作协议	$R_pK_jT_i$	$R_pK_jT_i$	$R_pK_jT_i$	$R_pK_jT_i$	$R_pK_jT_i$	$R_pK_jT_i$	$R_pK_jT_i$	$R_pK_jT_i$	$R_pK_jT_i$
资金吸引	$R_pK_jT_i$	$R_pK_jT_i$	$R_pK_jT_i$	$R_pK_jT_i$	$R_pK_jT_i$	$R_pK_jT_i$	$R_pK_jT_i$	$R_pK_jT_i$	$R_pK_jT_i$
风险规避	$R_pK_jT_i$	$R_pK_jT_i$	$R_pK_jT_i$	$R_pK_jT_i$	$R_pK_jT_i$	$R_pK_jT_i$	$R_pK_jT_i$	$R_pK_jT_i$	$R_pK_jT_i$
政策完善	$R_pK_jT_i$	$R_pK_jT_i$	$R_pK_jT_i$	$R_pK_jT_i$	$R_pK_jT_i$	$R_pK_jT_i$	$R_pK_jT_i$	$R_pK_jT_i$	$R_pK_jT_i$
公私合作螺 旋改进提升	$R_pK_jT_i$	$R_pK_jT_i$	$R_pK_jT_i$	$R_pK_jT_i$	$R_pK_jT_i$	$R_pK_jT_i$	$R_pK_jT_i$	$R_pK_jT_i$	$R_pK_jT_i$

表 10-17 在逻辑维"权"（Q_s）前提下的 TOT 项目融资霍尔三维模式矩阵

专业维 K_j 时间维 T_i	项目法律 问题研究	项目风 险管理	项目合 同管理	项目移 交管理	项目经 营管理	特许经 营权移交	资产评估	特许经营 权确定	特许经营 期确定
公私合作协议	$Q_sK_jT_i$	$Q_sK_jT_i$	$Q_sK_jT_i$	$Q_sK_jT_i$	$Q_sK_jT_i$	$Q_sK_jT_i$	$Q_sK_jT_i$	$Q_sK_jT_i$	$Q_sK_jT_i$
资金吸引	$Q_sK_jT_i$	$Q_sK_jT_i$	$Q_sK_jT_i$	$Q_sK_jT_i$	$Q_sK_jT_i$	$Q_sK_jT_i$	$Q_sK_jT_i$	$Q_sK_jT_i$	$Q_sK_jT_i$
风险规避	$Q_sK_jT_i$	$Q_sK_jT_i$	$Q_sK_jT_i$	$Q_sK_jT_i$	$Q_sK_jT_i$	$Q_sK_jT_i$	$Q_sK_jT_i$	$Q_sK_jT_i$	$Q_sK_jT_i$
政策完善	$Q_sK_jT_i$	$Q_sK_jT_i$	$Q_sK_jT_i$	$Q_sK_jT_i$	$Q_sK_jT_i$	$Q_sK_jT_i$	$Q_sK_jT_i$	$Q_sK_jT_i$	$Q_sK_jT_i$
公私合作螺 旋改进提升	$Q_sK_jT_i$	$Q_sK_jT_i$	$Q_sK_jT_i$	$Q_sK_jT_i$	$Q_sK_jT_i$	$Q_sK_jT_i$	$Q_sK_jT_i$	$Q_sK_jT_i$	$Q_sK_jT_i$

表 10-18 在逻辑维"利"（L_w）TOT 项目融资霍尔三维模式矩阵

专业维 K_j 时间维 T_i	项目法律 问题研究	项目风 险管理	项目合 同管理	项目移 交管理	项目经 营管理	特许经 营权移交	资产评估	特许经营 权确定	特许经营 期确定
公私合作协议	$L_wK_jT_i$	$L_wK_jT_i$	$L_wK_jT_i$	$L_wK_jT_i$	$L_wK_jT_i$	$L_wK_jT_i$	$L_wK_jT_i$	$L_wK_jT_i$	$L_wK_jT_i$
资金吸引	$L_wK_jT_i$	$L_wK_jT_i$	$L_wK_jT_i$	$L_wK_jT_i$	$L_wK_jT_i$	$L_wK_jT_i$	$L_wK_jT_i$	$L_wK_jT_i$	$L_wK_jT_i$
风险规避	$L_wK_jT_i$	$L_wK_jT_i$	$L_wK_jT_i$	$L_wK_jT_i$	$L_wK_jT_i$	$L_wK_jT_i$	$L_wK_jT_i$	$L_wK_jT_i$	$L_wK_jT_i$
政策完善	$L_wK_jT_i$	$L_wK_jT_i$	$L_wK_jT_i$	$L_wK_jT_i$	$L_wK_jT_i$	$L_wK_jT_i$	$L_wK_jT_i$	$L_wK_jT_i$	$L_wK_jT_i$
公私合作螺旋 改进提升	$L_wK_jT_i$	$L_wK_jT_i$	$L_wK_jT_i$	$L_wK_jT_i$	$L_wK_jT_i$	$L_wK_jT_i$	$L_wK_jT_i$	$L_wK_jT_i$	$L_wK_jT_i$

研究内容矩阵元素（A）表达式为

$$A = f(x, K_j, T_i) \tag{10-1}$$

式中，x 为 R_p（$p=1$，2，3，…，o）、Q_s（$s=1$，2，3，…，u）、L_w（$w=1$，

2, 3, $\cdots$, v), 分别代表逻辑维的"人"、"权"、"利"; K_j ($j=1$, 2, 3, $\cdots$, m) 为知识维; T_i ($i=1$, 2, 3, $\cdots$, n) 为时间维。

5. TOT 项目融资霍尔三维模式的意义解释

研究内容矩阵元素 A 的内容受三个变量——逻辑维、时间维、知识维的影响, 是他们的函数。这个集合主要考虑结合案例问题导向进行以下研究:

第一, 问题聚类。案例分析得出的问题进行分类, 在"人"、"权"、"利"前提下, 不论是"好问题——成功经验", "中性问题——不明确的影响", 还是"坏问题——失败原因", 都可以标识到每一时间维或专业维的一项内容下, 对所有问题如此进行归类和累计求和, 可以判断出项目的重点问题出现在哪些方面, 以及专业维和时间维中的重点问题在什么地方。

第二, 矩阵扩展。在"人"、"权"、"利"前提下, 案例在专业维和时间维中存在的问题, 可以在矩阵中的专业维和时间维进行扩展, 通过聚类结果判断问题是否具有普遍性。

第三, TOT 项目融资霍尔三维模式集成。在逻辑维中的"人"、"权"、"利"分解后, 在专业维和时间维中进行三维定位。求和后便可以对专业维和时间维中的"逻辑问题"进行明确, 形成 TOT 项目融资霍尔三维模式集成。

经营性公共基础设施作为国际和区域合作的重要领域, 投资问题成为实现合作的关键。而 TOT 项目融资模式作为吸引民间和国际资金的有效途径, 对我国的公共基础设施建设有应用性的指导价值。本文应用霍尔三维模型方法对 TOT 项目融资模式的结构、运行机制和功能进行研究, 对 TOT 项目融资模式进行三维的精炼与集成, 完善了 TOT 项目融资理论体系。

6. TOT 项目融资霍尔三维模式特许经营权转让定价

1) 方案一: 覆盖成本

2009 年 7 月, 中国国家主席胡锦涛考察云南后提出把云南建成中国面向西南开放的重要桥头堡, 面对桥头堡建设带来的新机遇, HHZ 以构筑产业支撑平台为突破口, 全面推进红河工业园区建设。首期开发的 20 平方公里区域内道路、给排水、强弱电设施全面配套, 目前, 园区已累计完成基础设施投资 7.27 亿元。园区全长近 20 公里的 9 条道路已建成通车, 形成了便捷的交通运输网络。园区发展环境改善, 大大增强了园区吸引力, 各种生产要素向园区汇集, 形成了初具规模的产业集群。据悉云南省 10 大企业集团中, 已有云锡集团、昆钢集团、云南冶金集团、云南煤化工集团、云天化（国际）集团、云铜集团的项目落户园区。

随着 GJ、MZ 两地经济密切往来, 加之当前油价不断攀升, 对短途隧道的适中收费, 将吸引更多的大型客货车通行。而大型车载客货车的通行, 将直接拉升加权平均后的车辆通行收费标准。从霍尔三维模型逻辑维中"权"层面考虑，如果运营商每隔五年对车辆通行加权平均收费标准提高 5%，为保障项目收益，HHZ 政府要给予 TOT 模式运营方公路沿线加油站、服务区、广告和通行费及边际延伸收益的经营权，将其作为收费风险补偿，以平衡项目风险收益配比。此时，设定 2011～2030 年为××公路隧道项目 TOT 模式的投资回收期，参考福建发展高速公路股份有限公司 2001～2009 年年报披露的营业收入和营业成本数据，加权平均后计算得出其营业成本与营业收入比例关系为 25%（同前），每隔五年将车辆通行加权平均收费标准提高 5%，重新预测 2011～2030 年××公路隧道项目收益，以此为基础，计算 2011～2030 年××公路隧道项目的年净现金流量，经折现加总后倒挤得出特许权转让费为 8.9701 亿元（具体计算见附表 8）。

根据我国交通部 1996 年第 9 号令《公路经营权转让有偿转让管理办法》规定："转让公路资产中的车辆通行经营权，应该坚持以投资预测回收期加上合理年限盈利期（合理年限盈利期一般不得超过投资回收预测期的 50%）为基准的原则，最多不得超过 30 年。"××公路隧道项目 TOT 模式投资回收期为 20 年，故此设定其盈利期为 10 年，即其特许经营期限为 30 年。按照上述每隔五年提高 5% 收费标准重新估算项目收益，并以项目收益的 25% 估算其经营成本，在此基础上测算得出，项目净现值为 5.547 亿元，内部报酬率为 6.04%，远大于综合贷款利率 3.86%。因此，可以基本判定，××公路隧道项目 TOT 模式可行（具体计算见附表 9）。

2）方案二：盈利 12%

2000 年 HHZ 的 GDP 达 143 亿元，增长 9.4%，2001 年猛增至 161 亿元，增长 8.3%，2002 年又攀升到 177 亿元，增长 10.8%。至 2005 年，GDP 已达 308 亿元，2006 年为 360.3 亿元，2007 年为 429.8 亿元，2008 年为 514.7 亿元，2009 年为 560.88 亿元，其增长速度可见一斑。

一方面，受惠于国内宏观经济进一步好转，"桥头堡"战略带来新机遇，强劲的经济增长将带动 GJ、蒙自两地更频繁的人员和物资的往来，汽车数量尤其是收费标准较高的货车数量保持增长，将使公路隧道车流量持续提升；另一方面，从霍尔三维模型逻辑维中"利"层面考虑，允许运营商开发生态旅游，构建生态旅游区，引导现代农业、林业、牧业与旅游业有机结合，发展"观光农业"、"乡村旅游"等，带动当地农民致富的同时也将带动车流量进一步提升。如果运营商每隔五年车流量增加 10%，重新预测 2011～2030 年××公路隧道项目收益：设定 2011～2030 年为××公路隧道项目 TOT 模式的投资回收期，参考福建发展高速公路股份有限公司 2001～2009 年年报披露的营业收入和营业成本数据，加权平均后计算得出其营业成本与营业收入比例关系为 25%（同前），以此为基础，计算 2011～2030 年××公路隧道项目的年净现金流量，经折现加总后倒挤可得出特许权转让费为 9.8418 亿元（具体计算见附表 10）。

根据交通部 1996 年第 9 号令《公路经营权转让有偿转让管理办法》规定："转让公路资产中的车辆通行经营权，应该坚持以投资预测回收期加上合理年限盈利期（合理年限盈利期一般不得超过投资回收预测期的 50%）为基准的原则，最多不得超过 30 年。"××公路隧道项目 TOT 模式投资回收期为 20 年，故此设定其盈利期为 10 年，即其特许经营期限为 30 年。按照上述每隔五年车流量增加 10% 的假设，重新估算项目收益，并以项目收益的 25% 估算其经营成本，在此基础上测算得出，项目净现值为 5.887 亿元，内部报酬率为 6.02%，远大于综合贷款利率 3.86%。因此，可以基本判定，××公路隧道项目 TOT 模式可行（具体计算见附表 11）。

3）方案三：盈利 32%

设定××公路隧道项目 TOT 模式特许经营权转让费为 11.6 亿元。从霍尔三维模型逻辑维中"人"层面考虑，为保障运营商相关利益，依据云政办发 [2004] 68 号文件《云南省国有土地有偿使用费管理规定》的有关内容，给予项目运营商公共基础设施建设用地 700 亩，其土地使用权出让金实行"先征后返"的政策。配套开发建设用地 800 亩①土地的使用权出让金，按 10% 收取，并给予有关优惠政策，该项用地由运营商用于房地产开发。

参考调整更新后的蒙自县城区土地定级和基准地价[146]（2008 年 11 月 15 日通过云南省国土资源厅组织的省级评审验收，并经 2010 年 2 月 10 日 MZ 县第十五届人民政府第二十四次常务会议研究通过，于 2010 年 3 月 1 日起实施），公共建筑用地 V 级土地基准地价为 28.45 万元/亩，700 亩土地使用权转让金合计 1.9915 亿元；住宅用地 IV 级土地基准地价为 30.14 万元/亩，300 亩土地使用权转让金合计 0.9042 亿元，90% 未收取成本即为 0.813 78 亿元。即项目运营商无偿获取两项土地使用权出让金共计 2.805 28 亿元[147]。

为保证 HHZ 政府回购成本（8.79 亿元）顺利回收，从霍尔三维模型逻辑维中"权"层面考虑，HHZ 政府可同时给予 TOT 模式运营商公路沿线加油站、服务区、广告和通行费及边际延伸收益的经营权，作为收费风险补偿，以平衡项目风险收益配比，具体评估测算可参照方案一。

4）方案四：盈利 11%

从霍尔三维模型逻辑维中"利"层面考虑，参考遵义市政府给予遵义供排水公司德国政府 20 年 2% 的贷款利率，HHZ 政府同样给予 TOT 运营商 2% 的长期外国政府贷款利率以降低其投资风险。以此作为贴现率，在原预测收益水平上，其他参数不变，计算 2011～2030 年××公路隧道项目的年净现金

---

① 1 亩≈0.0667 公顷。

流量，经折现加总后倒挤可得出特许权转让费为 9.75 亿元[148]（具体计算见附表 12）。

设定其盈利期为 10 年，即其特许经营期限为 30 年。以项目收益的 25％估算其经营成本，在此基础上测算得出，项目净现值为 3.947 3 亿元，内部报酬率为 3.87％，远大于国外贷款利率 2％。因此，可以基本判定，××公路隧道项目 TOT 融资模式可行（具体计算见附表 13）。

5）方案五：盈利 26％

从霍尔三维模型逻辑维中"利"层面考虑，参考遵义市政府给予遵义供排水公司德国政府 20 年 2％的贷款利率，HHZ 政府同样给予 TOT 模式运营商 2％的长期外国政府贷款利率以降低其投资风险；从霍尔三维模型逻辑维中"权"层面考虑，如若运营商每隔五年车辆通行加权平均收费标准提高 5％，为保障项目收益，HHZ 政府给予 TOT 模式运营商公路沿线加油站、服务区、广告和通行费及边际延伸收益的经营权，作为收费风险补偿，以平衡项目风险收益配比。因此，以 2％利率水平作为贴现率，每隔五年车辆通行加权平均收费标准提高 5％，重新预测 2011～2030 年××公路隧道项目收益，其他参数不变，计算 2011～2030 年××公路隧道项目的年净现金流量，经折现加总后倒挤得出特许权转让费为 11.0856 亿元[149]（具体计算见附表 14）。

设定其盈利期为 10 年，即其特许经营期限为 30 年。按照上述每隔五年提高 5％收费标准重新估算项目收益，并以项目收益的 25％估算其经营成本，在此基础上测算得出，项目净现值为 5.2738 亿元，内部报酬率为 4.03％，远大于国外贷款利率 2％。因此，可以基本判定，××公路隧道项目 TOT 模式可行（具体计算见附表 15）。

6）方案六：盈利 38％

从霍尔三维模型逻辑维中"利"层面考虑，参考遵义市政府给予遵义供排水公司德国政府 20 年 2％的贷款利率，HHZ 政府同样给予 TOT 运营商 2％的长期外国政府贷款利率以降低其投资风险；从霍尔三维模型逻辑维中"利"层面考虑，允许运营商开发生态旅游，构建生态旅游区，引导现代农业、林业、牧业与旅游业有机结合，发展"观光农业"、"乡村旅游"等，带动当地农民致富的同时带动车流量进一步提升[150]。如若运营商每隔五年车流量增加 10％，重新预测 2011～2030 年××公路隧道项目收益；以 2％利率水平作为贴现率，其他参数不变，计算 2011～2030 年××公路隧道项目的年净现金流量，经折现加总后倒挤得出特许权转让费为 12.1327 亿元（具体计算见附表 16）。

设定其盈利期为 10 年，即其特许经营期限为 30 年。按照上述每隔五年车流量增加 10％的假设，重新估算项目收益，并以项目收益的 25％估算其经营成本，在此基础上测算得出，项目净现值为 5.5305 亿元，内部报酬率为 3.99％，远大于国外贷款利率 2%。因此，可以基本判定，××公路隧道项目 TOT 模式可行[151]（具体计算见附表 17）。

五、结论及对策建议

（一）结论

BOT 项目评估结果显示，该项目投资回收期为 28.51 年，至 2010 年年底，项目持续 8.5 年（包括建设期）。若 2011 年初转让，达到项目投资回收期还将持续 20 年。计算 2011～2030 年××公路隧道项目的年净现金流量，经折现加总后倒挤得出特许权转让费为 6.523 亿元。通过对项目主体的分析，得出项目的关键问题为 BOT 模式经营不善，需要进行再次转让，这也符合研究初项目 BOT 转 BT 转 TOT 的运营模式。

以 BT 融资模式进行回购，经测算得出，HHZ 政府回购价为 8.79 亿元，政府回购后，再次以 TOT 形式移交出去，实现多方共赢。

（二）基于霍尔三维模式对策措施

1. TOT 融资模式功能注意事项及对策

根据时间维的定义和应用，结合案例的内容，列出此过程主要的几个阶段的主要事项以及可能遇到的问题，并根据可能的问题提出对策。

第一，HHZ 政府融资的规划，在这之前政府要完成转让的可行性研究、项目的评估、投标者的资格预审，以及投标并确定转让者，拟定项目的特许期限，转让价及项目产品的收费水平。

第二，公司合作协议，中标者与 HHZ 政府洽谈达成的投产项目在一定期限内全部或部分经营权的协议，在这过程中，要确认和固定该项目直接或间接的参与者的权利和义务，并以合同或合作协议的方式体现出来。

第三，资金吸引，私营合同商必须对该项目的经济及金融的可行性进行深入而广泛的研究，由于项目是在没有传统的政府偿还担保的情况下进行的，支付给项目所在地政府的资金往往需要在金融市场上融资解决，因此项目公司在投资前要确保资金的组成合理、渠道合法。

第四，××公路隧道项目的运营，在得到授权后，项目公司根据授权开始对项目进行经营，对项目的运营工作包括对项目设施的经营管理工作和日常维护工作，专门制定相关的运营管理方案及处理的方法对策。

第五，××公路隧道项目风险规避，××公路隧道项目的风险主要是项目开始移交至受许方起有关的项目风险管理，目的是在于识别项目运作中所面临的所有风险，并对风险进行量化，对如何管理风险做出机智的决策，各参与方要做到：所有风险都已确定，确定的风险按照成本和控制力分摊给应承担各方，以合理的方式管理分担的风险。

第六，设施移交，政府要请专业的工程咨询机构对项目做出质量、寿命期、技术水平等方面的评价，请专业的财务机构对××公路隧道项目的债务进行评价，请法律机构对××-××公路隧道项目的法律问题进行评价等。所有上述的评价满足相关的协议和合同后，方可接受项目的移交。

2. TOT 模式结构中的问题及对策

××公路隧道项目融资模式的结构将分为人、权、利三层面进行。

第一，对于"人"的问题：项目发起人，期望通过项目运营收回资金并获得利益，HHZ 政府要利用完善的法律、法规、政策来吸引、支持、领导和控制项目，还需要具有财务和技术方面的经验或专家；项目公司，项目公司是为了项目建设和项目运营的需要，而由项目发起人组建的独立经营的法律实体[152]。它架起了发起人和项目其他参与者之间的桥梁；项目使用方，用户是××公路隧道项目得到的最终环节，只有稳定的用户量，才能保证项目的预期收益，也就是能确保项目的顺利进行，有些情况，最好签订项目产品长期购买或者服务使用合同，以保证项目的市场和现金流量，为项目融资提供重要的信用支持。

第二，对于"权"的结构讨论：特许经营权，HHZ 政府把特许经营权授予私营机构为投资××公路隧道项目而专设的项目公司，项目公司得到特许经营权的同时亦得到政府的承诺与保护，特许权的保障和范围都要做出详细的规范，以免过程中出现不可预测的纠纷；经营权，项目公司得到特许经营权后，就拥有对此项目的经营权，在此特许经营期内项目的所有收益都归项目公司所有，但是政府应该注意的是在经营权的给予过程中，规范企业的经营方法，不能让其对基础设施造成破坏[153]。

第三，对于"利"的结构讨论：

（1）HHZ 政府所得的利益，①促进国家基础设施的发展及投资管理机制变革；②促进资产运营机制的改革；③提高基础设施的技术、管理水平、改善基础设施的经营管理水平；④有利于正确引导和充分利用非国有投资；⑤扩大资金来源，政府能在资金缺乏的情况下利用外部资金建设一些基础项目；⑥提高项目管理的效率，增加国有企业人员对外交往的经验，提高管理水平[154]。

（2）投资者所得利益，集中表现为经济效益，是项目的获利能力。现行比较通用的一种估算项目的经济效益的方法是项目的净现值法[155]。

（3）××公路隧道项目的无形效益，包括项目的社会效益、文化效益、品牌效益等。社会效益是指项目最大限度地利用有限资源满足社会上人们日益增长的物质文化需求；文化效益是指项目的建设经营能满足社会上人们日益增长的精神文化需求；品牌效益指项目的产出和投入的比值。

3. TOT 模式运行机制中的注意问题和对策

三维中的专业维/知识维：

第一，××公路隧道项目特许经营期。需要注意的是，它的计算通常有两种方法，投资回收期加合理盈利法、合宜的投资收益率法。影响特许经营期确定的几个主要的参数有以下两个因素：贴现率和净现金流量，要注意以上的各种问题做好详细认真的选择和测算。

第二，项目资产评估。根据资产评估专业知识对××公路隧道项目资产某一时点的价值进行评估和估算，对于资产评估的程序，价值类型和资产评估的方法都有一定的可选择性和不同点，要根据具体的情况分别考虑。

第三，特许经营权移交管理。对投资者的经营班子进行一定的培训等，以确保项目的经营权顺利地转移到投资者手中，使移交的设施能良好地运营而不受干扰，移交的过程以及移交后的监管和控制都是很需要注意的问题。

第四，项目经营管理。做好项目设施的日常维护、必要时的全面检修等，在特许经营期，运营项目设施的全部收益将用于偿还债务、分配股息或红利等一系列活动。

第五，项目合同管理。项目中，主要有以下几个合同：项目经营权定价合同；项目所在地政府与项目投资者之间的特许经营合同，这是整个项目运作的前提与核心；项目经营合同；项目争议、违约合同及项目设施期满后移交合同。

第六，项目风险管理。××公路隧道项目风险管理的目的是使积极因素所产生的影响最大化和使消极因素产生的影响最小化；需要注意的是风险评价的几种方法选择。

第七，项目法律问题。从项目立项到结束，涉及的众多法律问题都需要专业的管理，对可能发生的争端或违约情况做出一定规定，并对争端提出建议，对违约解决方式或者免责等都要做出明确的规定。

参 考 文 献

[1] 朱国伟，曲福田. 中国清洁能源的思考. 生态经济，1999，2：52~53

[2] 王士录，刘稚. 当代越南. 成都：四川人民出版社，1992

[3] Hanoi. Electricity of Vietnam (EVN), update on the current development of the power sector in Vietnam. Internal Report，Hanoi 2003

[4] 中华人民共和国商务部对外经济合作司. 越南电力行业发展情况. 重庆与世界，2003（Z2）：88~89

[5] Nguyen N T, Hong L V, Hien N M, Electricity and nuclear power planning study in Vietnam. INST-VAEC Report. 2001

[6] Vietnam Ministry of Industry. the Master Plan on Power Development to 2010 and 2020

［7］中国社会科学研究院. 世界经济年鉴. 北京：科学出版社，1979，1987，1988，1990～1992

［8］Electricity of Vietnam (EVN). Power Development in Vietnam

［9］Vietnam Ministry of Trade and Business. Vietnam Economy Situation 2004

［10］Vietnam Ministry of Trade and Business. Vietnam Economy Situation of 2004 and Plan for 2005

［11］秦钦峙. 东南亚十国. 昆明：云南人民出版社，1992

［12］Vietnam General Statistical Office. Vietnam Industry Statistic

［13］the United States Central Intelligence Agency (CIA). World Fact Book

［14］Vietnam Venture Group (VVG). Current Report Of Vietnam's Economic Indicators

［15］郑宏海，赵丽江. 风险投资与项目选择. 东北财经大学学报，2004，(1)：27～29

［16］Electricity of Vietnam (EVN). Planning of Electricity of Vietnam

［17］李义敢，毛义强. 滇沪联合参与澜沧江—湄公河次区域合作研究. 昆明：云南民族出版社，2001

［18］姜旭平. 经营分析方法与 IT 工具. 北京：清华大学出版社，2002

［19］Nievergelt Y. MatheMatics in business administration. Irwin，1989

［20］施锡铨，范正绮. 数据分析方法. 上海：上海财经大学出版社，1997

［21］Valentine D. Business Cycles & Forecasting, Sixth Edition. South-Western Publishing Co.，1983

［22］Barry R，Ralph M. Stair Jr. Quantitative analysis for management，ninth edition. Prentice Hall，1999

［23］谢德林. 21 世纪电力管理人员全书. 北京：海潮出版社，2000

［24］天津市电力公司. 电力营销工作导读. 北京：中国电力出版社，2004

［25］投资项目可行性研究指南编写组. 投资项目可行性研究指南. 北京：中国电力出版社，2004

［26］田铮译. 时间序列的理论与方法. 北京：高等教育出版社，2001

［27］唐小我，马永开，曾勇等. 现代组合预测和组合投资决策方法及应用. 北京：科学出版社，2003

［28］Byrne J，Strategic Planning. Business Week，26，1996，46

［29］Abramson R，Halset W. Planning for improved enterprise performance-a guide for Managers and consultants. International Labor Organization，1992

［30］王成. 咨询顾问培训技能提升. 北京：机械工业出版社，2003

［31］March J G. A Primer on Decision Making. New York：Free Press，1994

［32］Porter M E. Competitive Strategy：Techniques for Analyzing Industries and Competitors. New York：Free Press，1980

［33］Bazermom M. Judgment in Management Decision Making. Fourth Edition. John Willey & Sons，1998

［34］Turner S. Tools for Success：A Manager's Guide. McGraw-Hill，2001

［35］刘继勇. 管理咨询方法. 北京：华夏出版社，2002

［36］王松江. 创造未来—项目规划与决策管理. 昆明：云南科技出版社，2001

［37］王敏正，王松江. BOT 项目实施指南. 昆明：云南科技出版社，2002

［38］Germany F R. GTZ, Objective Oriented Project Planning. 1994

［39］UNICEF. Visualization in Participatory Programs. Bangladesh，1993

［40］高立忠，王松江. POOPP 与模糊优选方法综合应用研究. //《昆明理工大学学报》编辑部. 2004 年昆明理工大学研究生学术交流年会论文集. 昆明：2004

［41］刘翔译. 越南水电开发计划. 水利水电快报，2004，25 (2)：19～21

［42］洛卫东译. 美国的水电开发. 水利水电快报，2003，24 (23)：18～20

［43］孔祥林译. 印度水电开发计划. 水利水电快报，2003，24 (21)：7～9

［44］朱成章. 台湾的水能资源和水电开发. 海峡科技与产业，1996，1：24～25

［45］ 汪秀丽，董耀华. 世界水能资源与水电开发综述. 水利电力科技，2002，29（4）：3～14

［46］ 华英，刘文译. 欧洲水电业的发展前景. 水利水电快报，1999，20（1）：28～29

［47］ 马元珽译. 加拿大的水电开发，水利水电快报，2003，24（17）：28～31

［48］ 洛卫东译. 巴西水电开发现状，水利水电快报，2003，24（9）：11～11

［49］ Feldman R D. Privatization options for capital attraction by the brazilian power industry. Journal of Project Finance, 1997, 3 (1)：31～40

［50］ 贵州省水利厅. 贵州省农村水电产权制度改革的若干指导意见（试行），黔水电［2002］26 号，2002

［51］ 湖南省水利厅调查组. 湖南省部分县市出售水电站的情况调查. 2002

［52］ 浙江省水利厅. 关于加快农村水电产权制度改革的若干意见，浙水政［1998］422 号，2007

［53］ The Department of Commerce of Canada. A Brief of Vietnam's Plan on Electric Power Development

［54］ 孙黎，刘丰元，陈益斌. 国际项目融资. 北京：北京大学出版社，1999

［55］ 卢家仪，卢有杰等. 项目融资. 北京：清华大学出版社，1998

［56］ Anonymous. China BOT financing CLISES, spurring hopes of more to come. International Trade Finance，1996：265

［57］ Anonymous. Asian infrastructure & project finance. Asia Money, 1996, 7 (5)：61～69

［58］ Anonymous. New rules of BOT transactions to be drafted. International Financial Review, 1995, 14 (8)：45

［59］ Seabright J, Schuester J. Power market structure, regulatory, models, and energy investment：strategies for attracting new developments. Journal of Project Finance, 1997, 3 (1)：59～71

［60］ Sze, Wing-yung, Project management of BOT power stations in China. Hongkong：University of Hongkong, 1990

［61］ Tumer J R. Privatized infrastructure：the BOT approach. International Journal of Project Management, 1996, 14 (4)：256

［62］ 刘莉芳译. 越南 Can Don 水电站按 BOT 方式实施. 水利水电快报，2002，23（16）：29～30

［63］ Nevitt P K, Fabozzi F. Project Financing, Sixth Edition. Euromoney Publications, 1995

［64］ Finnerty J D. Project Financing：Asset-Based Financial Engineering. New York：John Wiley Inc. , 1996

［65］ Fabozzi F. Modigliani F. Capital Market-Institutions and Instruments, Second Edition. Prentice Hall Inc. , 1996

［66］ 王菁，许英方. 诺敏河水电开发采用 BOT 投资方式的可行性初探，东北水利水电，1996，13（12）：17～20

［67］ 建设部标准定额研究所. 建设项目经济评价参数研究. 北京：中国计划出版社，2004

［68］ Potts K. Major Construction Works：Contractual Financial Management. Longman, 1995

［69］ 刘省平. BOT 项目融资理论与实务. 西安：西安交通大学出版社，2002

［70］ 王鹤松. 项目融资财务分析. 北京：中国金融出版社，2005

［71］ 刘新梅，梁莹，艾根林. TOT 模式融资模式的价格决策模型，西安交通大学学报（社会科学版），2002，22（4），49～52

［72］ 高向平，郭菊先，柏文喜. TOT 模式融资中的项目经营权定价模式选择及其验证，技术经济与管理研究，2002（3），56～57

［73］ 王育德. 建设项目合同谈判经济效益公平分配理论研究，技术经济与管理研究，1999（2）：48～49

［74］ 王松江. TOT 模式管理. 昆明：云南科技出版社. 2005

[75] 高立忠，王松江. 云南参与越南 GMS 开发项目方式研究. 昆明理工大学学报（理工版）. 2005，30（2）：88～91

[76] World Bank，World's Development Report 1994：Infrastructure for Development. New York：Oxford University Press，1995

[77] 高烨，胡少华. 运用 ROT 模式改造水电站. 三峡建设，2003（2）：31～32

[78] 钱海如. 水电站资产评估方法的选择. 北京：对外经济贸易大学硕士学位论文，2002

[79] Richard M. B，Silas J. Ely，Basic Real Estate Appraisal，Fifth Edition. South-Western College Publishing，2001

[80] International Federation of Consulting Engineers，Guide for Condition of Cotract for EPC/Turnkey Projects. First Edition. FIDIC Bookshop. Swwitzerland. 1999

[81] Dixon J A. et al. . Dams and the environment：considerations in world bank projects. World Technical Paper 110，1989

[82] Wong T. Determining o&m costs over the life of a hydro station，in hydro in the '90s. Hydro Review Worldwide，Kansas City. 1994

[83] Department of the Interior. The Elwha Report：Restoration of the Elwha River Ecosystem and the Nation Anadromous Fisheries. Department of the Interior，Washington D. C. ，1994

[84] Shuman J R. The importance of environmental assessment for proposed dam removals. River Voices，1995

[85] Anonymous. The threat of ukrainian dam burst recedes. International Water Power & Dam Construction，1996

[86] Wiseman R. Many US dams 'still unsafe'. World Water，1997

[87] Ingersoll. Dams' safety worries officials who believe repairs are lagging. Wall Street Journal，1987

[88] Association of Dam Safety Officials. 1994 Update Report on Review of State Non-Federal Dam Safety Programs. Washington D. C. ，1995

[89] Winter D. A Brief Review of Dam Removal Efforts in Washington，Oregon，Idaho and California. NOAA Technical Memorandum NMFS F/NWR-28，Seattle，WA，1990

[90] Sklar L. The dams are coming down. World Rivers Review，First Quarter，1993

[91] Pircher W. 36000 Large dams and still more needed. Paper presented at Seventh Biennial Conference of the British Dam Society，University of Stirling，1992

[92] Gupta H K. Reservoir-Induced Earthquakes. Elsevier，Amsterdam. 1992

[93] Mahmood K. Reservoir sedimentation：impact，extent and mitigation. World Bank Technical Paper 71，1987

[94] IDB，Central America. Deforestation threatens big hydro. World Rivers Review，1988

[95] Report of the 17th ICOLD Congress，Q65：Aging of Dams and Remedial Measures. Water Power & Dam Construction，1991

[96] 刘泉军. 风险投资项目运行中的投资风险控制. 内蒙古科技与经济. 2004（4）：12～15

[97] 郑宏海，赵丽红. 风险投资与项目选择. 东北财经大学学报. 2004（1）：27～29

[98] Lerner J. Venture capital distribution：short-run and long-run reactions. The Journal of Finance，1998（6）：201～237

[99] Flavin C，Lenssen N. Power Surge：Guide to the Coming Energy Revolution. New York：W. W. Norton，1994

［100］Stockholm Environment Institute. Towards a Fossil Free Energy Future：The next Energy Transition. Boston，1993

［101］十五国家高技术发展计划能源技术领域专家委. 能源发展战略研究. 北京：化学工业出版社，2004

［102］Flavin C. Wind Power Growth Accelerates // Starke. Vital Signs，1996

［103］Webb J. By the Light of the Sun. New Scientist，1995

［104］McCully P. Silenced River. London：Zed Books Ltd.，1996

［105］Anonymous. Breaking the barrier. Independent Energy，7（8）

［106］Dixon J A et al.. Dams and the environment：considerations in world bank projects. World Technical Paper. 110，1989

［107］田圃德. 水权制度创新与效率分析. 北京：中国水利水电出版社，2004

［108］杨培岭. 水资源经济. 北京：中国水利水电出版社，2003

［109］Bruns B R，Ruth S. Meinzen Dick，Negotiating Water Rights. London：ITDG Publishing，2001

［110］王浩，尹明万，秦大庸等. 水利建设边际成本与边际效益评价. 北京：科学出版社，2004

［111］越南社会主义共和国第十届国会常务委员会. 越南资源税法令（修改）. 1998

［112］Debeir J C et al. In the Servitude of Power：Energy and Civilization through the Ages. London：Zed Books Ltd.，1991

［113］Francfort J E. Free-Flow hydroelectric river turbines：preliminary market analysis. Idaho National Engineering Laboratory. Idaho Falls，1995，Mimeo

［114］Tung T P et al. Small hydro development：opportunities，constraints and technology outlook. Paper presented at the International Conference on Hydropower，Energy and the Environment，Stockholm. 1993

［115］Inversin A R. Micro-Hydropower in developing countries. Alternative Sources of Energy，1986，6（7）

［116］Wong T. Determining o&m costs over the life of a hydro station，in hydro in the '90s. Hydro review worldwide. Kansas City，1994

［117］Department of the Interior. The elwha report：restoration of the elwha river ecosystem and the nation anadromous fisheries. Department of the Interior，Washington D. C.，1994，1

［118］Shuman L R. The importance of environmental assessment for proposed dam removals. River Voices，1995

［119］Anonymous. The threat of ukrainian dam burst recedes. International Water Power & Dam Construction，1996，2

［120］Wiseman R. Many US dams 'still unsafe'. World Water，1997，9

［121］Ingersoll. Dams' safety worries officials who believe repairs are lagging. Wall Street Journal，1987，19

［122］Association of Dam Safety Officials. 1994 Update Report on Review of State Non-Federal Dam Safety Programs. Washington D. C.，1995

［123］Winter D. A brief review of dam removal efforts in Washington，Oregon，Idaho and California. NOAA Technical Memorandum NMFS F/NWR-28，Seattle，WA，1990

［124］Sklar L. The dams are coming down. World Rivers Review，First Quarter，1993

［125］Pircher W. 36000 large dams and still more needed. Paper presented at Seventh Biennial Conference of the British Dam Society. University of Stirling. 1992，6，25

[126] Hydropower Reform Coalition. Comments by hydropower reform coalition on notice of inquiry regarding project decommissioning at reliensing. Washington D. C. , 1994, 1

[127] 王松江. 基于 P6 的 GMS 国家目标导向项目规划研究. 云南科技出版社, 2009: 86～88

[128] 白浩然, 王松江. 基于 ZOPP 的 TOT 项目融资研究. 项目管理技术, 2009, (2): 45～49

[129] 鲁耀斌. 项目管理原理与应用. 大连: 东北财经大学出版社, 2009: 65～67

[130] 李红仙. 特许权期既定条件下 BOT 项目合理建设期的分析. 系统管理学报, 2007 (2): 16～17

[131] 徐国安. 基础设施特许经营期中特许经营期的决策分析. 商业研究, 2006 (11): 23～24

[132] GJ 市建设局. 云南省 GJ 至 DT 公路隧道工程可行性研究报告. 云南: GJ 市建设局, 2002

[133] 李延梅. 融资模式与我国基础设施建设. 科学与管理, 2006, (1): 66～68

[134] GJ 市建设局. 关于合作建设 GJ 至 DT 公路隧道协议书之补充协议. 云南: GJ 市建设局, 2002

[135] 王松江. 创造未来——项目规划与决策管理. 云南科技出版社, 2001: 68～70

[136] 叶苏东. 项目融资——理论与案例. 北京: 清华大学出版社; 北京交通大学出版社, 2008: 122～123

[137] 李莉萍, 刘丽. 加强三北防护林工程资金管理的几点建议. 农业经济, 2007 (6): 79

[138] 王守清, 柯永健. 特许经营项目融资. 北京: 清华大学出版社, 2008: 102～105

[139] 朱荣春. 施工企业项目资金管理初探. 铁路工程造价管理, 2009 (5): 39～41

[140] 周蕾. 高速公路建设资金管理问题研究. 湖南经济管理干部学院学报, 2006, 17 (1): 48～49

[141] 王松江. TOT 项目管理. 昆明: 云南科技出版社, 2005: 46～47

[142] 蒋先玲. 项目融资. 北京: 中国金融出版社, 2008: 50～53

[143] Wang S J, Yang B J. Sustainable Management of Resources. 昆明: 云南科技出版社, 2001: 42～45

[144] 卢有杰. 项目风险管理. 北京: 清华大学出版社, 1998: 65～68

[145] 郭振华. 工程项目保险. 北京: 经济科学出版社, 2004: 26～29

[146] 徐克广, 范晓楠. 落实科学发展观, 加强项目资金管理. 中国环境监测, 2009. 25 (2): 101～102

[147] 朱晓贲. 项目管理研究综述. 价值工程, 2008, (11): 128～131

[148] 李金海, 徐敏. 基于霍尔三维结构的项目风险管理集成化研究. 项目管理技术, 2008, (8): 17～21

[149] 王敏正, 王松江. BOT 项目实施指南. 昆明: 云南科技出版社, 2002: 35～37

[150] 郑珊瑚. 论 BOT 融资项目运作程序的设置——以杭州庆春路过江隧道为例. 中国总会计师, 2009, (5): 94～95

[151] 李海文. 谈霍尔三维结构法在社会治安防控体系建设中的运用. 浙江公安高等专科学校学报: 公安学刊, 2003, (3): 38～41

[152] 王松江. PPP 项目管理. 昆明: 云南科技出版社, 2007: 45～46

[153] 戴大双. 项目融资. 北京: 机械工业出版社, 2009: 21～23

[154] 崔现华, 吕永波, 潘跃飞等. 高速公路特许经营项目风险评价与管理研究. 生产力研究, 2008, (21): 76～78

[155] 李芬花, 纪昌明, 赵守和等. 水利水电工程霍尔三维结构图的研究. 水利水电技术, 2006, 37 (12): 27～29

附 表

附表 1 BOT现状 (NPV、IRR)

n	R	I	C	3%复利系数	NPV1	4%复利系数	NPV2	NPV (3.86%)	IRR
2002		11 274	217.641 6	0.97	-11 146.892 4	0.961	-11 043.467 6		
2003		22 549	1 305.909 0	0.942	-22 471.324 3	0.924	-22 041.935 9		
2004		22 547	2 176.475 4	0.915	-22 621.980 0	0.888	-21 954.446 2		
2005		18 792	2 902.046 4	0.888	-19 264.313 2	0.854	-18 526.715 6		
2006	1 785.460 9		2 901.987 0	0.862	-962.445 5	0.821	-916.667 9		
2007	1 785.460 9		2 901.987 0	0.837	-934.532 3	0.79	-882.055 6		
2008	2 460.209 2		2 901.987 0	0.813	-359.165 4	0.759	-335.309 4		
2009	2 839.730 0		2 901.987 0	0.789	-49.120 8	0.73	-45.447 6		
2010	3 375.2380		2 901.987 0	0.766	362.510 3	0.702	332.222 2		
2011	3 828.949 3		2 901.987 0	0.744	689.660 0	0.675	625.699 6		
2012	4 295.507 0		2 901.987 0	0.722	1 006.121 4	0.649	904.394 5		
2013	4 762.064 6		2 901.987 0	0.701	1 303.914 4	0.624	1 160.688 5		
2014	5 228.622 3		2 901.987 0	0.68	1 582.112 0	0.6	1 395.981 2		
2015	5 695.180 0		2 901.987 0	0.661	1 846.300 5	0.577	1 611.672 3		
2016	6 161.737 6		2 901.987 0	0.641	2 089.500 1	0.555	1 809.161 6		
2017	6 628.295 3		2 901.987 0	0.623	2 321.490 0	0.533	1 986.122 3		

续表

n	R	I	C	3%复利系数	NPV1	4%复利系数	NPV2	NPV (3.86%)	IRR
2018	7 094.852 9		2 901.987 0	0.605	2 536.683 9	0.513	2 150.940 2		
2019	7 561.410 6		51 756.987 0	0.587	−25 942.803 4	0.493	−21 788.419 2		
2020	8 027.968 2			0.57	4 575.941 9	0.474	3 805.256 9		
2021	8 494.525 9			0.553	4 697.472 8	0.456	3 873.503 8		
2022	8 961.083 5			0.537	4 812.101 9	0.438	3 924.954 6		
2023	9 427.641 2			0.521	4 911.801 1	0.421	3 969.036 9		
2024	9 894.198 8			0.506	5 006.464 6	0.405	4 007.150 5		
2025	10 360.756 5			0.491	5 087.131 4	0.39	4 040.695 0		
2026	10 827.314 1			0.477	5 164.628 8	0.375	4 060.242 8		
2027	11 293.871 8			0.463	5 229.062 6	0.36	4 065.793 8		
2028	11 760.429 4			0.45	5 292.193 2	0.346	4 069.108 6		
2029	12 226.987 1			0.437	5 343.193 4	0.333	4 071.586 7		
2030	12 693.544 7			0.424	5 382.063 0	0.32	4 061.934 3		
2031	13 160.102 4			0.411	5 408.802 1	0.308	4 053.311 5		
2032	13 626.660 0			0.399	5 437.037 4	0.296	4 033.491 4		
2033	14 093.217 7			0.388	5 468.168 5	0.285	4 016.567 0		
2034	14 559.775 4			0.377	5 489.035 3	0.274	3 989.378 4		
2035	15 026.333 0			0.366	5 499.637 9	0.263	3 951.925 6		
					−7 209.548 7		−21 563.644 6	−19 554.071 2	2.498%

注：净现值（NPV）、现值（PV）、内部收益率（IRR）、净现金流量（NCF）

附表 2　BOT 现状（静态投资回收期、动态投资回收期）

NCF	累计 NCF	NCF	累计 NCF	NCF	累计 NCF
−11 491.641 6	−11 491.641 6	−11 146.892 35	−11 146.892 35	−11 043.5	−11 043.5
−23 854.909 0	−35 346.550 6	−22 471.324 28	−33 618.216 63	−22 041.9	−33 085.4
−24 723.475 4	−60 070.026 0	−22 621.979 99	−56 240.196 62	−21 954.4	−55 039.8
−21 694.046 4	−81 764.072 4	−19 264.313 2	−75 504.509 82	−18 526.7	−73 566.6
−1 116.526 1	−82 880.598 5	−962.445 498 2	−76 466.955 32	−916.668	−74 483.2
−1 116.526 1	−83 997.124 6	−934.532 345 7	−77 401.487 67	−882.056	−75 365.3
−441.777 8	−84 438.902 4	−359.165 351 4	−77 760.653 02	−335.309	−75 700.6
−62.257 0	−84 501.159 4	−49.120 773	−77 809.773 79	−45.447 6	−75 746
473.251 0	−84 027.908 4	362.510 281 3	−77 447.263 51	332.222 2	−75 413.8
926.962 3	−83 100.946 0	689.659 980 8	−76 757.603 53	625.699 6	−74 788.1
1 393.520 0	−81 707.426 0	1 006.121 435	−75 751.482 1	904.394 5	−73 883.7
1 860.077 6	−79 847.348 4	1 303.914 429	−74 447.567 67	1 160.688	−72 723
2 326.635 3	−77 520.713 1	1 582.112 003	−72 865.455 66	1 395.981	−71 327.1
2 793.193 0	−74 727.520 2	1 846.300 541	−71 019.155 12	1 611.672	−69 715.4
3 259.750 6	−71 467.769 5	2 089.500 137	−68 929.654 99	1 809.162	−67906.2
3 726.308 3	−67 741.461 3	2 321.490 044	−66 608.164 94	1 986.122	−65 920.1
4 192.865 9	−63 548.595 4	2 536.683 875	−64 071.481 07	2 150.94	−63 769.2
−44 195.576 4	−107 744.171 8	−25 942.803 37	−90 014.284 44	−21 788.4	−85 557.6
8 027.968 2	−99 716.203 6	4 575.941 883	−85 438.342 55	3 805.257	−81 752.3
8 494.525 9	−91 221.677 7	4 697.472 805	−80 740.869 75	3 873.504	−77 878.8
8 961.083 5	−82 260.594 2	4 812.101 851	−75 928.767 9	3 924.955	−73 953.9
9 427.641 2	−72 832.953 0	4 911.801 051	−71 016.966 85	3 969.037	−69 984.8
9 894.198 8	−62 938.754 2	5 006.464 606	−66 010.502 24	4 007.151	−65 977.7
10 360.756 5	−52 577.997 7	5 087.131 431	−60 923.370 81	4 040.695	−61 937
10 827.314 1	−41 750.683 6	5 164.628 841	−55 758.741 97	4 060.243	−57 876.7
11 293.871 8	−30 456.811 8	5 229.062 636	−50 529.679 33	4 065.794	−53 810.9
11 760.429 4	−18 696.382 4	5 292.193 247	−45 237.486 09	4 069.109	−49 741.8
12 226.987 1	−6 469.395 3	5 343.193 358	−39 894.292 73	4 071.587	−45 670.3
12 693.544 7	6 224.149 4	5 382.062 971	−34 512.229 76	4 061.934	−41 608.3
13 160.102 4		5 408.802 085	−29 103.427 67	4 053.312	−37 555
13 626.660 0		5 437.037 359	−23 666.390 31	4 033.491	−33 521.5
14 093.217 7		5 468.168 468	−18 198.221 84	4 016.567	−29 504.9
14 559.775 4		5 489.035 309	−12 709.186 54	3 989.378	−25 515.6
15 026.333 0		5 499.637 881	−7 209.548 654	3 951.926	−21 563.6
静态投资回收期	28.509 7	动态投资回收期（3%贴现率）		动态投资回收期（4%贴现率）	

附表 3　改革收费标准（每隔五年收费提高 10%）

n	R	I	C	3%复利系数	NPV1	4%复利系数	NPV2	NPV (3.86%)	IRR
2002		11 274	217.641 6	0.97	−11 146.892 4	0.961	−11 043.467 6		
2003		22 549	1 305.909 0	0.942	−22 471.324 3	0.924	−22 041.935 9		
2004		22 547	2 176.475 4	0.915	−22 621.980 0	0.888	−21 954.446 2		
2005		18 792	2 902.046 4	0.888	−19 264.313 2	0.854	−18 526.715 6		
2006	1 785.460 9		2 901.987 0	0.862	−962.445 5	0.821	−916.667 9		
2007	1 785.460 9		2 901.987 0	0.837	−934.532 3	0.79	−882.055 6		
2008	2 460.209 2		2 901.987 0	0.813	−359.165 4	0.759	−335.309 4		
2009	2 839.730 0		2 901.987 0	0.789	−49.120 8	0.73	−45.447 6		
2010	3 375.238 0		2 901.987 0	0.766	362.510 3	0.702	332.222 2		
2011	4 211.844 3		2 901.987 0	0.744	974.533 8	0.675	884.153 7		
2012	4 725.057 7		2 901.987 0	0.722	1 316.257 0	0.649	1 183.172 9		
2013	5 238.271 1		2 901.987 0	0.701	1 637.735 2	0.624	1 457.841 3		
2014	5 751.484 5		2 901.987 0	0.68	1 937.658 3	0.6	1 709.698 5		
2015	6 264.697 9		2 901.987 0	0.661	2 222.751 9	0.577	1 940.284 2		
2016	7 394.085 1		2 901.987 0	0.641	2 879.434 9	0.555	2 493.114 5		
2017	7 953.954 3		2 901.987 0	0.623	3 147.375 6	0.533	2 692.698 6		
2018	8 513.823 5		2 901.987 0	0.605	3 395.161 1	0.513	2 878.872 1		
2019	9 073.692 7		51 756.987 0	0.587	−25 055.093 8	0.493	−21 042.864 1		
2020	9 633.561 9			0.57	5 491.130 3	0.474	4 566.308 3		
2021	11 042.883 6			0.553	6 106.714 6	0.456	5 035.554 9		
2022	11 649.408 6			0.537	6 255.732 4	0.438	5 102.441 0		

续表

n	R	I	C	3%复利系数	NPV1	4%复利系数	NPV2	NPV (3.86%)	IRR
2023	12 255.933 5			0.521	6 385.341 4	0.421	5 159.748 0		
2024	12 862.458 5			0.506	6 508.404 0	0.405	5 209.295 7		
2025	13 468.983 4			0.491	6 613.270 9	0.39	5 252.903 5		
2026	15 158.239 8			0.477	7 230.480 4	0.375	5 684.339 9		
2027	15 811.420 5			0.463	7 320.687 7	0.36	5 692.111 4		
2028	16 464.601 2			0.45	7 409.070 5	0.346	5 696.752 0		
2029	17 117.781 9			0.437	7 480.470 7	0.333	5 700.221 4		
2030	17 770.962 6			0.424	7 534.888 2	0.32	5 686.708 0		
2031	19 740.153 6			0.411	8 113.203 1	0.308	6 079.967 3		
2032	20 439.990 1			0.399	8 155.556 0	0.296	6 050.237 1		
2033	21 139.826 6			0.388	8 202.252 7	0.285	6 024.850 6		
2034	21 839.663 0			0.377	8 233.553 0	0.274	5 984.067 7		
2035	22 539.499 5			0.366	8 249.456 8	0.263	5 927.888 4		
					30 298.763 2		7 636.543 2	10 809.254 0	4.337

附表 4　改革收费标准

NCF	累计 NCF	NCF	累计 NCF	NCF	累计 NCF
−11 491.641 6	−11 491.641 6	−11 146.9	−11 146.9	−11 043.5	−11 043.5
−23 854.909 0	−35 346.550 6	−22 471.3	−33 618.2	−22 041.9	−33 085.4
−24 723.475 4	−60 070.026 0	−22 622	−56 240.2	−21 954.4	−55 039.8
−21 694.046 4	−81 764.072 4	−19 264.3	−75 504.5	−18 526.7	−73 566.6
−1 116.526 1	−82 880.598 5	−962.445	−76 467	−916.668	−74 483.2
−1 116.526 1	−83 997.124 6	−934.532	−77 401.5	−882.056	−75 365.3
−441.777 8	−84 438.902 4	−359.165	−77 760.7	−335.309	−75 700.6
−62.257 0	−84 501.159 4	−49.120 8	−77 809.8	−45.447 6	−75 746
473.251 0	−84 027.908 4	362.510 3	−77 447.3	332.222 2	−75 413.8
1 309.857 3	−82 718.051 1	974.533 8	−76 472.7	884.153 7	−74529.7
1 823.070 7	−80 894.980 4	1 316.257	−75 156.5	1 183.173	−73 346.5
2 336.284 1	−78 558.696 3	1 637.735	−73 518.7	1 457.841	−71 888.7
2 849.497 5	−75 709.198 8	1 937.658	−71 581.1	1 709.699	−70 179
3 362.710 9	−72 346.487 8	2 222.752	−69 358.3	1 940.284	−68 238.7
4 492.098 1	−67 854.389 7	2 879.435	−66 478.9	2 493.114	−65 745.6
5 051.967 3	−62 802.422 4	3 147.376	−63 331.5	2 692.699	−63 052.9
5 611.836 5	−57 190.585 9	3 395.161	−59 936.4	2 878.872	−60 174
−42 683.294 3	−99 873.880 2	−25 055.1	−84 991.4	−21 042.9	−81 216.9
9 633.561 9	−90 240.318 4	5 491.13	−79 500.3	4 566.308	−76 650.5
11 042.883 6	−79 197.434 7	6 106.715	−73 393.6	5 035.555	−71 615
11 649.408 6	−67 548.026 2	6 255.732	−67 137.9	5 102.441	−66 512.5
12 255.933 5	−55 292.092 6	6 385.341	−60 752.5	5 159.748	−61 352.8
12 862.458 5	−42 429.634 6	6 508.404	−54 244.1	5 209.296	−56 143.5
13 468.983 4	−28 960.650 7	6 613.271	−47 630.9	5 252.904	−50 890.6
15 158.239 8	−13 802.411 0	7 230.48	−40 400.4	5 684.34	−45 206.3
15 811.420 5	2 009.009 5	7 320.688	−33 079.7	5 692.111	−39 514.1
16 464.601 2		7 409.071	−25 670.6	5 696.752	−33 817.4
17 117.781 9		7 480.471	−18 190.1	5 700.221	−28 117.2
17 770.962 6		7 534.888	−10 655.3	5 686.708	−22 430.5
19 740.153 6		8 113.203	−2 542.06	6 079.967	−16 350.5
20 439.990 1		8 155.556	5 613.501	6 050.237	−10 300.3
21 139.826 6		8 202.253		6 024.851	−4 275.4
12 1839.663 0		8 233.553		5 984.068	1 708.655
22 539.499 5		8 249.457		5 927.888	
静态投资回收期	25.872 9	动态投资回收期（3%贴现率）	30.311 7	动态投资回收期（4%贴现率）	32.7145
		动态投资回收期（3.86%贴现率）			32.3781

附表 5 增加车流量

n	R	I	C	3%复利系数	NPV1	4%复利系数	NPV2	NPV (3.86%)	IRR
2002		11 274	217.641 6	0.97	−11 146.892 4	0.961	−11 043.467 6		
2003		22 549	1 305.909 0	0.942	−22 471.324 3	0.924	−22 041.935 9		
2004		22 547	2 176.475 4	0.915	−22 621.980 0	0.888	−21 954.446 2		
2005		18 792	2 902.046 4	0.888	−19 264.313 2	0.854	−18 526.715 6		
2006	1 785.460 9		2 901.987 0	0.862	−962.445 5	0.821	−916.667 9		
2007	1 785.460 9		2 901.987 0	0.837	−934.532 3	0.79	−882.055 6		
2008	2 460.209 2		2 901.987 0	0.813	−359.165 4	0.759	−335.309 4		
2009	2 839.730 0		2 901.987 0	0.789	−49.120 8	0.73	−45.447 6		
2010	3 375.238 0		2 901.987 0	0.766	362.510 3	0.702	332.222 2		
2011	5 473.181 1		2 901.987 0	0.744	1 912.968 4	0.675	1 735.556 0		
2012	5 819.084 8		2 901.987 0	0.722	2 106.144 6	0.649	1 893.196 5		
2013	6 164.988 6		2 901.987 0	0.701	2 287.364 1	0.624	2 036.113 0		
2014	6 510.892 3		2 901.987 0	0.68	2 454.055 6	0.6	2 165.343 2		
2015	3 588.915 6		2 901.987 0	0.661	454.059 8	0.577	396.357 8		
2016	7 857.490 6		2 901.987 0	0.641	3 176.477 8	0.555	2 750.304 5		
2017	8 234.840 1		2 901.987 0	0.623	3 322.367 5	0.533	2 842.410 7		
2018	8 612.189 6		2 901.987 0	0.605	3 454.672 6	0.513	2 929.333 9		
2019	8 989.539 1		51 756.987 0	0.587	−25 104.491 9	0.493	−21 084.351 8		
2020	9 254.307 5			0.57	5 274.955 3	0.474	4 386.541 8		
2021	11 078.917 9			0.553	6 126.641 6	0.456	5 051.986 6		
2022	11 507.953 4			0.537	6 179.771 0	0.438	5 040.483 6		

续表

n	R	I	C	3%复利系数	NPV1	4%复利系数	NPV2	NPV (3.86%)	IRR
2023	11 936.988 9			0.521	6 219.171 2	0.421	5 025.472 3		
2024	12 366.024 4			0.506	6 257.208 4	0.405	5 008.239 9		
2025	12 902.051 2			0.491	6 334.907 1	0.39	5 031.800 0		
2026	14 241.333 6			0.477	6 793.116 1	0.375	5 340.500 1		
2027	14 703.371 8			0.463	6 807.661 2	0.36	5 293.213 9		
2028	15 165.410 1			0.45	6 824.434 5	0.346	5 247.231 9		
2029	15 627.448 3			0.437	6 829.194 9	0.333	5 203.940 3		
2030	16 089.486 6			0.424	6 821.942 3	0.32	5 148.635 7		
2031	17 733.776 6			0.411	7 288.582 2	0.308	5 462.003 2		
2032	18 228.817 6			0.399	7 273.298 2	0.296	5 395.730 0		
2033	18 723.858 5			0.388	7 264.857 1	0.285	5 336.299 7		
2034	19 218.899 5			0.377	7 245.525 1	0.274	5 265.978 5		
2035	19 713.940 5			0.366	7 215.302 2	0.263	5 184.766 3		
					23 372.923 4		2 673.263 8	5 571.216 2	4.129

附表 6　车流量增加

NCF	累计 NCF	NCF	累计 NCF	NCF	累计 NCF
−11 491.641 6	−11 491.641 6	−11 146.9	−11 146.9	−11 043.5	−11 043.5
−23 854.909 0	−35 346.550 6	−22 471.3	−33 618.2	−22 041.9	−33 085.4
−24 723.475 4	−60 070.026 0	−22 622	−56 240.2	−21 954.4	−55 039.8
−21 694.046 4	−81 764.072 4	−19 264.3	−75 504.5	−18 526.7	−73 566.6
−1 116.526 1	−82 880.598 5	−962.445	−76 467	−916.668	−74 483.2
−1 116.526 1	−83 997.124 6	−934.532	−77 401.5	−882.056	−75 365.3
−441.777 8	−84 438.902 4	−359.165	−77 760.7	−335.309	−75 700.6
−62.257 0	−84 501.159 4	−49.120 8	−77 809.8	−45.447 6	−75 746
473.251 0	−84 027.908 4	362.510 3	−77 447.3	332.222 2	−75 413.8
2 571.194 1	−81 456.714 3	1 912.968	−75 534.3	1 735.556	−7 3678.3
2 917.097 8	−78 539.616 4	2 106.145	−73 428.2	1 893.196	−71 785.1
3 263.001 6	−75 276.614 9	2 287.364	−71 140.8	2 036.113	−69 749
3 608.905 3	−71 667.709 6	2 454.056	−68 686.7	2 165.343	−67 583.6
686.928 6	−70 980.781 0	454.059 8	−68 232.7	396.357 8	−67 187.3
4 955.503 6	−66 025.277 4	3 176.478	−65 056.2	2 750.304	−64 437
5 332.853 1	−60 692.424 3	3 322.367	−61 733.8	2 842.411	−61 594.5
5 710.202 6	−54 982.221 7	3 454.673	−58 279.2	2 929.334	−58 665.2
−42 767.447 9	−97 749.669 6	−25 104.5	−83 383.6	−21 084.4	−79 749.6
9 254.307 5	−88 495.362 1	5 274.955	−78 108.7	4 386.542	−75 363
11 078.917 9	−77 416.444 2	6 126.642	−71 982	5 051.987	−70 311
11 507.953 4	−65 908.490 8	6 179.771	−65 802.3	5 040.484	−65 270.5
11 936.988 9	−53 971.501 8	6 219.171	−59 583.1	5 025.472	−60 245.1
12 366.024 4	−41 605.477 4	6 257.208	−53 325.9	5 008.24	−55 236.8
12 902.051 2	−28 703.426 2	6 334.907	−46 991	5 031.8	−50 205
14 241.333 6	−14 462.092 6	6 793.116	−40 197.9	5 340.5	−44 864.5
14 703.371 8	241.279 2	6 807.661	−33 390.2	5 293.214	−39 571.3
15 165.410 1		6 824.435	−26 565.8	5 247.232	−34 324.1
15 627.448 3		6 829.195	−19 736.6	5 203.94	−29 120.1
16 089.486 6		6 821.942	−12 914.6	5 148.636	−23 971.5
17 733.776 6		7 288.582	−5 626.06	5 462.003	−18 509.5
18 228.817 6		7 273.298	1 647.239	5 395.73	−13 113.8
18 723.858 5		7 264.857		5 336.3	−7 777.48
19 218.899 5		7 245.525		5 265.978	−2 511.5
19 713.940 5		7 215.302		5 184.766	2 673.264
静态投资回收期	25.983 6	动态投资回收期（3%贴现率）	30.773 5	动态投资回收期（4%贴现率）	34.484 4
		动态投资回收期（3.86%贴现率）			33.104 9

附表 7　TOT 特许权转让费

年份	R	NCF	3%复利系数	NPV1	4%复利系数	NPV2	NPV (3.86%)
2011	3 828. 949 3	2 871. 712 0	0.97	2 785. 561	0.961	2 759. 715	
2012	4 295. 507 0	3 221. 630 2	0.942	3 034. 776	0.924	2 976. 786	
2013	4 762. 064 6	3 571. 548 5	0.915	3 267. 967	0.888	3 171. 535	
2014	5 228. 622 3	3 921. 466 7	0.888	3 482. 262	0.854	3 348. 933	
2015	5 695. 180 0	4 271. 385 0	0.862	3 681. 934	0.821	3 506. 807	
2016	6 161. 737 6	4 621. 303 2	0.837	3 868. 031	0.79	3 650. 83	
2017	6 628. 295 3	4 971. 221 4	0.813	4 041. 603	0.759	3 773. 157	
2018	7 094. 852 9	5 321. 139 7	0.789	4 198. 379	0.73	3 884. 432	
2019	7 561. 410 6	5 671. 057 9	0.766	4 344. 03	0.702	3 981. 083	
2020	8 027. 968 2	6 020. 976 2	0.744	4 479. 606	0.675	4 064. 159	
2021	8 494. 525 9	6 370. 894 4	0.722	4 599. 786	0.649	4 134. 71	
2022	8 961. 083 5	6 720. 812 6	0.701	4 711. 29	0.624	4 193. 787	
2023	9 427. 641 2	7 070. 730 9	0.68	4 808. 097	0.6	4 242. 439	
2024	9 894. 198 8	7 420. 649 1	0.661	4 905. 049	0.577	4 281. 715	
2025	10 360. 756 5	7 770. 567 4	0.641	4 980. 934	0.555	4 312. 665	
2026	10 827. 314 1	8 120. 485 6	0.623	5 059. 063	0.533	4 328. 219	
2027	11 293. 871 8	8 470. 403 8	0.605	5 124. 594	0.513	4 345. 317	
2028	11 760. 429 4	8 820. 322 1	0.587	5 177. 529	0.493	4 348. 419	
2029	12 226. 987 1	9 170. 240 3	0.57	5 227. 037	0.474	4 346. 694	
2030	12 693. 544 7	9 520. 158 6	0.553	5 264. 648	0.456	4 341. 192	
							特许权转让费
				87 042. 17		77 992. 59	79 259. 534 39

附表 8　TOT 特许权转让费（考虑霍尔三维模型“权”层面）

年份	R	NCF	3%复利系数	NPV_1	4%复利系数	NPV_2	NPV (3.86%)
2011	4 020. 396 8	3 015. 297 6	0.97	2 924. 839	0.961	2 897. 701	
2012	4 510. 282 3	3 382. 711 8	0.942	3 186. 514	0.924	3 125. 626	
2013	5 000. 167 9	3 750. 125 9	0.915	3 431. 365	0.888	3 330. 112	
2014	5 490. 053 4	4 117. 540 1	0.888	3 656. 376	0.854	3 516. 379	
2015	5 979. 938 9	4 484. 954 2	0.862	3 866. 031	0.821	3 682. 147	
2016	6 777. 911 4	5 083. 433 5	0.837	4 254. 834	0.79	4 015. 912	
2017	7 291. 124 8	5 468. 343 6	0.813	4 445. 763	0.759	4 150. 473	
2018	7 804. 338 2	5 853. 253 7	0.789	4 618. 217	0.73	4 272. 875	
2019	8 317. 551 6	6 238. 163 7	0.766	4 778. 433	0.702	4 379. 191	
2020	8 830. 765 0	6 623. 073 8	0.744	4 927. 567	0.675	4 470. 575	
2021	9 768. 704 7	7 326. 528 6	0.722	5 289. 754	0.649	4 754. 917	

年份	R	NCF	3%复利系数	NPV1	4%复利系数	NPV2	NPV (3.86%)
2022	10 305.246 0	7 728.934 5	0.701	5 417.983	0.624	4 822.855	
2023	10 841.787 3	8 131.340 5	0.68	5 529.312	0.6	4 878.804	
2024	11 378.328 7	8 533.746 5	0.661	5 640.806	0.577	4 923.972	
2025	11 914.870 0	8 936.152 5	0.641	5 728.074	0.555	4 959.565	
2026	12 992.777 0	9 744.582 7	0.623	6 070.875	0.533	5 193.863	
2027	13 552.646 1	10 164.484 6	0.605	6 149.513	0.513	5 214.381	
2028	14 112.515 3	10 584.386 5	0.587	6 213.035	0.493	5 218.103	
2029	14 672.384 5	11 004.288 4	0.57	6 272.444	0.474	5 216.033	
2030	15 232.253 7	11 424.190 3	0.553	6 317.577	0.456	5 209.431	
				98 719.31		88 232.91	89 701.009 12

附表 9　TOT 特许经营评估

年份	R	NCF	3%复利系数	NPV1	4%复利系数	NPV2	NPV(3.86%) IRR
		−89 701.009 1					
2011	4 020.396 8	3 015.297 6	0.97	2 924.838 677	0.961	2 897.700 998	
2012	4 510.282 3	3 382.711 8	0.942	3 186.514 475	0.924	3 125.625 663	
2013	5 000.167 9	3 750.125 9	0.915	3 431.365 206	0.888	3 330.111 807	
2014	5 490.053 4	4 117.540 1	0.888	3 656.375 573	0.854	3 516.379 211	
2015	5 979.938 9	4 484.954 2	0.862	3 866.030 53	0.821	3 682.147 408	
2016	6 777.911 4	5 083.433 5	0.837	4 254.833 859	0.79	4 015.912 483	
2017	7 291.124 8	5 468.343 6	0.813	4 445.763 336	0.759	4 150.472 782	
2018	7 804.338 2	5 853.253 7	0.789	4 618.217 13	0.73	4 272.875 165	
2019	8 317.551 6	6 238.163 7	0.766	4 778.433 405	0.702	4 379.190 927	
2020	8 830.765 0	6 623.073 8	0.744	4 927.566 89	0.675	4 470.574 8	
2021	9 768.704 7	7 326.528 6	0.722	5 289.753 621	0.649	4 754.917 036	
2022	10 305.246 0	7 728.934 5	0.701	5 417.983 11	0.624	4 822.855 151	
2023	10 841.787 3	8 131.340 5	0.68	5 529.311 548	0.6	4 878.804 307	
2024	11 378.328 7	8 533.746 5	0.661	5 640.806 428	0.577	4 923.971 723	
2025	11 914.870 0	8 936.152 5	0.641	5 728.073 729	0.555	4 959.564 617	
2026	12 992.777 0	9 744.582 7	0.623	6 070.875 034	0.533	5 193.862 589	
2027	13 552.646 1	10 164.484 6	0.605	6 149.513 187	0.513	5 214.380 603	
2028	14 112.515 3	10 584.386 5	0.587	6 213.034 872	0.493	5 218.102 541	
2029	14 672.384 5	11 004.288 4	0.57	6 272.444 377	0.474	5 216.032 693	
2030	15 232.253 7	11 424.190 3	0.553	6 317.577 219	0.456	5 209.430 763	
2031	16 450.128 0	12 337.596 0	0.537	6 625.289 05	0.438 ·	5 403.867 046	

年份	R	NCF	3%复利系数	NPV1	4%复利系数	NPV2	NPV(3.86%) IRR
2032	17 033. 325 1	12 774. 993 8	0. 521	6 655. 771 767	0. 421	5 378. 272 388	
2033	17 616. 522 1	13 212. 391 6	0. 506	6 685. 470 147	0. 405	5 351. 018 596	
2034	18 199. 719 2	13 649. 789 4	0. 491	6 702. 046 593	0. 39	5 323. 417 864	
2035	18 782. 916 3	14 087. 187 2	0. 477	6 719. 588 292	0. 375	5 282. 695 198	
2036	20 140. 758	15 105. 568 4	0. 463	6 993. 878 166	0. 36	5 438. 004 622	
2037	20 747. 283	15 560. 462 1	0. 45	7 002. 207 947	0. 346	5 383. 919 888	
2038	21 353. 808	16 015. 355 8	0. 437	6 998. 710 492	0. 333	5 333. 113 487	
2039	21 960. 333	16 470. 249 5	0. 424	6 983. 385 8	0. 32	5 270. 479 849	
2040	22 566. 858	16 925. 143 2	0. 411	6 956. 2338 71	0. 308	5 212. 944 118	
				77 340. 89		5 1909. 64	55 470. 01 6. 04%

附表 10　TOT 特许权转让费（考虑霍尔三维模型"利"层面）

年份	R	NCF	3%复利系数	PV$_1$	4%复利系数	PV$_2$	PV (3.86%)
2011	5 473. 181 1	4 104. 885 8	0. 97	3 981. 739	0. 961	3 944. 795	
2012	5 819. 084 8	4 364. 313 6	0. 942	4 111. 183	0. 924	4 032. 626	
2013	6 164. 988 6	4 623. 741 5	0. 915	4 230. 723	0. 888	4 105. 882	
2014	6 510. 892 3	4 883. 169 2	0. 888	4 336. 254	0. 854	4 170. 227	
2015	3 588. 915 6	2 691. 686 7	0. 862	2 320. 234	0. 821	2 209. 875	
2016	7 857. 490 6	5 893. 118 0	0. 837	4 932. 54	0. 79	4 655. 563	
2017	8 234. 840 1	6 176. 130 1	0. 813	5 021. 194	0. 759	4 687. 683	
2018	8 612. 189 6	6 459. 142 2	0. 789	5 096. 263	0. 73	4 715. 174	
2019	8 989. 539 1	6 742. 154 3	0. 766	5 164. 49	0. 702	4 732. 992	
2020	9 254. 307 5	6 940. 730 6	0. 744	5 163. 904	0. 675	4 684. 993	
2021	11 078. 917 9	8 309. 188 4	0. 722	5 999. 234	0. 649	5 392. 663	
2022	11 507. 953 4	8 630. 965 1	0. 701	6 050. 307	0. 624	5 385. 722	
2023	11 936. 988 9	8 952. 741 7	0. 68	6 087. 864	0. 6	5 371. 645	
2024	12 366. 024 4	9 274. 518 3	0. 661	6 130. 457	0. 577	5 351. 397	
2025	12 902. 051 2	9 676. 538 4	0. 641	6 202. 661	0. 555	5 370. 479	
2026	14 241. 333 6	10 681. 000 2	0. 623	6 654. 263	0. 533	5 692. 973	
2027	14 703. 371 8	11 027. 528 9	0. 605	6 671. 655	0. 513	5 657. 122	
2028	15 165. 410 1	11 374. 057 6	0. 587	6 676. 572	0. 493	5 607. 41	
2029	15 627. 448 3	11 720. 586 2	0. 57	6 680. 734	0. 474	5 555. 558	
2030	16 089. 486 6	12 067. 115 0	0. 553	6 673. 115	0. 456	5 502. 604	
							特许权转让费
				108 185. 4		96 827. 38	98 417. 504 62

附表 11　TOT 特许经营评估

年份	R	NCF	3%复利系数	NPV1	4%复利系数	NPV2	NPV(3.86%) IRR
		−98 417.504 6					
2011	5 473.181 1	4 104.885 8	0.97	3 981.739 25	0.961	3 944.795 278	
2012	5 819.084 8	4 364.313 6	0.942	4 111.183 411	0.924	4 032.625 766	
2013	6 164.988 6	4 623.741 5	0.915	4 230.723 427	0.888	4 105.882 408	
2014	6 510.892 3	4 883.169 2	0.888	4 336.254 272	0.854	4 170.226 518	
2015	3 588.915 6	2 691.686 7	0.862	2 320.233 935	0.821	2 209.874 781	
2016	7 857.490 6	5 893.118 0	0.837	4 932.539 724	0.79	4 655.563 181	
2017	8 234.840 1	6 176.130 1	0.813	5 021.193 751	0.759	4 687.682 727	
2018	8 612.189 6	6 459.142 2	0.789	5 096.263 196	0.73	4 715.173 806	
2019	8 989.539 1	6 742.154 3	0.766	5 164.490 213	0.702	4 732.992 336	
2020	9 254.307 5	6 940.730 6	0.744	5 163.903 585	0.675	4 684.993 172	
2021	11 078.917 9	8 309.188 4	0.722	5 999.234 043	0.649	5 392.663 288	
2022	11 507.953 4	8 630.965 1	0.701	6 050.306 5	0.624	5 385.722 191	
2023	11 936.988 9	8 952.741 7	0.68	6 087.864 339	0.6	5 371.645 005	
2024	12 366.024 4	9 274.518 3	0.661	6 130.456 596	0.577	5 351.397 059	
2025	12 902.051 2	9 676.538 4	0.641	6 202.661 114	0.555	5 370.478 812	
2026	14 241.333 6	10 681.000 2	0.623	6 654.263 125	0.533	5 692.973 107	
2027	14 703.371 8	11 027.528 9	0.605	6 671.654 954	0.513	5 657.122 3	
2028	15 165.410 1	11 374.057 6	0.587	6 676.571 797	0.493	5 607.410 384	
2029	15 627.448 3	11 720.586 2	0.57	6 680.734 148	0.474	5 555.557 871	
2030	16 089.486 6	12 067.115 0	0.553	6 673.114 567	0.456	5 502.604 417	
2031	17 733.776 6	13 300.332 5	0.537	7 142.278 526	0.438	5 825.545 613	
2032	18 228.817 6	13 671.613 2	0.521	7 122.910 477	0.421	5 755.749 157	
2033	18 723.858 5	14 042.893 9	0.506	7 105.704 301	0.405	5 687.372 019	
2034	19 218.899 5	14 414.174 6	0.491	7 077.359 741	0.39	5 621.528 104	
2035	19 713.940 5	14 785.455 4	0.477	7 052.662 214	0.375	5 544.545 766	
2036	21 556.247	16 167.185 2	0.463	7 485.406 735	0.36	5 820.186 663	
2037	22 084.291	16 563.218 0	0.45	7 453.448 08	0.346	5 730.873 413	
2038	22 612.334	16 959.250 7	0.437	7 411.192 573	0.333	5 647.430 496	
2039	23 140.378	17 355.283 5	0.424	7 358.640 213	0.32	5 553.690 727	
2040	23 668.422	17 751.316 3	0.411	7 295.791 001	0.308	5 467.405 422	
				82 273.28		55 064.21	58 873.48　6.02%

附表 12　方案四

年份	R	NCF	2%复利系数	PV
2011	3 828.949 3	2 871.712 0	0.98	2 814.277 765
2012	4 295.507 0	3 221.630 2	0.961	3 095.986 665
2013	4 762.064 6	3 571.548 5	0.942	3 364.398 672
2014	5 228.622 3	3 921.466 7	0.923	3 619.513 786
2015	5 695.180 0	4 271.385 0	0.905	3 865.603 392
2016	6 161.737 6	4 621.303 2	0.887	4 099.095 941
2017	6 628.295 3	4 971.221 4	0.87	4 324.962 655
2018	7 094.852 9	5 321.139 7	0.853	4 538.932 149
2019	7 561.410 6	5 671.057 9	0.836	4 741.004 422
2020	8 027.968 2	6 020.976 2	0.82	4 937.200 452
2021	8 494.525 9	6 370.894 4	0.804	5 122.199 098
2022	8 961.083 5	6 720.812 6	0.788	5 296.000 361
2023	9 427.641 2	7 070.730 9	0.773	5 465.67 497
2024	9 894.198 8	7 420.649 1	0.757	5 617.431 384
2025	10 360.756 5	7 770.567 4	0.743	5 773.531 548
2026	10 827.314 1	8 120.485 6	0.728	5 911.713 516
2027	11 293.871 8	8 470.403 8	0.714	6 047.868 341
2028	11 760.429 4	8 820.322 1	0.7	6 174.225 455
2029	12 226.987 1	9 170.240 3	0.686	6 290.784 858
2030	12 693.544 7	9 520.158 6	0.672	6 397.546 55
				特许权转让费
				97 497.951 98

附表 13　TOT 评估

年份	R	NCF	2%复利系数	NPV	IRR
		−97 497.952 0			
2011	3 828.949 3	2 365.524 9	0.98	2 318.214 404	
2012	4 295.507 0	2 653.764 2	0.961	2 550.267 415	
2013	4 762.064 6	2 942.003 5	0.942	2 771.367 333	
2014	5 228.622 3	3 230.242 9	0.923	2 981.514 156	
2015	5 695.180 0	3 518.482 2	0.905	3 184.226 367	
2016	6 161.737 6	3 806.721 5	0.887	3 376.561 963	
2017	6 628.295 3	4 094.960 8	0.87	3 562.615 904	
2018	7 094.852 9	4 383.200 1	0.853	3 738.869 709	
2019	7 561.410 6	4 671.439 4	0.836	3 905.323 376	
2020	8 027.968 2	4 959.678 8	0.82	4 066.936 586	

年份	R	NCF	2%复利系数	NPV	IRR
2021	8 494.525 9	5 247.918 1	0.804	4 219.326 137	
2022	8 961.083 5	5 536.157 4	0.788	4 362.492 03	
2023	9 427.641 2	5 824.396 7	0.773	4 502.258 662	
2024	9 894.198 8	6 112.636 0	0.757	4 627.265 478	
2025	10 360.756 5	6 400.875 4	0.743	4 755.850 387	
2026	10 827.314 1	6 689.114 7	0.728	4 869.675 48	
2027	11 293.871 8	6 977.354 0	0.714	4 981.830 748	
2028	11 760.429 4	7 265.593 3	0.7	5 085.915 314	
2029	12 226.987 1	7 553.832 6	0.686	5 181.929 18	
2030	12 693.544 7	7 842.071 9	0.672	5 269.872 345	
2031	13 160.102 4	8 130.311 3	0.659	5 357.875 12	
2032	13 626.660 0	8 418.550 6	0.646	5 438.383 673	
2033	14 093.217 7	8 706.789 9	0.634	5 520.104 794	
2034	14 559.775 4	8 995.029 2	0.621	5 585.913 142	
2035	15 026.333 0	9 283.268 5	0.609	5 653.510 536	
2036	15 492.890 7	9 571.507 8	0.597	5 714.190 186	
2037	15 959.448 3	9 859.747 2	0.585	5 767.952 093	
2038	16 426.006	10 147.986 5	0.574	5 824.944 243	
2039	16 892.563 6	10 436.225 8	0.563	5 875.595 127	
2040	17 359.121 3	10 724.465 1	0.552	5 919.904 747	
				39 472.734 7	0.038 678

附表 14　方案五

年份	R	NCF	2%复利系数	PV
2011	4 020.396 8	3 015.297 6	0.98	2 954.991 653
2012	4 510.282 3	3 382.711 8	0.961	3 250.785 998
2013	5 000.167 9	3 750.125 9	0.942	3 532.618 606
2014	5 490.053 4	4 117.540 1	0.923	3 800.489 475
2015	5 979.938 9	4 484.954 2	0.905	4 058.883 561
2016	6 777.911 4	5 083.433 5	0.887	4 509.005 535
2017	7 291.124 8	5 468.343 6	0.87	4 757.458 92
2018	7 804.338 2	5 853.253 7	0.853	4 992.825 364
2019	8 317.551 6	6 238.163 7	0.836	5 215.104 865
2020	8 830.765 0	6 623.073 8	0.82	5 430.920 497
2021	9 768.704 7	7 326.528 6	0.804	5 890.528 963

续表

年份	R	NCF	2%复利系数	PV
2022	10 305. 246 0	7 728. 934 5	0. 788	6 090. 400 415
2023	10 841. 787 3	8 131. 340 5	0. 773	6 285. 526 216
2024	11 378. 328 7	8 533. 746 5	0. 757	6 460. 046 091
2025	11 914. 870 0	8 936. 152 5	0. 743	6 639. 561 28
2026	12 992. 777 0	9 744. 582 7	0. 728	7 094. 056 219
2027	13 552. 646 1	10 164. 484 6	0. 714	7 257. 442 009
2028	14 112. 515 3	10 584. 386 5	0. 7	7 409. 070 546
2029	14 672. 384 5	11 004. 288 4	0. 686	7 548. 941 829
2030	15 232. 253 7	11 424. 190 3	0. 672	7 677. 055 861
			特许权转让费	
			110 855. 713 9	

附表 15 TOT 评估

年份	R	NCF	2%复利系数	NPV	IRR
		—110 855. 713 9			
2011	4 020. 396 8	2 483. 801 1	0. 98	2 434. 125 124	
2012	4 510. 282 3	2 786. 452 4	0. 961	2 677. 780 786	
2013	5 000. 167 9	3 089. 103 7	0. 942	2 909. 935 699	
2014	5 490. 053 4	3 391. 755 0	0. 923	3 130. 589 864	
2015	5 979. 938 9	3 694. 406 3	0. 905	3 343. 437 686	
2016	6 777. 911 4	4 187. 393 6	0. 887	3 714. 218 159	
2017	7 291. 124 8	4 504. 456 9	0. 87	3 918. 877 495	
2018	7 804. 338 2	4 821. 520 1	0. 853	4 112. 756 68	
2019	8 317. 551 6	5 138. 583 4	0. 836	4 295. 855 714	
2020	8 830. 765 0	5 455. 646 6	0. 82	4 473. 630 244	
2021	9 768. 704 7	6 035. 105 8	0. 804	4 852. 225 058	
2022	10 305. 246 0	6 366. 581 0	0. 788	5 016. 865 835	
2023	10 841. 787 3	6 698. 056 2	0. 773	5 177. 597 462	
2024	11 378. 328 7	7 029. 531 4	0. 757	5 321. 355 3	
2025	11 914. 870 0	7 361. 006 7	0. 743	5 469. 227 945	
2026	12 992. 777 0	8 026. 937 6	0. 728	5 843. 610 576	
2027	13 552. 646 1	8 372. 824 8	0. 714	5 978. 196 897	
2028	14 112. 515 3	8 718. 712 0	0. 7	6 103. 098 377	
2029	14 672. 384 5	9 064. 599 1	0. 686	6 218. 315 016	
2030	15 232. 253 7	9 410. 486 3	0. 672	6 323. 846 814	
2031	16 450. 128 0	10 162. 889 1	0. 659	6 697. 343 901	

年份	R	NCF	2%复利系数	NPV	IRR
2032	17 033.325 1	10 523.188 2	0.646	6 797.979 592	
2033	17 616.522 1	10 883.487 4	0.634	6 900.130 993	
2034	18 199.719 2	11 243.786 5	0.621	6 982.391 427	
2035	18 782.916 3	11 604.085 7	0.609	7 066.888 17	
2036	20 140.757 9	12 442.960 2	0.597	7 428.447 242	
2037	20 747.282 8	12 817.671 3	0.585	7 498.337 721	
2038	21 353.807 8	13 192.382 4	0.574	7 572.427 515	
2039	21 960.332 7	13 567.093 5	0.563	7 638.273 665	
2040	22 566.857 7	13 941.804 7	0.552	7 695.876 171	
				52 737.929 2	0.040 287

附表 16　方案六

年份	R	NCF	2%复利系数	PV
2011	5 473.181 1	4 104.885 8	0.98	4 022.788 109
2012	5 819.084 8	4 364.313 6	0.961	4 194.105 37
2013	6 164.988 6	4 623.741 5	0.942	4 355.564 446
2014	6 510.892 3	4 883.169 2	0.923	4 507.165 195
2015	3 588.915 6	2 691.686 7	0.905	2 435.976 464
2016	7 857.490 6	5 893.118 0	0.887	5 227.195 622
2017	8 234.840 1	6 176.130 1	0.87	5 373.233 165
2018	8 612.189 6	6 459.142 2	0.853	5 509.648 297
2019	8 989.539 1	6 742.154 3	0.836	5 636.441 016
2020	9 254.307 5	6 940.730 6	0.82	5 691.399 113
2021	11 078.917 9	8 309.188 4	0.804	6 680.587 494
2022	11 507.953 4	8 630.965 1	0.788	6 801.200 459
2023	11 936.988 9	8 952.741 7	0.773	6 920.469 315
2024	12 366.024 4	9 274.518 3	0.757	7 020.810 353
2025	12 902.051 2	9 676.538 4	0.743	7 189.668 031
2026	14 241.333 6	10 681.000 2	0.728	7 775.768 146
2027	14 703.371 8	11 027.528 9	0.714	7 873.655 599
2028	15 165.410 1	11 374.057 6	0.7	7 961.840 303
2029	15 627.448 3	11 720.586 2	0.686	8 040.322 15
2030	16 089.486 6	12 067.115 0	0.672	8 109.101 246
			特许权转让费	
			121 326.939 9	

附表 17　TOT 评估

年份	R	NCF	2%复利系数	NPV	IRR
		−121 326.939 9			
2011	5 473.181 1	3 381.331 3	0.98	3 313.704 658	
2012	5 819.084 8	3 595.030 6	0.961	3 454.824 396	
2013	6 164.988 6	3 808.730 0	0.942	3 587.823 62	
2014	6 510.892 3	4 022.429 3	0.923	3 712.702 21	
2015	3 588.915 6	2 217.232 1	0.905	2 006.595 012	
2016	7 857.490 6	4 854.357 7	0.887	4 305.815 273	
2017	8 234.840 1	5 087.484 2	0.87	4 426.111 266	
2018	8 612.189 6	5 320.610 7	0.853	4 538.480 957	
2019	8 989.539 1	5 553.737 3	0.836	4 642.924 346	
2020	9 254.307 5	5 717.311 2	0.82	4 688.195 162	
2021	11 078.917 9	6 844.555 5	0.804	5 503.022 605	
2022	11 507.953 4	7 109.613 6	0.788	5 602.375 525	
2023	11 936.988 9	7 374.671 7	0.773	5 700.621 257	
2024	12 366.024 4	7 639.729 9	0.757	5 783.275 515	
2025	12 902.051 2	7 970.887 2	0.743	5 922.369 213	
2026	14 241.333 6	8 798.295 9	0.728	6 405.159 414	
2027	14 703.371 8	9 083.743 1	0.714	6 485.792 572	
2028	15 165.410 1	9 369.190 4	0.7	6 558.433 252	
2029	15 627.448 3	9 654.637 6	0.686	6 623.081 366	
2030	16 089.486 6	9 940.084 8	0.672	6 679.737	
2031	17 733.776 6	10 955.927 2	0.659	7 219.956 014	
2032	18 228.817 6	11 261.763 5	0.646	7 275.099 23	
2033	18 723.858 5	11 567.599 8	0.634	7 333.858 261	
2034	19 218.899 5	11 873.436 1	0.621	7 373.403 825	
2035	19 713.940 5	12 179.272 4	0.609	7 417.176 917	
2036	21 556.246 9	13 317.449 3	0.597	7 950.517 252	
2037	22 084.290 6	13 643.674 7	0.585	7 981.549 722	
2038	22 612.334 3	13 969.900 1	0.574	8 018.722 681	
2039	23 140.378	14 296.125 5	0.563	8 048.718 682	
2040	23 668.421 7	14 622.350 9	0.552	8 071.537 724	
				55 304.645 0	0.039 901

附 件

1. MZ 县城区土地定级分布范围表
2. MZ 县城区基准地价表

MZ 县城土地定级分布范围表

定级类型	土地级别	面积/公顷	主要分布范围
商业用地定级	Ⅰ	402.71	人民西路、人民中路、人民东路、义正路、联大路、南湖北路、南湖南路、南湖西路、州土地局、州计委、县财政局、县物价局、南湖宾馆、农垦分局、县戒毒所、蒙自二中、蒙自一中、红河电大等区域
	Ⅱ	809.42	州政府、图书馆、州建设局、州司法局、红河体育馆、州医院、州卫校、得胜家具城、县农技推广中心、红河花园、南正街、中正街、森林公园等区域
	Ⅲ	818.77	惠民路、州检察院、县电信局、蒙自完中、第三中学、凤凰宾馆、红河剧院、观澜路、文汇路等区域
	Ⅳ	1297.03	县政府、红河农校、县人民医院、蒙自职中、彩云路、州技术监督局、州科协、红河学院等区域
	Ⅴ	1672.07	除Ⅰ、Ⅱ、Ⅲ、Ⅳ级以外定级范围内的区域
住宅用地定级	Ⅰ	640.01	人民西路、人民中路、人民东路、南湖北路、南湖西路、州检察院、州公安局、公务员小区、州政府、州国土局、35123部队、蒙自一中、35217部队、园丁小区等区域
	Ⅱ	707.44	明宇小区、县百货公司、森林公园、州良种站、州计生委、和平小区(二)、第三中学、红河剧院、州卫校、蒙自二中、县邮电局、四川庙街、火车站大街等区域
	Ⅲ	1197.00	红河农校、蒙自职中、县农技推广中心、红河花园、南正街、中正街、北大街、土杂公司等区域
	Ⅳ	1164.42	县政府、蒙自县石油公司、世家寨、蒙自第四小学、红地脚、南山屯、红河学等区域
	Ⅴ	1291.13	除Ⅰ、Ⅱ、Ⅲ、Ⅳ级以外定级范围内的区域

续表

定级类型	土地级别	面积/公顷	主要分布范围
工业用地定级	规划限制区	417.01	人民西路、人民中路、人民东路、南湖北路、南湖西路、州检察院、州公安局、公务员小区、35217 部队、园丁小区等区域
	Ⅰ	961.88	县体育场、森林公园、州财政局、州政府、公务员小区、红河体育馆、州土地局等区域
	Ⅱ	1793.86	生物资源加工区、蒙自职中、州国税局、第三中学、红河剧院、州医院等区域
	Ⅲ	1318.62	旧机场、羊干寨、县政府等区域
	Ⅳ	508.63	除规划限制区、Ⅰ、Ⅱ、Ⅲ级以外定级范围内的区域

MZ 县城区基准地价表

土地级别	土地类型							
	商业用地		住宅用地		工业用地		公共建筑用地	
	元/平方米	万元/亩	元/平方米	万元/亩	元/平方米	万元/亩	元/平方米	万元/亩
Ⅰ级	1 491.63	99.44	876.25	58.42	555.71	37.05	1 149.49	76.63
Ⅱ级	1 158.57	77.24	668.31	44.55	482.20	32.15	921.78	61.45
Ⅲ级	820.74	54.72	574.95	38.33	426.98	28.47	703.07	46.87
Ⅳ级	579.83	38.66	452.09	30.14	389.15	25.94	519.41	34.63
Ⅴ级	429.90	28.66	419.72	27.98	—	—	426.77	28.45